天生不是做官的命

中

目次

壹之章 險死還生吉事來

經過許太醫的治療，林清雖然止住了瀉，可前陣子畢竟拉得狠了，元氣大傷，再加上風寒好得也慢，所以哪怕過去了好幾天，林清還是蔫蔫的，提不起一點勁兒來。

就這樣過去了四五天，終於到了放榜的時候。

相比於沈楓一大早就派管家帶著小廝去貢院門口等著放榜，聽雨軒這邊就安靜多了，林澤和林淑也知道今天放榜，可想到林清最後一場是被抬出來的，就覺得八成沒戲，何況林清這幾日昏昏沉沉的，身體不太好，林澤和林淑生怕要是真的落榜，林清會受打擊身體更遭，所以在林清面前一個字都不敢提。

林清身體虛得沒力氣，許太醫為了讓他好好地休養，開的藥方都包含了些安神的成分，林清吃了藥就睡，早就不知睡到今夕是何年了。

直到沈楓的小廝跑進來大聲地喊道：「林公子，您中了！」

聽雨軒才瞬間沸騰了起來，林澤更是直接蹦起來，直接問道：「中了，真的？」

小廝顧不得請安，說道：「林公子中了北榜第十八名！」

林澤瞪大了眼睛，「十八名？」

小廝連連點頭，「小的親眼看見的！」

林澤和林淑聽了大喜，林澤忙從腰上解下荷包扔給小廝，轉身就去搖床上的林清。

怕嚇到睡著的林清，林澤小聲叫道：「小弟，你中了，快醒醒……」

林清正睡得香甜，聽到耳邊有嗡嗡聲，有些不耐煩地一巴掌拍上去，然後拉起身上的被子一裹，捲成了一個大蠶蛹，沉沉地睡去。

頂著巴掌的林澤……

林淑看得暗笑，對大哥說：「你用二嫂的殺手鐧試試。」

「什麼殺手鐧？」林澤好奇地道。

林淑上前拍了拍床上的大花卷，喊道：「二哥，嫂子買孫記的花生酥了！」

林清動了動，從棉被裡面探出頭，迷迷糊糊地嘟囔：「先放桌子上，等我醒了再吃。」

林清說完，翻身就要接著睡，林澤眼疾手快地把林清從被子裡挖出來，「小弟，快別睡了，你中了，第十八名！」

林清勉強睜開眼，慢了半拍地問道：「啥？」

「你中了，會試！」林澤認真地說。

林清突然打了一個激靈，坐起身來，「我中了？」

「嗯！」林澤連連點頭。

林清覺得有股巨大的喜悅從心底湧上來，露出了大大的笑容，「太好了，我中了！」他興奮地要下床，誰知腳剛觸地，身子一軟，差點摔倒，嚇得林淑和林澤趕忙扶住他，又把他架回了床上。

林清雀躍得完全睡不著，看到沈楓的小廝在，就問道：「你家少爺怎麼樣了？」

小廝忙向林清行禮，然後說：「我家少爺也中了，中了第二十二。」

林清點點頭，就聽到外面傳來沈楓的聲音：「林賢弟，起了嗎？恭喜恭喜！」

沈楓一邊說著，一邊掀開簾子進來。

林清倚在枕頭上，笑著說：「同喜。正想起來呢，可我身子軟得厲害，又躺回來了。」

沈楓走到林清床前，在旁邊的凳子上坐下，「你還下不了床？」

沈楓會試回來就倒頭睡了兩天，醒了之後才知道林清拉肚子很嚴重，甚至叫了太醫，不過等他來看林清時，林清已經在許太醫的用藥下止住腹瀉，所以他雖然知道頗嚴重，卻沒意識到林清當時的凶險，而這幾日他每次來看，林清都在床上休養，沈楓還以為他在養身體，倒是沒想到他連床都下不了。

林清點點頭，「身上一點力氣都沒有，一下地就頭重腳輕。」

沈楓看著林清，有一絲憂色，「三日後就是殿試，你這身子……到時要怎麼辦？」

林清這才想起，出榜三日後，按規矩所有貢士要舉行殿試。殿試一般由皇上親自主持，會把所有的貢士進行排名，然後賜進士及第和進士出身。

林清頓時擔心起來，想了想，只能嘆氣道：「只能看到時的身體狀況了。」

沈楓看著林清的樣子，怕他憂慮過重又傷了身體，忙說：「等今天爹爹下朝，再讓爹爹請許太醫過來給你看看。許太醫醫術這麼好，肯定有辦法的。」

林清想到許太醫的醫術，倒是放下一點心來，「但願有用吧！」

沈楓見林清還有些擔心，就換了個話題，笑說：「想不到你這次病成這樣，居然還能考中，甚至比我這個活蹦亂跳的考得好。」

林清笑笑，「我當初發現可能病了的時候，已經是最後一場的第二天。第一天我就把策論寫了大半，第二天不到晌午就撐著全寫完，下午就謄抄好了，所以第三天發病時，其實我都做完了。不過，也幸虧這樣，第三天我燒得迷糊，要是當時沒寫完，前些日子的罪就白受了。至於你，你雖然沒生病，可你一進考場就睡不著，每次都靠硬撐，其實說起來，你比我受的影響還更大些。」

沈楓說：「我也不知怎地，一進考棚就失眠，每次進了考棚全靠參湯撐著，弄得我現在對考棚都心裡發怵。好在我這次會試過了，這輩子再也不用進考棚了。」

林清想到這次的凶險，也深有同感地說：「我現在覺得最開心的事，就是以後再也不用進考棚了。要是再來一次，我真的不知有沒有勇氣進去。」

沈楓和林清兩人想起考棚的情景，一時有些戚戚然。

外面跑進來一個小廝，高興地說：「少爺，報喜的來了！」

沈楓忙起身，整了整衣服，「那師弟，我就先去前院。你的報喜的應該馬上也快來了，你也準備一下。」

林清點點頭，報喜的一般從後往前報，現在報到沈楓，那他的自然也不遠了。

沈楓走後，林清讓林澤幫他換了身見客的衣服。雖然他下不了床，不過等會兒肯定有來報喜的和賀喜的，穿著裡衣見熟人沒事，可見外人就太失禮了。

林清換好衣服不久，果然報喜的就敲鑼打鼓地上門了。

一向低調的沈府，這次也在周邊狠狠出了一回風頭，畢竟一家會試中兩個的可不多，而且由於殿試只是排名不篩選，因此，中了會試，其實就等於中了進士。一門雙進士，無論何時，都是一段佳話。

等沈茹回家時，向來在外面板著臉孔的他，臉上也不自主地帶了三分笑意，任誰一看，就知道他此時心情極好。

沈茹在前院遇到自己的兒子，鼓勵他了幾句，然後就帶著許太醫到了林清的聽雨軒。顯然和沈楓想到了一起，打算讓許太醫給林清瞧瞧。

沈茹看著床上的林清，笑著說：「還以為你這次病成這樣中不了了，倒想不到你的名次還如此靠前。這次北榜八十人，你中了第十八，比我家那小子更好一些。」

林清道：「也是僥倖。幸虧發高熱時我已經答完卷了，要不這次也險了。」

沈茹對許太醫說：「還望許太醫給他看看身子，他大後天要參加殿試，耽擱不得。」

許太醫點點頭，知道這位已經中了會試，以後多半會是同僚，倒是更認真了些，對林清說：「林貢士，讓老夫把個脈。」

林清愣了一下，才反應過來林貢士指的是他，忙伸出手，「有勞許太醫了，我幾天身子還是一點力氣也沒有，一下床就頭重腳輕的，您幫忙看看。」

許太醫坐到床前，拿起脈枕，把林清的手放上，然後開始把脈。

許太醫把了足足有一盞茶的時間，才放下手，看著林清說：「你現在是不是感覺口中無味，沒有食慾，渾身沒有力氣，看書看一會兒就會頭昏眼花，提筆寫字更是四肢無力？」

林清點點頭，「正是如此。我這幾日睡久了無聊，本想看看書，誰知連書都看不下，也只有睡著才舒坦些。」

沈茹聽了許太醫和林清的對話，表情頗為凝重。

許太醫撫了撫鬍子，轉頭對沈茹說：「沈大人，不如咱們出去說。」

林清急了，忙說：「許太醫，可是有什麼不妥？」

沈茹看了林清一眼，對許太醫說：「就在這說吧，省得他不知什麼事，心裡怕得慌。」

既然沈茹這麼說，許太醫也不擔心說出來刺激到林清，就如實說道：「其實，林貢士現在的情況，並不是什麼大病，只是因為風寒和腹瀉，導致元氣大傷，身子虛罷了，所以才會四肢無力，渾身不舒服。」

「這要放在平時，只要過些時日，好好將養，一個月也就補回來了，可是現在還有三日就殿試，哪怕用任何藥，也沒法讓林貢士一下子好起來，除了慢慢進補，根本沒別的辦法，而且如果補得太快，還會虛不受補，傷了根本。」

「本來這也不是什麼大事，但三日後林貢士要參加殿試，殿試前，禮部會派人複查諸位貢士的才學、身體狀況，並教授禮儀，以免殿試失儀。」許太醫頓了一下，繼續說：「林貢士這身體，只怕根本無法通過複查。」

許太醫說完，屋裡陷入了寂靜。

林淑、林澤和沈茹擔憂地看著林清，就怕林清一時受不了這個打擊。

林清卻是愣了一會兒，突然轉頭看著沈茹，問道：「如果因為病了審查不過，會有什麼影響？會影響會試的結果嗎？」

沈茹本就管著這些，當下答道：「因病或者因丁憂無法參加殿試者，不影響會試結果，三年後直接參加殿試前的複試，一過複試，再參加殿試即可。」

「也就是說，我這次雖然不能參加殿試，但三年後直接參加殿試就可以了，不用再考一次會試？」林清向沈茹確認道。

沈茹點點頭，「正是如此。」

林清放下心來，輕鬆地對許太醫說：「沒事，過不了就過不了，還是身體要緊，有勞許太醫幫我開些溫和的方子進補。」

聽了林清的話，屋裡的幾個人也鬆了一口氣，許太醫更是撫著鬍子說：「林貢士能有如此心性，以後不怕仕途不順。」

林清趕忙擺擺手說：「許太醫謬讚了，我只是大病一場，明白生命的可貴了。說句不怕您笑話的話，我現在真覺得什麼都沒我自己的小命重要。」

「哈哈哈！」許太醫聽了哈哈大笑，「不笑話，不笑話，我們這些做大夫的，最喜歡你這樣惜命的人！」

許太醫嘆了口氣，感慨道：「老夫行醫多年，見過太多不顧惜身體的人，早年不覺得，等年過中年，往往會後悔終生。」

許太醫感嘆完，又幫林清細細診治一番，留下溫補的藥方，才背著藥箱離開。

沈茹讓林澤和林淑先出去，然後對林清說：「這次你沒法參加殿試，也別心裡難受，說不定也是件好事。」

「放心，我沒感覺難受，我是真覺得比起參加殿試，還是我的身體更重要。只是晚個三年，我就當先放三年的假，好好歇歇，不過，你說這是好事，從何說起？」林清好奇。

「你能看得開最好。」沈茹說：「最近朝堂有些亂，你雖然是我的學生，倒也不值得那些人顧忌，可你性子又單純，萬一不小心被牽扯進去，就有些得不償失了。」

林清想起沈茹以前說的事，問道：「是後宮那幾位鬧到朝堂上了？」

沈茹搖搖頭，嘆道：「要只是藉著朝堂上的勢力爭寵，還不用擔心，但現在這事，幾位皇子也摻和進去了，以後只怕弄成奪嫡之爭了。」

「皇上到現在居然還不立太子，也難怪幾位皇子沉不住氣。」林清想到當今聖上已經四十多歲，兒子也都二十多了，卻到現在還沒確定繼承人，難怪鬥得厲害。

沈茹搖搖頭，「現在三位皇子的勢力已見雛形，一旦立了太子，就會出現一家獨大的情形，而且儲君也是君，按禮法在東宮可以有自己的班底。儲君的命令，在某種程度上也算聖旨，皇上現在身體還很好，怎麼會願意立這樣一個和自己分權的太子？」

林清心道：還是權力的問題。

「所以，你等三年後再參加殿試，說不定那時皇上已經立太子了。」沈茹說。

「那皇上到時要是還沒立太子怎麼辦？」林清問道。

「那也沒辦法了，畢竟這個事，除了皇上自己，誰都使不上力。」沈茹無奈。

林清也明白沈茹的意思了，就是現在朝堂很亂，三年後如果立太子，那就相對安穩了。如果還沒立太子，那可能就更危險。

不過，總體來說，還是晚點入仕好。

沈茹說：「既然你看得開，就好好養病，我明日去禮部幫你報病免，正好這三年的時間你再打磨打磨學問，下次殿試能爭個好名次。」

沈茹回去後，林淑和林澤才進來。

林淑小心翼翼地說：「哥，你別難受，三年後你就可以參加殿試，肯定能考得更好。」

林清知道林淑和林澤擔心他在許太醫和沈茹面前故意裝作不在意，就笑著把林淑拉到自己床邊坐下，解釋道：「別擔心，我是真的不在意。其實我之所以參加科考，其一，是為了給家裡做個後盾，讓別人對林家有所顧慮，不會老覺得林家是鹽商，是塊任何人都能來咬的大肥肉。其二，我真的很想要那兩千畝免稅田和全族免勞役的名額。至於進朝為官的事，妳哥我真的不太熱衷。」

林澤和林淑見林清沒有絲毫勉強，這才徹底放下心來。

林澤鬆了一口氣，問道：「那咱們今後怎麼辦？」

林清想了想，說：「我先在沈府養些日子，等養好了以後，咱們就啟程回家。」

林澤點點頭，「咱們出來好幾個月了，家裡肯定擔心，是時候回去了。」

林淑更是激動，她兩年沒回家了，聽到林清說要回去，恨不得插翅飛回家。

林清見林澤和林淑都歸心似箭，就對林澤說：「大哥，我大概還得養一個月，趁這段時間，你在京城轉轉，買些東西，帶回去給爹娘、大嫂和大侄子，順便再替我弄一些，我回去給嫣兒和小花生。」

「放心，你不說我也會去買。咱們來一趟京城不容易，怎麼能不帶點東西回去？」林澤滿口答應道。

時間就在林清養病中一點一滴過去了，過了大半個月，林清終於在許太醫的高超醫術之下，又變得生龍活虎。

在許太醫為他治病的期間，林清還向許太醫討教了關於養生的問題。許太醫對此倒是見怪不怪，許多文人雅士對養生都很熱衷，尤其是身子比較弱的人，而且林清身為貢士，以後要入朝為官，不會和他搶飯碗，故而許太醫是知無不言，甚至送給了林清幾本關於養生的醫書，讓他自己研讀。

林清的身子康復以後，便向沈茹提出了告辭。沈茹知道他出來久了，肯定想家了，也沒有挽留他，只是囑咐了他幾句，又送了他一些書，就讓兒子送他們去碼頭。

林清看著林澤指揮人把東西搬到船上，轉頭對身邊的沈楓說：「我這一走，咱們就要三年後再見了，你多保重。」

沈楓說：「你也多保重。三年後，你來參加殿試，到時咱們成了同僚，就能天天見了。」

林清笑道：「你這次殿試進了二甲，過些日子館選，應該會進翰林院，等到三年後再出館，誰知道你跑哪去了。」

沈楓對這次能進二甲也很開心，畢竟南榜的舉子太厲害，他北榜二十二名還能進二甲，確實是很幸運，忍不住笑說：「說不定我到時可以留在翰林院呢！」

「你要是留翰林院，我就努力也進翰林院，好跟你當鄰居。」林清開玩笑地說。

「行，那你可要在這三年裡好好溫習功課。」

林清看船快開了，便說：「借你吉言，我會好好溫書的。」

沈楓拿出一根柳枝送給林清，「願君一路順風！」

林清接過柳枝，拱手說：「保重。」然後轉身上了官船。

林清站在甲板上，看著船慢慢駛出碼頭，等看不到碼頭上的人，這才往船樓上走去。

進了艙房，林清看到林淑正在整理東西，就問道：「可還適應？」

他見林淑沒什麼暈船的跡象，放下了心來。

「二哥莫擔心，我之前從沂州府到金陵也是坐船，沒事的。」林淑說著，把手中的小玩意兒拿給林清看，「哥哥看我買的這些個小人好不好看？小小和小花生會喜歡嗎？」

林清看著幾個精緻的小瓷人，笑著說道：「這麼精緻可愛，他們肯定會喜歡的。」

「喜歡就好。」林淑歡喜地說：「我進宮這麼久，也沒能看小侄女長得什麼樣。哥哥，光聽你叫小花生，小花生長得什麼樣？像你，還是像二嫂？」

「當然是像我了，和我小時候長得可像了。妳想想我小時候，就知道妳侄女長什麼樣了。」林清得意地炫耀道。

林淑回想著林清小時候的模樣，突然發現，她的年紀比林清小，林清小的時候，她根本還不記事啊！

林淑問道：「哥，我比你小，我記事又晚，怎麼可能記得你小時候長什麼樣？」

林清一時噎住。

林清一行人從金陵坐船到了徐州，又從徐州下船換馬車，這才到了徐州府。

林淑沿途偷偷掀了馬車的簾子好幾次，想看看還要多久才到家。

林澤知道林淑心急，就安慰道：「過一會兒就到家了，我早去了信說今天回來，爹娘肯定在家裡等著，很快就能見到面了。」

林淑點點頭，還是忍不住掀開簾子往外看，「我還以為我這輩子都回不來了，想不到兩年後我居然又回來了，簡直像做了惡夢一樣，現在終於醒了。」

「放心，都過去了。」林清安慰道：「哥哥以後不會再讓妳離開的。」

林淑用力地點頭，「我也不會再離開爹娘的身邊！」

林澤笑說：「妹妹，妳還要出嫁呢！」

林淑想到自己的年紀，今年她已經到了出閣的年齡，只怕在父母身邊留不了多久了，忍不住有些傷感。

林澤看林淑不說話，不禁暗怪自己說話不經大腦，忙說：「妹妹現在還不算大，可以再多留兩年，到時就找沂州府本地的，這樣就可以經常見到了。」

林淑也知道自己不嫁不可能，其實相比於進宮，能嫁在離父母近的地方，已經是燒高香了，故而很快拋開了煩惱，想到家裡，忽然問道：「對了，三嬸家的濟堂哥和慧姊姊後來補成親筵席了嗎？」

提起林濟和慧姐兒，林清笑道：「他們都生米煮成熟飯了，還補什麼筵席？妳走後，妳慧嫂子就查出有了身孕，直接辦孩子的洗三了。」

當初林三叔帶著林濟匆匆趕去林濟的姨家，說明了情況，林濟的姨媽姨夫也知道事情緊急，雖然成親是大事，可相比於採選，那點儀式面子自然就不重要了，所以他姨夫當即就把女兒叫出來，披了斗篷就打算把女兒先送到林府。誰知還沒出大門，就被官兵們堵在家裡，出不去了。

林濟的姨夫也是個狠人，一看情況不對，直接把女兒和外甥往女兒的閨房塞，於是，林濟在岳父家，把生米煮成了熟飯。

官府本來想追究，可林濟和慧姐兒本來就訂了婚，有官府白紙黑字的婚書，再加上林家用了錢，慧姐兒又破了身，官府最後才不了了之。

由於這件事不好張揚，因此，林三叔和林濟的姨夫後來也沒敢大張旗鼓地辦喜宴，一直到後來慧姐兒生了孩子，才敢大辦洗三。

林淑說：「慧姊姊當初也多虧和堂哥早訂婚了，要不，也要陷進去了。」

林清陪著林淑說了一會兒話，馬車就停了。林淑一骨碌從馬車上爬起來，掀開馬車的簾子，果然旁邊就是林府的大門。

看到門口最前邊站著的兩個熟悉的身影，林淑忍不住了，直接從馬車上跳下來，驚得身後的林清忙喊道：「小心！」

林淑跑到林父和李氏面前跪下，一把抱住林父和李氏的腿，眼淚瞬間流了出來，大聲哭道：「爹、娘，不孝女回來了！」

李氏忙將林淑拉到懷裡，仔細地看了看，來回摸著林淑的臉，這才用力把她摟到懷裡，哽咽地說：「淑兒，我的丫頭，是我的閨女，我閨女回來了！娘的淑兒啊，娘想妳想得眼淚都快流乾了！」

林澤見李氏抱著林淑又要哭起來，上前安慰道：「娘，小妹回來是喜事，您不應該哭，應該高興才對！再說小妹剛回來，走了一路也累了，快讓妹妹進去休息吧！」

「你說的對，今兒我應該高興。」李氏擦了擦淚，對林父說：「咱們快點進去吧。」

林父點頭，「孩子們都累了，進去先讓他們歇歇。」

林父和李氏領著眾人往裡走，問了幾句路上的情況，看到兩個兒媳婦都眼巴巴地望著自己的丈夫，知道兒子出去久了，兩個兒媳婦獨守空房，也不好意思再問下去，就讓他們先回去梳洗梳洗，等晚上再到正院用餐，而林淑自然是被李氏留下來說話。

回到自己的宅子，林清沐浴更衣，收拾了一下，就到正屋去看老婆孩子。

看到王嫣正為他準備茶水和點心，林清忙說：「不用忙活，我路上吃了不少，還不餓。咱們閨女呢？我好幾個月沒見，可想得慌了。」

「在裡屋呢！」王嫣笑著用手一指。

林清屁顛屁顛地進去，打算抱抱小閨女。

小花生正在床上抱著自己的腳丫啃得香甜，旁邊的奶娘輕輕地用軟布擦她的口水。

林清走過去，坐在炕上，用手逗小閨女，笑著說：「妳不去接爹爹，原來是躲在屋裡偷偷啃腳丫呢！好不好吃？來，讓爹爹啃啃。」

小花生睜著無辜的大眼睛，看了看林清，好像聽懂了，手一鬆，腳丫頓時掉了下去。

「小氣，居然不給爹爹啃！」林清用布幫小花生擦了擦小腳。

小花生的視線跟著林清手中的布轉，伸手想要去搆。

林清故意拿著布逗她，每次在她要搆著的時候，便又故意往後縮。

小花生搆了兩三次，頓時急了，猛地翻身，把布壓在了小身體下面。

林清驚訝地說：「妳還挺有本事的嘛！」

他拿出了一個小鈴鐺，在小花生面前晃了晃。

鈴鐺清脆的響聲，吸引了小花生的注意力。

小花生扔開布，又開始去搆林清手中的鈴鐺。

林清打算故技重施，讓小花生伸手搆。小花生的小手抓了兩次，突然不耐煩了，直接對林清喊道：「爹！」

林清猛然瞪大眼睛。

他的寶貝閨女會喊爹了？

林清又驚又喜，忙把小花生抱起來，「閨女，來，再叫一聲爹！」

小花生終於抓到林清手中的鈴鐺，直接把鈴鐺抱在懷裡，啃了兩口，發現不好吃，就拿在手裡晃著玩，對林清的話充耳不聞。

林清哄了小花生幾句，發現她還是不肯叫，就把她的鈴鐺拿開，威脅道：「叫爹爹，要不就不給妳玩鈴鐺。」

小花生看著手裡的鈴鐺沒了，又瞅了瞅林清，突然「哇」一聲哭了。

林清忙將鈴鐺塞到小花生手裡，手忙腳亂地抱著她哄起來：「不哭不哭，爹爹不搶妳的鈴鐺了，爹爹是逗妳玩的呢！」

王嫣聽到小花生的哭聲，忙從外間轉進來，「她怎麼哭了？」

林清有些心虛地轉移話題：「小花生居然會喊爹了！」

王嫣好笑地說：「小花生前些日子就會叫了。」

林清想到小花生現在已經十一個月大，確實應該會喊人了，就開心地說道：「剛才她喊我爹了，我走了這麼久，她竟然還記得我，哈哈哈！」

王嫣柔聲地說：「夫君是小花生的爹爹，她怎麼會忘記？」心中卻想，不枉自己天天拿著夫君的畫像給女兒看。

林清抱著小花生掂了掂，問道：「小花生還會喊什麼？」

王嫣從林清手中接過小花生，拿帕子幫小花生擦擦嘴，「咱們閨女開口比較早，現在爹娘都喊得比較清楚了。前幾天在娘那裡，奶、爺也能含糊地喊出來，不過，這孩子懶得很，不肯輕易開口，也不知這性子像誰？」

林清摸摸鼻子，他們家能說懶的，好像只有他……

王嫣把小花生放到炕上，扶著她的腋下，讓她練習走路，然後對林清說：「茶水和點心我準備好了，二郎先吃一些，到晚上吃飯還有一段時間，省得餓著。」

林清沒感覺到餓，但夫人的好意不能辜負，就起身到外間吃了些點心。

林清吃過點心，就陪著小花生玩。小花生現在已經開始邁步，只是大概是林清的遺傳，小花生很懶，走兩步就一屁股坐在炕上，不肯起來，連拿好吃的好玩的哄都不肯。

林清正拿著布老虎想引誘閨女多走兩步，小廝匆匆從外面進來，說道：「老爺，剛才大宅傳來話，說聽到老爺回來了，沂州府的官員紛紛送來了賀禮，老太爺不知道怎麼處理，讓小的請老爺您過去。」

林清聽了一愣，隨即反應過來，「知道了，我這就過去。」

他又轉頭對王嫣說：「我先去父親那裡，妳帶小花生去娘那邊，等會兒我去找妳。」

王嫣點點頭，「妾身收拾一下就帶小花生去。」

林清去了大宅，先到前院，林父果然正在前院等著林清。

一看到林清，林清忙對林清招招手，然後指著地上一箱箱的賀禮，有些不安地說：「那些人知道你回來，就叫管家送來了這些，裡面有不少是咱們沂州府的官員，甚至連縣令大人和知府大人都送了一份。」

林父說完，拿起桌子上的禮單，遞給林清。

林清接過禮單看了看，果然有不少是沂州府的官員送的，不過大多是七八品的官員，唯一個四品的，就是江知府。

林清對林父說道：「爹爹，沒事的，收下吧，只是正常的人情往來。」

「正常的人情往來？可是咱們家和這些人沒有什麼往來啊？」林父疑惑道。

「當然，其實也有，只不過是林家單純給這些人送禮。

「只是官員之間的禮尚往來。」林清說道。

「咱們家哪有人當官？」林父說著，突然問道：「你不是沒中進士嗎？」

林清點點頭，解釋道：「我雖然沒中進士，可我經過會試，中了貢士，殿試只是對貢士進行排名，也就是說，舉子只要中了會試，不出意外，就是準進士了。」

「真的？」林父大喜。他已經從信中知道林清因為生病沒能參加最後的科考，不過他一直沒敢在林清面前提起，生怕林清覓得難受，所以他到現在都還不知道中貢士的意義，只以為林清沒有考中。

「雖然我因為生病沒能參加殿試，但我的貢士名額是保留的，只要三年後去京城參加殿試，就會根據名次賜進士及第或進士出身。只要中了進士，哪怕最次的三甲，一旦授官，最低是七品，所以這張禮單上，送賀禮的大多是七八品的官員，六品的就很少，唯一一個四品的，就是知府大人，因為他是本地的父母官，治下有人中進士，這算是他的功績，所以他才送賀禮意思一下。」

林父恍然大悟，這就相當於同一層次的多了一個人，大家都去恭賀一下，可即便如此，林父還是極為高興，「那就是說，三年後你就可以做官了？」

林清點頭，「看三年後的殿試怎麼樣，如果進了一甲，就會直接進翰林院。如果中了二甲，就要進行館選，能選上的，就是庶起士，不能選上的，大約就要去六部，而如果中了三甲，一般是去各地任職。不過，不管幾甲，都是進士，可以免兩千畝稅和全族勞役。」

林父頓時覺得像是被巨大的餡餅砸中，放聲大笑，笑著笑著，忽然往後栽倒。

林清忙扶住林父，嚇得幫林父揉胸口，對旁邊的林管家說：「快去叫大夫。」

林父喘了幾口氣，緩了過來，拉住林清說：「不用叫大夫，我就是一時有些歡喜過了頭，沒事沒事，緩緩就行了。」

林清將林父扶到椅子上，倒了一杯水遞給林父，勸說道：「爹，您快喝點水。您可要注意身子，不能大喜大悲。」

林父喝了一口水，笑說：「你爹我高興，我真沒想到我居然能養出一個做官的兒子。」

林清笑笑，「那爹爹您覺得您會養出一個什麼兒子？」

「我一直覺得，只要你和你哥哥能撐起鹽號，我就滿足了。」林父高興地說：「沒想到不僅你哥哥能撐起鹽號，我居然還能看到你做官的那天。」

林父又說：「你去後宅看你娘，我去找你兩個叔叔，告訴他們這個好消息。」

林父說完，急急地出門去了。

林清讓林管家把賀禮收進庫裡，自個兒去了後宅。

王嫣已經帶著小花生到了，李氏正抱著小花生，拿各種好玩的玩意兒逗她。

小花生看到林清進來，就把手中的撥浪鼓遞給林清，喊道：「爹！」

林清喜不自勝地抱過寶貝女兒。

李氏看著小花生，笑著說：「這個小沒良心的，我和她娘天天在家看著她，這她親爹一來，立刻就翻臉不認人了。」

王嫣也附和道：「可不是？小花生一看到二郎，就連我這個親娘都拋在一邊了。」

林清用鼻子蹭了蹭小花生的臉，「那是因為咱們小花生想爹爹了。」

小花生一臉懵懂，見林清用鼻子蹭她，覺得好玩，可能更覺得好吃，直接張開嘴，一口咬上了她爹的鼻子，抱著細細地啃。

林清忙把小花生往下放，拿布擦擦鼻子上的口水，又摸了摸。幸好小花生只長了幾顆小牙，還咬不動，只留下一個淺淺的小牙印。

林清故意板著臉說：「妳怎麼能啃爹爹的鼻子呢？」

小花生伸手想要搆林清的鼻子，林清趕忙握住她的小手，「這個髒，來，咱們玩布老虎。」說著，把布老虎塞到女兒懷裡。

小花生抱著布老虎，注意力果然被轉移，開始啃布老虎玩。

林清看著閨女抱什麼啃什麼，就轉頭問他娘：「娘，小花生怎麼什麼都啃？」

李氏看著小花生，慈愛地說：「沒事，她正是長牙的時候，牙根癢，就喜歡啃東西，小孩子這個時候都這樣。」

王嫣也跟著道：「二郎不用奇怪，小孩子長牙的時候都愛吹牙根肉，或者咬東西磨牙，等長完牙就好了。」

林清瞅了瞅閨女的小嘴，確實看到了上下各有兩顆米粒大小的小牙，旁邊還有兩顆剛剛冒出一點，還沒長出來。

林清笑道：「我還以為咱們閨女隨我，看到什麼吃什麼，就喜歡吃呢！」

李氏：……

她兒子好有自知之明！

李氏把小花生抱過去，打趣道：「來，小寶貝，別給妳爹爹玩，妳爹爹嫌妳會吃呢！」

然後把旁邊擱著的蛋羹拿過來，用小勺挖了一點，吹涼了弄碎，餵給小花生。

小花生正是對除了奶以外的東西好奇的時候，立刻用手抓著小勺往嘴裡送。

李氏一邊餵小花生，一邊說：「你爹怎麼沒一起過來？」

「爹去找二叔和三叔說話去了。」林清把事情說了一遍。

「真的？」李氏趕忙把小花生遞給王嫣，問道：「真的只用再去考殿試就可以做官？」

林清點點頭，「確實如此。」

「祖宗保佑！」李氏雙手合十，興奮地說：「明天你和娘一起去天音寺還願，想不到天音寺的菩薩這麼靈。娘本來還想帶你妹妹去天音寺給楊妃娘娘點功德燈，正好你也去。」

「給楊妃娘娘點燈？」林清疑惑地問道。

「當然了。」李氏說：「你妹妹是因為託了人家楊妃娘娘的福才能出宮的，娘聽說天音寺的功德燈可以保佑生兒子，所以明天娘和你妹妹一起，親自去給楊妃點一盞。」

李氏剛說完，王嫣馬上期待地瞅著林清說：「二郎，咱們也去點一盞吧！」

林清後知後覺地反應過來，點燈等於期待生兒子，他的夫人的意思是……

林清艱難地點頭，看來今後他又要辛勤耕耘一段時間了。

林清和李氏說了一會兒話，林淑就過來了，笑著問：「娘和哥哥說什麼呢？」

林清見林淑的眼睛有些紅腫，就知道他們來之前，他娘和林淑定然又哭過一次，也不說破，答道：「說明天一起去天音寺的事。」

林淑開心地說：「我好久沒去天音寺上香了。」

林清知道林淑在宮裡悶得狠了，頓時覺得出去散散心也不錯，就對李氏說：「要不，咱們明天都去天音寺上香吧？問問大嫂去不去？」

李氏想了想，覺得大兒子很久沒回來，大兒媳婦想必也急著懷一個，便說道：「那等會兒你嫂子來了，娘問問她。」

過了一會兒，林澤和小李氏過來，李氏一提，小李氏果然歡喜地答應，還拽上了林澤，打算夫妻倆一起去天音寺點個功德燈。

林清倒是覺得與其把這些錢給寺廟點功德燈最後不知便宜了誰，還不如送給窮苦百姓，就對李氏說：「雖然點功德燈可能有用，可畢竟只是用錢託別人做功德，哪有自己做功德心意更誠？而做功德最好的就是佈施，娘，不如咱們湊些銀子，在城外支個粥棚，施些粥。現在正是春天，青黃不接的時候，許多百姓連野菜都吃不飽，咱們施些日子粥，雖然不一定治本，可起碼能緩解一些。」

李氏聽了，思索了一下，「還是我兒想得周到，佈施乃六度之首，確實最積功德，這樣吧，我出五十兩。」然後看著林淑，李氏知道女兒剛回來，手上沒有多少銀錢，就說：「淑兒的那份我出。」

小李氏忙說：「娘和小姑都出，媳婦自然也不能落後，媳婦和大郎也出五十兩。」

林清也跟著說：「兒子和嫣兒也出五十兩。」

李氏點點頭，對林澤說：「等會兒你安排幾個靠得住的人手去城外施粥。」

林澤應道：「兒子記住了。」

李氏安排完了，等著林父回來一起吃飯，誰知等了一會兒，林二叔的管家來報，說大老爺和他家老爺還有三老爺在家裡吃酒吃多了，已經歇下。

李氏知道她丈夫八成一高興就喝多了，也不在意，招呼著兒子兒媳熱熱鬧鬧地吃飯。

第二日，李氏果然一大早就帶著兒女、兒媳們去天音寺上香。

由於他們把錢用來佈施了，王嫣和小李氏也沒再提點功德燈的事，幾個人在天音寺轉了一圈，又去方丈那裡求了幾個生子符，用了些寺廟裡的齋飯，才在傍晚時驅車回去。

林澤和林清騎著馬，女眷們坐在馬車裡，由僕從們簇擁著，浩浩蕩蕩地往回走。

林清一邊騎馬一邊和林澤說話，兩人說說笑笑地一直走到沂州府城外，林澤突然指著前邊的城牆，好奇地說：「那邊怎麼圍了這麼多人？」

林清隱約看到牆上露出黃紙的一角，猜測道：「朝廷出什麼詔令了嗎？」

林澤直接對跟著的林管家說：「林伯，找個壯實的小子去看看皇榜上寫什麼。」

朝廷不輕易出皇榜，只要一出，那必定是大事。哪怕是平頭百姓，只要一看到皇榜，也會過去圍觀，至於百姓不識字，這倒不用擔心，官府會派衙役在旁邊一遍一遍地念皇榜。

林管家叫了一個機靈的小子去聽皇榜。

林清和林澤帶著一幫人不好在城門口停留，便先進城門回家。

林清等人剛回到後宅，去看皇榜的小廝就匆匆跑來，進門先向眾人行禮，才說：「小的剛剛去聽皇榜，皇榜上說，鎮北將軍楊將軍私通外敵，收取外族賄賂，按律誅三族。」

此話一出，眾人大驚。

林清忙問道：「你確定是鎮北將軍？」

「小的聽得一清二楚。」

「除了這事，還有別的嗎？」

小廝搖搖頭，「皇榜上就說了這件事。」

林清想了一下，問道：「上面沒有提到楊妃？」

小廝一頭霧水地說：「小的不曾聽到這個名字。」

林清拿了一個銀豆扔給他，「下去吧！」

小廝退下後，林淑忙說：「哥哥，這位楊將軍莫非是……」

「是楊妃的父親。」林清直接說道。

「啊！」林淑驚呼一聲，「楊妃娘娘不是懷有龍裔嗎？楊將軍馬上要做皇子的外家，怎麼會私通外敵？」

林清心道，就是因為楊妃懷孕，才有人急著對付楊將軍，這是釜底抽薪啊，不過，這話不能說出來，容易犯忌諱，於是他只能搖頭。

林淑不曾見過楊妃，在宮裡時，她是在比較偏的書閣，甚至連楊妃名號都沒聽過幾次，可是她是因為為楊妃祈福才能出宮的，所以對素未謀面的楊妃充滿了感激之情，聽到楊妃出事，她自然是最著急的。

林淑繼續問道：「那楊妃娘娘會不會有事？」

林清想到皇榜上沒有提到楊妃，就說道：「楊妃懷有龍裔，又是出嫁女，應該不會算在三族以內，但被冷落是一定的，說不定會被打入冷宮。」

「怎麼會這樣？娘娘肚子裡懷的可是皇上的孩子，皇上就一點情分也不看？楊妃娘娘不是很得寵嗎？」林淑不敢置信地說。

林清嘆了一口氣，拉著林淑坐下，「傻妹妹，那是皇上，是天子，全天下的女子都是他的，他寵誰，不過是一時喜歡，又怎比得上朝中大事？沒了楊妃，還有李妃，皇帝從來都是不缺女人的。」

林淑聽了默然，她知道哥哥說的是對的，整個後宮佳麗三千，名義上都是皇上的女人，皇上確實不會因為一個女人而影響朝政，當下感嘆道：「可憐楊妃娘娘，懷有龍裔卻遭此巨變，也不知道能不能撐得住……」

林淑嘆完，又說：「我去小佛堂給觀音菩薩上炷香，祈求楊妃娘娘能撐過此劫。」

李氏當年因為林淑進宮，在側屋安了間佛堂，每天早晚一炷香，祈求神佛保佑林淑在宮裡平平安安的，雖然林淑現在回來了，可小佛堂還是留下了。

李氏也說：「娘和妳一起去。楊妃娘娘對咱們林家有大恩，咱們沒本事，幫不上人家，只能在佛前盡盡心，希望佛祖可以保佑娘娘否極泰來。」

小李氏和王嫣一聽，也跟著起身，一起去了小佛堂。

林澤看著女眷都走了，就問林清：「你是不是知道什麼了？我看剛才小廝回稟的時候，你好像不是很驚訝。」

「知道算不上，只是聽恩師說過，最近朝堂上各方勢力爭鬥得厲害，鬥得久了，就必然有落敗的，我只是沒想到，最先落敗的是楊家這一方。現在想想，楊家是最近幾年才憑戰功起家的，比起另外幾家，確實勢弱了許多，也難怪率先出局。」林清解釋道。

「那……楊將軍是被人陷害的？」林澤問道。

林清搖搖頭，「這個我就不知道了。有可能是別人陷害，也有可能是楊將軍自身立身不正，被人抓了把柄。我畢竟不曾在朝堂，只是道聽塗說，不可能知道實情。」

林澤只是好奇，見林清也不清楚，就不再追問，逕自出去處理鹽號的事了。

林清看著人都走了，才嘆了一口氣。

伴君如伴虎，哪有什麼對錯？外面的那些罪名，不過是失敗後被處置的藉口。至於實情，不是真正參與的，又有幾個知道。

……

時光荏苒，三年的時光如白駒過隙，轉瞬即逝。

林清站在銅鏡前，整了整衣裳，看著鏡中逐漸成熟的五官和越來越重的書卷氣，一時竟有些恍惚，不由得發起愣來。

王嫣捧著一個匣子進來，就看到林清正對著鏡子裡的自己發呆，當下笑道：「二郎可是覺得自己風采過人，竟是看呆了不成？」

林清這才回過神來，搖頭笑說：「哪裡就風采過人了？不過是好久沒照鏡子了，一照居然發現自己沉穩了許多，有些驚訝而已。」

「二郎從加冠後就日漸穩重起來，氣勢更盛，只是你懶得照鏡子，才不曾發現，」王嫣說到這，捂嘴笑道：「難道二郎不曾發現，伺候您的丫鬟經常偷偷看著你臉紅？」

林清的身邊的大丫鬟原來是梅香和蘭香，這兩年兩個丫鬟大了，林清就問明了兩人的意願，各自送了她們一副嫁妝，讓她們嫁給自己中意的小廝。如今身邊的兩個大丫鬟，雖然也叫梅香、蘭香，卻是從下面重新挑上來的。

林清聽了，調侃道：「原來夫人吃醋了。要是夫人不願意，問問那兩個丫頭有沒有意中人，送她們一副嫁妝，讓她們到外面做正頭娘子。」

王嫣臉紅了起來，「都老夫老妻了，妾身哪裡會吃這樣的乾醋？人家丫鬟不過看你長得好，多看你幾眼，要是這醋妾身都吃，二郎你每次出去那些給你送果子的，送手帕的，妾身豈不是要掉進醋罈子裡？」

林清有些尷尬，自從他這兩年身體長開後，外貌倒是越發能糊弄人了。如果不是非常了解他底細的，任誰一見，都會覺得他是個溫潤如玉的翩翩公子，再加上他的書卷氣重，走在路上，時常有一些大膽的小娘子送他果子手帕什麼的，甚至有一次遇到沂州府的花魁，人家還特地請他喝茶，問他缺不缺紅顏知己，打算招他做入幕之賓，嚇得林清落荒而逃。

聽王嫣提起，林清笑道：「那些人也不過是看到我的外表，如果真了解我的性子，知道我的實際情況，只怕會大失所望。」

王嫣搖搖頭，「二郎怎麼能這麼說？夫君你只是性子淡泊，不慕名利，有些散漫，平時不愛拘束而已。」

林清聽得汗顏，他夫人能把他的懶和不上進說得如此「清麗脫俗」，也算是一種本事。

見王嫣手中的匣子，林清問：「妳拿的這個是什麼？」

「對了，」王嫣忙拿起匣子說：「光說話忘了正事了。外面聽說二郎你馬上要啟程去京城參加殿試，紛紛送來了盤纏。」

林清點點頭，上次從京城回來，最後一場殿試沒考，他便沒讓家裡人對外宣揚，只是自己家裡慶祝了一下，不過林家沒外傳，沂州府的官員可沒藏著掖著，畢竟沂州府出了一名準進士，意味著以後又要多一名官員了。大家秉持著官場上多個朋友多條路的原則，有些宴會也會給林清下帖子。

這些人是當地的父母官，林清不好意思拒絕，最初幾乎都去了，繞了一圈後，才藉口溫書，在家裡閉門不出。即便如此，沂州府有點人脈的家族也知道林家出了位準進士，本著提前投資的目的，無論認識不認識的，逢年過節，都會給林家走一份禮，因此這次他入京，這些人送來盤纏，林清也沒有奇怪，只是對王嫣說：「好好記下，等人家有事，記得回禮，千萬別讓人家虧著。」

王嫣點頭，「妾身曉得。」

林清和王嫣正說著，就看到四個孩子跑進來，前面一個五六歲的小男孩正跑得歡，另一個四歲的小女孩倒是文靜，後面跟著兩個搖搖擺擺還走不大穩的小不點，最後是幾個奶娘，正小心地伺候著，生怕這四個小祖宗摔著。

小女孩一看到林清，直接走過來，抱著林清的大腿，仰頭喊：「爹！」

林清把小女孩抱起來，溫和地說：「小花生怎麼來了？」

小花生奶聲奶氣地認真說：「我和弟弟想爹爹就來了，大哥和妹妹也想一起來玩。」

林清這三年除了讀書，還幹了一件大事，那就是和王嫣造出了一個小黃豆，而林清的大哥也沒閒著，同樣也多了一個女兒。小黃豆今年兩歲，林澤的女兒小芝麻比他小兩個月。

林清抱著小花生蹲下，把小花生和小芝麻攬過來，笑著問：「想我了？」

小黃豆看著林清，興奮地喊爹爹，然後往林清身上趴去。

林清連忙扶住他，「哎喲，寶貝兒子，你穩當點，別天天摔屁股！」

小芝麻眨眨眼，努力從自己字彙不多的詞庫中挑出一個詞，喊道：「叔？」

「唉，乖！」林清摸摸小芝麻的頭，把三個小的一個個抱到炕上，又捉住旁邊跑個不停像隻皮猴似的小小，也放到炕上，不讓他下來。

王嫣將準備好的點心端出來，哄著孩子們在炕上邊吃邊玩。

看著四個孩子，林清笑著對王嫣說：「幸虧咱們第一個生的是閨女，妳看小小這麼皮，大嫂得費多少心。」

王嫣看到小小就算在炕上，也沒閒的一刻，笑道：「六七歲的孩子，正是貓嫌狗厭的時候，哪個不這樣？過了這時候就好了。你別看咱們小黃豆現在這麼老實，過兩年等他能跑快了，你看他皮不皮？」

「唉，怪不得人家說養兒方知父母恩。等到養了孩子，才真正知道養孩子要費多少心神。」林清感嘆道。

小黃豆吃了一會兒蛋羹就爬到林清身上，爬上來爬下去，玩得樂呵。小芝麻看到，頓時也不吃了，跟著過去爬著玩。小花生見小黃豆和小芝麻都趴林清身上，也不甘示弱地跑去抱著林清，宣示主權。小小看到三個小的都爬了，直接跑去，一屁股坐在林清的腿上。

林清：……

熊孩子，他不是玩具！

林清把四個熊孩子從自己身上抓下來，站在炕前整了整衣服，然後用手指頭一人戳了一下，「你們這群小傢伙，還真把我當床架了！」

王嫣看得好笑，「誰叫你在孩子們面前一點架子都沒有，還天天陪他們玩，他們可不是得見你就鬧你。你看看孩子他大伯，他往前一站，孩子們立刻老實得不敢動了。」

林清想起林澤一出現，孩子們就乖得不得了，忍不住笑著罵道：「這幫小傢伙就是一群欺軟怕硬的主兒！」

他從櫃子裡拿出前不久上街買的小玩意兒給四個小傢伙，然後坐在炕邊，和王嫣一起用身子擋著四個孩子，防止他們掉下來，一邊看孩子一邊說話。

王嫣說道：「二郎這次要獨自上京，會不會不習慣？要不，我讓娘家的二哥陪你，反正二哥也不是很忙。」

林清搖搖頭，「不用了，我如今已經加冠，再麻煩別人不太好，再說我也不是自己去，這次我帶的丫鬟小廝不少，一路上不會不方便。」

林清這次只是參加殿試，會試第一場是二月初九，每三天一場，提前一天進場，每場結束出場一天，休息一天，再加上放榜的時間，每次到殿試都是三月初，而運河出了正月一般就化冰結束，所以他這次上京倒沒怎麼忙，便打算出了正月再啟程。

這個時候正是林家鹽號從鹽船接鹽之時，林澤這兩年已經從林父手中接過鹽號，正帶著一幫堂弟忙得不可開交，分身乏術，自然沒辦法陪林清去京城參加殿試。

林父閒了下來，倒是想跟著去，奈何林父五十歲了，林清哪敢讓他跟著舟車勞頓，當下決定自己去。他已經加冠，算是成年，再者是第二次去京城，林父和李氏雖然擔心，但在林清的堅持下，只好同意，卻是給了撥了不少家生子的僕人陪著他一起上京，故而林清並不擔心路上缺人手。

王嫣聽了，這才作罷，又說道：「那這次夫君可要有什麼要準備的，告訴妾身，妾身好提前讓人收拾好。」

林清說：「上次我去京城時，娘準備得就很妥當。娘那裡應該有單子，妳去找娘要，照著備一份就可以了。」

王嫣笑說：「那單子娘早就給了，妾身也備妥了，二郎再想想有什麼要添置的。」

林清想了一下，這才說道：「多帶些能出去會客的衣服吧。如果中了進士，可能有不少的宴會要參加。」

王嫣忙說：「妾身底下有幾個上等的布莊，這就讓他們做一批衣裳來。」

林清點點頭，繼續道：「妳再去我的那個古玩鋪子裡看看有沒有硯臺之類的雅物，挑些品相好的讓我帶上，省得到時人情往來沒東西送。」

「妾身記下了。」王嫣說道。

◆ ◆ ◆

二月二，龍抬頭。

林父特地挑了個吉利的日子，祭祖時請祖宗保佑林清能考個好名次，才讓林清啟程。

由於是第二次進京，無論是林清，還是跟著的小廝小林和丫鬟婆子，全都輕車熟路，一路從沂州府到金陵，走得極為順暢，到了二月中旬就抵達了金陵。

這次來接人的是沈楓，林清驚訝地問道：「你今天不用坐堂嗎？怎麼有空來接我？」

林清回到沂州府後，與沈府的通信一直沒間斷，知道沈楓當初館選成功，成了庶起士。按理說，沈楓現在應該在翰林院當值，今天又不是休沐，怎麼會有時間來接他？

沈楓高興地說：「我們這些庶起士年末就已經散館了，畢竟今年的進士也馬上要館選，我們總得給騰地方吧？散館後，我打算去地方幹幾年，吏部的調令還沒下來，所以這些日子我都賦閒在家。一知道你來了，我就立刻來接你了，我這個朋友夠義氣吧？」

「你打算去地方任職？」林清聽了一驚，「你不是打算待在翰林院或者六部嗎？怎麼忽然想去下面了？」

京官雖然不如地方官員權力大，可自古京官貴重，只要不是出去做封疆大吏，大家還是寧願當京官也不願意外放，畢竟一旦外放，如果朝中沒人，很可能一輩子回不了京城了。

沈楓拉著林清上了馬車，讓管家把後面的人和東西都帶上，在馬車裡見外面聽不到，這才小聲地說道：「最近京裡越來越亂了，幾位皇子結黨營私已經到明面上，六部除了我爹鎮著的禮部和汪尚書坐鎮的工部，其他幾部的尚書侍郎都開始站隊，禮部和工部之所以沒事，一是因為這兩部在六部中本就沒什麼權力，二是我爹和汪尚書本是皇上的心腹，幾位皇子不敢明面上拉攏。」

「不過，前陣子汪尚書的兒子差點出事，被汪尚書直接捅到了皇上面前，皇上大怒，幾位皇子才收斂一些，爹怕我在京城也會著了別人的道，所以我散館時爹就沒讓我留翰林院，而是託人讓我分派到北方任職，叫我避避風頭。」

「現在局勢已經到了這個地步？」林清皺眉，想到沈茹的老上司前禮部尚書兩年前致仕了，沈茹順理成章成了新的禮部尚書，要是有人瞅上了禮部，想對沈茹的獨子下手找把柄，還真不足為奇，難怪沈茹會想讓沈楓出去避風頭。

「可不是？」沈楓嘆了一口氣，「皇上今年都快五十了，五十而知天命，現在還沒立太子，幾位皇子哪裡還坐得住？」

「只是，越是這樣，皇上多半越不敢立太子，畢竟現在雖亂，三位皇子卻成三足鼎立之勢，一旦立了太子，朝中的平衡會被打亂，只怕會出岔子。」林清說道。

「就是這樣，明眼人都看得出來，皇上也看得明白，可是越這麼拖下來，朝中勢力越複雜，想獨善其身太難了，我爹現在愁得不行，為了不被牽連，他帶著禮部的人裝啞巴。」沈楓說到這裡，突然笑道：「其實，我爹帶著禮部眾人裝啞巴還是輕的，人家汪尚書為了置身事外，天天帶著工部的人在外面幹活，從修城牆到修官道，修堤壩再到造船……一年到頭，忙得沒時間在工部坐堂，就連皇上想見汪尚書一面，都讓內侍到京郊找。」

林清聽了，放下心來，看來這些老油條混了這麼多年，還是明白要如何明哲保身。

沈楓知道林清馬上要殿試，之後必然要進入官場，就把這幾年朝堂上的大事都跟林清解說了一遍，然後提醒道：「你這次的殿試要是名次好的話，要參加館選，如果能進翰林院，一定要千萬小心。」

「怎麼了？」林清忙問道。

「朝堂不安穩，翰林院也有幾個拉幫結派的，無非是為幾位皇子拉人，畢竟庶起士以後都要進入朝廷做官，所以你要是進了翰林院，務必謹慎行事。雖然翰林院屬於禮部，可有些事我爹只能睜一隻眼閉一隻眼，畢竟不好因為一點小事就和皇子懟起來。」沈楓答道。

林清點點頭，他也考慮到翰林院可能不太安全，否則沈茹不會把沈楓調出去。

沈府的聽雨軒還給林清留著，沈楓把林清直接送回聽雨軒，讓他先歇息。

住到沈府後，林清就開始了殿試最後的準備。沈茹抽空把皇上的脾氣和喜好告訴林清，以及可能出題的地方向林清點了點，又詳細講解了現在朝廷的狀況，就每天拿著前幾年的殿試題讓林清練手。

折騰了大半個月，終於到了殿試。

三月初三，林清丑時便起床洗漱，用完早膳就換上官服。前天去禮部複查時，禮部不僅重新檢驗一遍，還教了大家相關禮儀，發派統一的官服，生怕有人殿試失儀，惹怒皇上。

沈茹也已經起了，正準備去上早朝，看得林清心驚膽戰，這早朝都這麼早嗎？

沈茹看出林清在想什麼，笑說：「今天是殿試，早朝提前半個時辰，平日沒這麼早。」

只是提前半個時辰？

林清轉頭看看外面的天色，就算晚半個時辰，這天也亮不了啊！

沈茹搖搖頭，「你可知道只有五品以上的官員才能參加三天一次的早朝？不足五品的，只能在自己的部裡坐堂，這個倒不用起得早，每天卯時去堂部點卯就可以，可多少人削尖腦袋想往上爬，就為了參加早朝露個臉，期望得見聖顏。」

林清嘴角抽了抽，就皇上那張五十歲皺得像菊花的臉，需要凌晨摸黑跑去看嗎？

看完了，這一天真的能吃得下飯嗎？

沈茹不知林清心裡的嘀咕，還以為他緊張，就勸道：「對於殿試，你不用太過緊張，雖然是皇上親自主持，其實皇上也不過去露個臉，然後就去後殿喝茶。你只要剛開始不失禮，就沒有問題，而中間也不過是內閣的閣老和六部的尚書包括我去巡視兩次而已，剩下的，都是宮裡的內侍看著。」

林清點點頭，倒不覺得奇怪，畢竟他曾經監考過，知道監考有多無聊。從古至今，哪有上位者親自監考的？

「不過，這是殿試，判卷肯定會嚴格不少，你一定不要忘了避諱。會試忘了避諱，如果文章真好，主考官惜才，給添一筆也就過去了，可殿試要是忘了避諱，那肯定要重罰的。」沈楓認真地叮囑道。

林清聽了，忙在心中把從太祖到當今聖上的名字背了一遍，幸好現在皇上才算二世，要是來個末年，光避諱就能刷下一部分舉子。

沈茹又囑咐了幾點要注意的，這才急急忙忙地上朝去了。

林清收拾妥當，讓小林駕車，乘馬車去禮部指定的宮門外等候。

宮門離殿試的謹身殿很近，眾人不敢大聲喧譁，都在馬車裡默默等待。過了一會兒，宮門開了，幾個禮部的官員和內侍出來，內侍先對眾人搜身，確保沒有利刃等行刺的東西，又說了一遍禮儀流程，確定每個人都記住了，這才一甩拂塵，在前面帶隊。

眾人跟著內侍和禮官進了謹身殿，按禮部安排的順序入座，接著開始等待。

等了大約一個時辰，天光大亮，聽到三聲鞭響，眾人這才紛紛起身，拜倒在地。直到一個內侍高喊「起」，眾人才起身，重新落座。

皇帝說了兩句勉勵的話，就讓內侍發卷，殿試正式開始。

殿試只考策問，所以僅有一份考卷，不過給了五張草紙，考完草紙也要上交，所以哪怕是草紙，也得寫得工工整整的。

林清接過考卷，就拆開始答題。

幾位閣老和六部尚書都在後殿陪著皇上喝茶，每隔半個時辰，就有一位閣老和一位尚書起身，去前殿巡視，然後回來繼續陪皇上說話喝茶。

首輔文閣老和吏部尚書巡視完後，過了半個時辰，次輔李閣老就笑著對沈茹說：「沈大人，咱們也去前頭看看。」

沈茹所在的禮部雖然在六部中權柄很小，但禮部掌管天下文教，遇到科考這類的事，掌管科舉的禮部自然就得排在前頭。

沈茹拱手說：「李大人，下官得避嫌，這次不能陪次輔大人您去了。」

「咦，你避嫌？」李閣老有些驚訝，「令郎上一次不是通過殿試了嗎？還有，你不是這次會試的主考官嗎？」既然是會考的主考官，那就說明舉子中沒有需要避嫌的。

「次輔有所不知，人家沈大人這次避的不是親屬，而是師徒。沈大人的弟子參加這次的殿試，不過這位弟子是上一科的貢士，因為當時重病，報免了，所以才推到這一次殿試。」工部尚書汪大人幫著說明。

「恭喜恭喜！」李閣老笑說：「想不到沈大人是一門雙進士，可喜可賀！」

沈茹謙遜道：「不過是運氣而已。」

汪尚書道：「這運氣，在座的每位都想要有啊！」然後站起來對李尚書說：「次輔大人，下官陪您走一趟吧！」

「請。」李閣老點頭說。

林清寫了一天的策論，累得頭昏眼花，沒有注意到巡考的人到底有誰，一直等到晚上回到沈府，才知道沈茹為了避嫌而沒有巡考。
「既然你要避嫌，為什麼還會出現在大殿上？」林清奇怪地問。
「殿試是陛下主持的，內閣和六部官員都必須到，我當然也不能例外。」沈茹說。
「那避嫌就只是不巡視？」林清問道。
沈茹搖搖頭，「當然不是，閱卷我也不能參加。」
「讓你因為我避嫌，倒是麻煩你了。」林清有些不好意思。
「這有什麼，我巴不得次次避嫌呢！每次閱卷都得連看四天的卷子，累得眼疼！」沈茹毫不在乎地說。
「對了，你這次答得怎麼樣？把卷子默出來，我幫你看看。」
林清忙拿出筆墨紙硯，把答案快速默出來，遞給沈茹。
沈茹看了一遍，點頭說：「這策論你答得四平八穩，還是不錯的，但也不算非常出彩，一甲是不用想了，二甲應該沒有問題。」
「能中二甲就不錯了，這策論我又練了三年，已經到了極限，再好也做不出來了。」林清坦率地說道。
沈茹點點頭，「一甲的策論，確實不是靠練就能練出來的，天賦、運氣缺一不可。」
殿試結束後，林清直接放飛自我，賴在床上天天會周公。
這天，林清罕見地睡不著，一大早起來，便在屋裡亂轉悠。
沈楓進來看到轉圈圈的林清，笑著說：「我還以為你今天也能睡得著呢，昨天我來找你出去踏青，你不是還振振有詞地說『春睏秋乏夏打盹兒』嗎？今天怎麼不睏了？」
「睡多了。」林清走到旁邊的椅子上坐下，拿起茶杯喝了一口水。

「你居然有睡多了的時候？」沈楓相當驚訝。

林清這時候也沒心思和沈楓插科打諢，直接說：「你說本朝幹麼把傳臚大典放在下午，前朝明明就是在早上。」

「因為禮部準備傳臚大典很忙啊，這還是當初我爹上書請求更改的。」沈楓說。

林清：……

沈茹這傢伙，他難道不知道放榜時，舉子有多急有多想知道結果嗎？

沈楓見林清坐立不寧，頗為理解他，畢竟當時他可是從前一天晚上就睡不著，於是乾脆對林清說：「要不，我陪你下盤棋？」

「算了。」林清擺擺手。

他現在急得要死，哪有心思下棋啊！

沈楓沒辦法，只好陪著林清前言不搭後語地聊天。兩人雞同鴨講了半天，終於撐到了巳時，林清吃了些東西，便急急忙忙往宮門口跑。

來到宮門口，他才發現舉子們大都早早就到了，看來著急的不止他一個。

舉子們顧不得這是宮門口，不宜喧譁，紛紛找自己相熟的舉子小聲聊天，或者猜測這次殿試的名次。

林清會試不是這科，沒有相熟的人，就在那裡聽別人說話，打發時間。

等了大半個時辰，宮門終於打開，殿試時領路的內侍又出來，為眾人搜身過後，才讓禮部官員領著他們再次進入大殿。

眾人按次序站好，等著皇上宣布殿試結果。

內閣首輔親自向皇上呈上前十名的考卷，皇上看完，從裡面挑出三份，用御筆定為一甲三名，剩下的為二甲，略作調整，就遞給旁邊的內侍，讓其拆視姓名，進行傳臚。

眾人一聽到衛士開始唱名，個個緊張不已，林清也是，聽到上面一個個過去的名字，更是手心的汗都冒出來了。

終於，林清聽到衛士大聲唱道：「沂州府林清，二甲第八名，賜進士出身！」

林清心中一鬆，呼出一口氣，這才發現整個後背都緊張得濕透了。

唱完名，大殿開始奏樂，內閣大學士至三品以上各官員及新進士行三跪九叩禮，中和韶樂奏顯平之章，等禮成後，皇上乘輿還宮。

接著，眾進士和文武百官跟著皇榜出了大殿，一起到東安門外張榜，狀元則帶著諸位進士看榜，然後準備誇官遊街。

林清是人生頭一次騎馬遊街，倒是新奇得很，看著大家都穿得像新郎官似的，瞬間有一種大家集體去娶親的感覺，心裡還有些雀躍。

可騎著騎著，林清覺得有些不對，由於跨馬遊街三年才一次，人們對功名又較看重，所以從他們一開始遊街，街上的兩邊和兩側的商鋪就擠滿了密密麻麻的人，男女男少都有。

這不對勁兒，出在這個「女」上。

為什麼這麼多女子都朝他丟手帕和果子？

林清看著自己身上那比狀元還多三倍的帕子和果子，再看看前面那十位的長相，心裡嘆了一口氣：長得好也是一種負擔啊！

林清跟著狀元誇官遊街回來，沈楓出門迎林清，剛打算陪他去慶祝一番，卻在看到他的臉的時候微愣，用手指著他的臉問：「你的臉怎麼弄的？怎麼有瘀青啊？」

林清沉著臉說：「被果子砸的。」

「被果子砸的？」沈楓有些不敢相信地說：「你不會躲嗎？」

「怎麼躲？鋪天蓋地的果子，我倒是想躲，可總有砸中的。」林清很是無奈。

「怎麼可能？」沈楓說：「大家去看進士遊街，最多也就隨手抓一把果子丟。遊街的進士有上百個，再加上大多數丟不中的，每人能被砸十來個果子就算多的。這十來個果子你都躲不過，還能把你的臉打出瘀青？」

「我的位置比較靠前。」林清委屈地說：「我前面的幾個人確實如你所說的，只有零散的幾個果子，可一到我，那些女子抓了好多果子扔過來，我想躲都躲不過去。最過分的是，因為我在前面頂著，後面的那幾十個進士幾乎連一個果子都沒有被砸到。」

沈楓聽得瞠目結舌，看著林清的臉，突然反應過來，然後哈哈大笑說：「這也行？我頭一次聽說除了狀元、探花以外，有人靠容貌搶了整個誇官遊街的風頭。哈哈，你後面的那些進士豈不是恨死你了？一輩子一次大登科的榮耀，就被你搶得一點都不剩了。」

沈楓也不拉著林清出去慶祝了，趕忙把他拉進前院，讓僕人打水，又弄了兩個雞蛋給他敷臉，一邊給他敷，一邊說：「幸虧朝廷有規定，誇官遊街時路人丟的無論是果子還是花都不得有稜角，要不，你今天就不是瘀青，而是破相了。」

林清捂著雞蛋說：「敢情我還得感謝她們手下留情？」

沈楓聽了，忍不住又大笑起來。

沈茹散值回來，剛進前院，就看到林清正在敷臉上的瘀青，不禁嚇了一跳，問出了什麼事。得知是遊街時被果子砸的，不由得嘴角抽了抽。

沈楓好奇地問道：「爹，師弟的樣貌在一眾進士中很出眾嗎？」

沈茹點點頭，「本來探花也還不錯，不過被你師弟的容貌一襯，就有些名不副實。」

沈楓笑著拍拍林清，「果然是人比人氣死人。你師兄我長得也不錯，可當年的探花是南方方氏家族的長孫。那傢伙生得玉樹臨風，你師兄我雖說也不差，可被這一襯，唉……」

「那傢伙也被砸成這樣？」林清指著自己臉上的瘀青問。

接話的是沈茹，沈茹笑著說：「上一科的舉子，年輕俊秀的不少，所以他雖然出眾，也沒有一枝獨秀，倒是這次，咳，這次的進士，確實容貌上遜色了些。」

林清心道，哪裡是遜色了些，狀元都四十了，榜眼扔到人堆裡都看不出來。探花倒是青年才俊，只不過和他一比……不說也罷。

比才，林清一個都比不上，可要比容貌，林清自信這三人綁一塊都不是他的對手。

沈楓幫林清敷臉敷了大半個時辰，又塗了些藥膏，才終於讓那塊瘀青不那麼明顯，然後又看了看，安慰說：「沒事，明天應該就能全部消下去。」

林清拿著銅鏡照了照，發現果然不是很明顯了。

沈茹見林清敷完了，開始說正事：「殿試之後就是授官，狀元授翰林院修撰，榜眼、探花授翰林院編修，這是定例。其他進士，按殿試、朝考名次，分別授以庶起士、主事、中書、行人、評事、博士、推官、知州、知縣等職。」

「其中庶起士可以入翰林，最為尊貴，畢竟從前朝起就有慣例：非進士不入翰林，非翰林不入內閣，故庶起士有『儲相』之稱，所以你要想仕途更順暢，進翰林院勢在必行。這次你殿試中了二甲第八名，在二甲中非常靠前，只要朝考考得不差，館選一定沒問題。」

「每年庶起士選多少人？」林清問道。

「多時二十來人，少時十來人。」沈茹說道。

林清一聽，覺得自己的希望還是很大的，點頭說：「我會努力的。」

沈茹又說：「楓兒這些日子正好沒事，他參加過館選，讓他多指導你一下，我每天回來再幫你看看，朝考應該不成問題。」

沈楓拍拍林清的肩，「放心，包在我身上。」

林清感激地笑笑，又問沈茹：「師兄在家賦閒這麼久了，吏部的調令還沒有來嗎？」

「哪有這麼快？每年調換的官員很多，再加上今年新科進士也馬上要入朝，吏部忙得要死，能在夏至前把楓兒的調令下來就算快的了。」

林清頓時對吏部的效率有了一個新的認識。

沈茹說完，就回後宅找自己的夫人，而沈楓看父親一走，立刻拉著林清往外跑。

「去哪？」林清問道。

「帶你去一個好地方！」沈楓扯著林清往外走。

林清無奈跟上。

沈楓帶著林清坐著馬車走了半個時辰，才抵達目的地。

林清出了馬車一看，疑惑地問道：「咱們來河邊幹什麼？」

「知道這河叫什麼嗎？」沈楓反問。

林清搖搖頭，他又不是金陵人，平日又不常出來，怎麼會知道。

「聽過『十里秦淮』嗎？」沈楓嘿嘿地笑道，把林清拉到了一條畫舫上。

林清後知後覺地反應過來，十里秦淮？那不就是……

貳之章◆翰林傾軋爭風頭

看到畫舫裡有位美麗的女子，林清哪裡還不明白，這就是大名鼎鼎的秦淮名妓。

他轉身要下船，卻被沈楓一把抓住，「你下去幹什麼？」

「咱們家裡有嬌妻，怎麼能隨隨便便跑來逛妓院呢？」林清義正辭嚴地說。

沈楓被逗笑了，「想不到你還有柳下惠的性子。放心，這不是妓院，朝廷有規定，官員不得私自出入妓院，我又怎麼會明知故犯？這裡只是畫舫，畫舫中的姑娘都是賣藝不賣身，我可是知道你中了進士，才特地包下一條畫舫，帶你來看秦淮夜景的。」

那位美麗的女子也欠身說：「這位公子，奴家雖然出身賤籍，可也知道禮義廉恥四個字如何寫。奴家只是賣藝混口飯吃，卻也不是那等自輕自賤之人。」

林清這才知道自己誤會了，忙說：「是在下的不是，對不住姑娘了。」

「公子一看就面生，不像是來過的樣子，不知者不罪。」女子說完，坐了下來，柔聲問道：「不知兩位公子喜歡聽什麼？」

林清對這個不大熟，就看著沈楓，沈楓說道：「素聞姑娘琵琶了得，姑娘不如選一首最擅長的。今夜我們兄弟只是想看看秦淮夜景，有琵琶曲聽著就可以了。」

女子點頭說：「奴家最善《十面埋伏》，只是有些不應景。」

沈楓不在意地說：「無妨。」

於是，沈楓和林清兩人坐在船頭，一邊喝酒，一邊看風景。

女子調好了弦，素手一撥，激昂的《十面埋伏》頓時響動整條畫舫。

林清差點噴出口中的酒，忍不住看向沈楓，心道：聽著《十面埋伏》來欣賞秦淮夜景，你真的不是來毀情調的？

林清聽完了激情澎湃的曲子，女子稍作休息，準備要彈下一首時，林清忙說：「姑娘，來一首《春江花月夜》吧！」

女子捂嘴一笑，「奴家還以為兩位公子會繼續讓奴家自己選呢！」

沈楓一時有些尷尬。

「姑娘的喜好，我們兄弟倆實在消受不起。」林清笑著說。

女子說：「聽兩位公子的。」說完，彈起了《春江花月夜》。

林清暗暗點頭，剛才那首太煞風景了，這首才剛剛好。

林清和沈楓坐在船頭，一邊欣賞著秦淮夜景，一邊喝酒聊天，再聽著《春江花月夜》，確實是一種難得的享受。

林清說：「難得你能找到這麼好的地方。」

「怎麼樣，這秦淮夜景不錯吧？」沈楓很是得意。

「確實不錯，晚上看，別有一番風味。」林清點頭道。

沈楓喝了一口酒，「就知道你和我是一路人，這景色不是咱們這樣的欣賞不了。」

「嗯？」林清奇怪地問：「難道這看個夜景，還得分人不成？」

「當然。我以前自己來看過，覺得不錯，就帶了幾個我爹同僚家的子弟來玩，結果他們來玩了一晚上後，都說我有病。」沈楓忍不住倒起苦水。

「有病？為什麼？」林清不解。

「他們說我跑秦淮河不玩女人，只看風景，不是有病是什麼？」沈楓憤憤地說。

「哈哈哈！」林清笑得前仰後合。

「我氣得回去就和他們絕交了。」沈楓又道。

「如此良辰美景，用來顛鸞倒鳳才是浪費，何必為那些人不著調的話生氣？」

「就是就是，他們根本浪費了這絕佳的夜色！」沈楓連聲說道。

林清和沈楓在秦淮河上待了大半夜，到了後半夜，有些涼了，才讓船家靠岸停下，付了船費，又給了女子一些銀兩打賞，這才坐馬車回去。

之後的幾天，林清開始準備朝考，除了參加了一次瓊林宴，其他的時間，林清都閉門讀書，以期望能一舉拿下朝考。

大概是有沈楓這個庶起士前輩，再加上沈茹給他開小灶，林清朝考很順利，等授官的時候，很輕鬆地做了庶起士，進了翰林院。

在接到吏部的調令後，林清狠狠地鬆了一口氣，他這輩子所有的科考終於到此結束了，以後終於不用天天跟四書五經和策論纏鬥了。

沈茹對林清順利進了翰林院也頗為滿意，就問道：「你後面有什麼打算？」

林清說道：「吏部的調令已下，我明日先去翰林院過文書，然後請假回鄉祭祖。」

「衣錦不還鄉，如錦衣夜行。你中了進士，確實得回去一趟。」

「我這次回去，打算把家眷帶來，既然在翰林院入職，就得在金陵長住了。」

沈茹點點頭，「你一旦為官，家裡確實必須有人操持。不過，你打算住在哪裡？住翰林院後面的房子？」

林清搖頭說：「翰林院的公房雖然租金便宜，只是，我去看了，很是狹小。既然我要在金陵定居，就打算買一個宅院，以後也方便出入，反正我不差錢，這幾日我已經找掮客幫著尋摸適合的宅子了。」

「這樣也好，自己買個宅院，住著確實方便，但是有品階的房子，掮客通常打聽不到，這樣吧，我讓沈雙幫你問問，看看有沒有合適的。」沈茹說。

林清大喜，「那就麻煩你了，要位置好些的，不用替我省錢。」

「放心，我知道你不缺錢。」

第二日，林清果然先到翰林院去過文書報到，接著向掌院請假回鄉祭祖。由於中進士後回鄉祭祖是慣例，故而掌院很痛快地給了他三個月的假期，讓他回去祭祖順便安頓家眷。

林清過完文書，就讓小廝開始收拾東西，這時沈雙過來稟告說找到幾個合適的房子。

「這麼快？」林清有些驚訝。

沈雙恭敬地回稟道：「回林老爺的話，金陵的官宅都是有數的，而且不同身分的老爺住的地方也有一定的規定，小的只要根據老爺的要求，到那裡一打聽就可以了，而且，同為管家，大家多半認識，哪位老爺致仕回鄉不難打聽。」

林清心道：果然，各大家族的下人，有時候消息比主子還靈通！

林清親自去看了沈雙說的那幾戶，最後定下一位致仕翰林的宅院。之所以選這個宅子，一是因為這座宅院布置清雅，看著順眼，二是這座宅子不算大，對於他的品級來說，不會僭越。金陵是天子腳下，林清就算有錢，也沒膽量買超過自己品階的宅子。當然，這個宅子離沈府比較近，方便以後串門，也是個優勢。

林清定下了宅子，就去和那位老翰林談價格。老翰林急著落葉歸根，林清也不太計較那點銀錢，所以雙方很快就談妥當了。林清又提了些禮品，分別拜訪了一下未來的左鄰右舍，徵得了他們的同意。

古代買房必須取得左鄰右舍同意，否則官府會覺得不利於鄰里和睦，拒絕過文書。

老翰林的左鄰右舍也是翰林院的同僚，早已知道老翰林致仕馬上要回鄉，又知道林清是將要進翰林的庶起士，自然沒有什麼不同意的，收下林清的見面禮，就紛紛痛快地寫了一份文書給林清，表示同意。林清拿著文書，與老翰林一起去戶部過了房契。

拿著新出爐的房契，林清心道：好歹在京城算是有自己的宅子了。

買完宅院，林清留了幾個人打掃，就告別沈茹，帶著一幫丫鬟僕人回沂州府。

林清抵達沂州府時，已經快四月，比起來時的寒風凜冽，現在是春暖花開的好時節。

林清在林府門口下馬車時，看到了在門口等著的幾個孩子。孩子們一看到他，立刻跑過來，抱大腿的抱大腿，往上爬的往上爬。

林清忙將兩個最小的一手一個抱起來，對迎上來的父母、兄嫂和妻子說：「你們怎麼把這些小傢伙也放出來了？」

林澤笑著說：「他們一聽說你回來了，就非要跟出來，我們有什麼辦法？」

林清將左手臂上的小黃豆遞給王嫣，將右手臂上的小芝麻遞給大嫂，「小黃豆和小芝麻兩個月不見，長大了不少，現在走路也穩當了。」

「前些日子你不在，他們剛過兩歲生辰，可不是又長了一歲？」王嫣笑著說。

林清看著小兒子，有些愧疚地道：「我這每次一去數日，難為妳天天在家既要帶孩子，還要侍奉公婆。」

王嫣臉微紅，「相夫教子、侍奉公婆本就是妾身的本分，哪裡就辛苦了？」

「妳一個人在家看著兩個孩子，哪裡容易了？」林清感嘆道。

他把小小和小花生交給後面的奶娘，不讓他們在外面亂跑，然後走到林父和李氏面前，撩起袍子跪下，恭敬地說：「爹、娘，兒子幸不辱命，終於中了進士。」

林父忙將林清拉起來，「快起來，快起來！」然後拍拍林清的肩，「好兒子，給你爹我長臉。前些日子報喜的人來了，人家府衙的差爺說了，你是咱們沂州府的第三個進士，還是第一個二甲進士，縣令大人都親自來了一趟，哈哈，你爹我這些日子做夢都會笑醒！」

李氏看著丈夫光自己樂呵，直接把他推到一邊，拉過林清看了看，直念叨說：「瘦了瘦了，怎麼才兩個月不見，就瘦了這麼多，是不是沒顧上好好吃飯？」聽得體重一直不變的林清有些汗顏。

林清看著旁邊有不少路人往這邊看，忙說道：「爹、娘，咱們先進去吧！」

「對對，先進去，你走了一路也累了。」林父點點頭，領著一家人往裡走。

林清忽然問道：「爹，我剛進咱們這條街的時候，怎麼感覺有些不太對？」

林父高興地說：「你也看出來了？你中了進士，府衙來報喜，爹和你兩個叔叔就把你以前的那個牌坊連夜拆了，又建了一個更大的。怎麼樣，是不是感覺更氣派了？」

林清：……

難怪他剛才有一種走錯街的感覺！

林清沒想到父親真把牌坊重換了一個，還換得如此迅速，不過他爹有錢，千金難買爹高興，他爹既然樂意，只要不犯法不僭越，他愛怎麼樣就怎麼樣。

到了正院，林清扶著父母在主位坐好，然後才將近兩個月的經歷說了一下，林父聽了大喜，問道：「你進了翰林院？」

林清點點頭，林父忙說祖宗保佑。

林清知道翰林院雖然沒什麼油水，可在百姓眼裡是讀書人待的地方，是最清貴的地方，所以林父那麼激動也就不奇怪了。

林父興奮了一會兒，才說：「你上次中了貢士，沒中進士，你嫌名不正言不順，讓咱們不要聲張，這次你中了進士，光宗耀祖，咱們可要好好宴請親朋好友和左鄰右舍了。」

林清這次沒有反對，畢竟他就算想低調，如今他中了進士，授了官，在沂州府這個天高皇帝遠，進士就是最頂尖的地方，也低調不來，還不如按慣例大辦一場，攢些人脈，萬一以後有人看林家不順眼，也得顧忌他這個在外面做官的。

林清點頭說道：「確實可以大辦，這次把沂州府的官員也邀請過來，等兒子去京城任職時，家裡也好有人照應。」

林澤說：「可不是？小弟這次一中進士，消息傳來後，人家待咱們家的態度就不同了。前些日子我去鹽場兌鹽引，鹽場的管事還特地問了這事，我一說我弟弟中了二甲，人家連咱們的孝敬都少收了三分，還多給了不少鹽引，說是要給弟弟當賀儀。」

王嫣聽了也說：「我還說昨日大伯怎麼派人突然送了鹽引來，本來打算今日問問的，誰知一忙忘了，原來是這樣。」

林清說：「鹽引大哥放在鹽號裡用就行了，給我幹麼？我上次的還沒用完呢！」

林澤擺擺手，「鹽號裡的鹽引早就夠了，你馬上要進京任職，不帶著錢怎麼行？金銀太重，不好帶，帶鹽引方便。再說，你剛入職，得上下打點，沒銀子傍身怎麼行？」

林父跟著說：「你哥給你你就拿著，外面不比家裡，窮家富路，何況咱們家不窮。你在外面用錢的地方也多，千萬別不捨得。你在外面好了，這裡別的家族才都不敢惹咱們家，咱們林家才能更好。」

林清聽了這才作罷。

林父又問道：「你這次能在家待多久？」

林清回道：「掌院准了三個月，除去在路上的時間，還能在家勉強待兩個月。」

「這麼短？」李氏一聽，頓時有些不捨得。

林清忙說：「娘，別擔心，沂州府離金陵並不算遠，走水路快的時候十天就能到，兒子每年可以在不忙的時候請些日子的假，抽空回來。如今爹把擔子給了大哥，平日也清閒，爹不如帶娘出去走走，每年到兒子那裡住些日子。兒子前些日子已經在京城買了座宅院，雖然比不上家裡大，倒也清雅別致，爹和娘就當去兒子那裡散散心。」

林清在古代生活了這麼多年，知道只要有長子，除非長子不孝，否則奉養父母一定得是長子來，所以也沒敢提接林父李氏過去奉養，省得外人覺得他大哥不夠孝順，只是推說讓林父和李氏去散心。

李氏頗為意動，戳了戳林父，「明年澤兒再去鹽城時，咱們也順路去金陵看看。」

林父這兩年閒下來，身體養得不錯，久靜思動，就點點頭說：「澤兒正好每年開春去兩個鹽場，咱們順道去看看，住些日子。」

李氏聽了，那點失落瞬間消散了，拉著林清問他在京城買宅子的事，又問他帶的錢夠不夠，林清忙逐一回答。

林清最後又和林父、林澤商量了一下要宴請賓客的人選，直到感覺有些乏了，這才起身告退，帶著王嫣和孩子回自己的宅子。

王嫣讓人準備洗漱的東西和飯菜，林清擺手說：「先別忙乎，我有話跟妳說。」然後拉著王嫣坐下，「我這次回來除了祭祖，還有一件事，就是接妳和孩子去京城。」

「妾身也可以去？」王嫣驚喜地問。

林清愣了愣，才道：「妳是我夫人，我去京城任職，妳當然要跟著。」

王嫣說：「妾身以為夫君會讓妾身在家侍奉公婆呢！」說完，又覺得自己這樣說不好，連忙補救地說：「妾身不是不願意侍奉公婆，只是有些捨不得夫君。」

林清在心中吐槽，自己出去任職，留妻子在家侍奉公婆，也不知道這些古代官員怎麼想的，難道是為了表現自己孝順？可要孝順自己上啊，讓妻子在家裡守活寡，侍奉公婆，難怪許多大臣最後連個子嗣都沒有，真怨不得別人！

林清拉著王嫣的手說：「我去京城任職，怎麼能讓妳在老家待著？至於爹娘，爹娘現在年紀還不大，爹忙了大半輩子，娘也在後宅困了大半輩子，正好讓他們趁著身子好多出去看看，不然一輩子為了家，為了子女哪兒都不去，這也太辛勞了。過幾日我會跟大哥說，爹娘這幾年多去咱們那裡住住，揚州金陵風景不錯，爹娘去了也能散散心。等過幾年，爹娘年紀大了，想必會想落葉歸根，到時候我看看能不能外放，找個離沂州府近一些的地方，也能多照顧他們一些。」

王嫣連連點頭，「爹娘去的時候，妾身一定會努力伺候好公婆的。」

「辛苦妳了。」林清說道：「爹娘生了我，我卻天天忙得連家都撈不著回，反而是妳每天在家替我盡孝。」

王嫣被林清一誇，有些不好意思，「這是妾身應該做的。」

林清又說：「咱們去了京城，妳再回娘家就不方便了，明天我陪妳帶兩個孩子回一趟娘家，正好把請帖送去，過幾日家裡宴客，岳家也得請。」

王嫣自然是萬分樂意，「多謝二郎體諒。」

第二日林清起來，先去向林父和李氏請安，然後帶著兩個孩子陪王嫣回了娘家。

由於林清事先沒有通知，王家還混亂了好一會兒。

王父在外面巡視生意，王蔚倒是在家，忙出來迎林清，「妹夫來也不提早說一聲，我好讓爹爹在家裡等著。」

「等啥？咱們又不是外人。」林清讓王嫣先去後宅，自己和王蔚去前院等王父。

王嫣帶著兩個孩子到了後宅，見到母親和兩個嫂嫂。

王母一驚，忙拉著女兒坐下，「妳怎麼回來了？」

「二郎回來了，今日正好有空，說女兒好久沒回娘家，就陪女兒來了。」王嫣一邊說，一邊把女兒和兒子放到旁邊的炕上。

王母聽到女婿也來了，這才放心下來，聽到王嫣的話，露出滿意的笑容，誇道：「女婿倒是個會疼人的。」

王母又想起前陣子傳來的消息，問道：「聽說姑爺這次中了進士，可封了官？」

王嫣點點頭，「授了官，是庶起士，女兒也不大清楚是個什麼官，不過，進了翰林院，公公婆婆都很是歡喜。」

「翰林院？」王嫣的大嫂驚訝地捂著嘴，「可是點翰林？」

王嫣的大嫂愛聽戲，聽到戲曲上常常聽到的詞，忍不住出聲詢問。

王嫣點頭，「應該就是這個翰林。」

王母頓時大喜，「想不到我女兒有披鳳冠霞帔的命！」

王嫣的大嫂也說道：「小姑真是好命，媳婦以前聽戲，戲上說翰林院是最清貴的地方，狀元都在那，如今妹夫也在那，可不就是咱們小姑命好？」

「對了，」王母突然想到，「姑爺這次可是去京城上任？那妳怎麼辦？」

王母想到女兒要在家獨守空房，還要伺候公婆，不由有些難過，不過不敢在女兒面前表現出來，反而安慰道：「幸虧妳如今兒女雙全。姑爺要是去京城任職，妳就在家好好侍奉公婆，哪怕姑爺在京城有了小，妳侍奉公婆，占了孝道，也沒人敢越過妳。」

王嫣知道她娘是擔心她留在老家難做，忙說：「娘，您不用擔心，二郎說了要帶我和孩子進京，二郎已經在京城置辦好了宅子。」

王母很是驚喜，又問：「妳婆婆呢？妳婆婆可同意了？」

天下有不少婆婆看兒媳不順眼，故意拘著兒媳婦盡孝道，李氏雖然一直都很和善，可王母也擔心，畢竟李氏只要一句話，女兒就可能去不了。

王嫣笑著說：「今天二郎去跟婆婆說京城的宅子需要人操持，婆婆就說讓我去了。」

「妳婆婆真是天下難找的明理人。」王母這才放下心來，又拉著王嫣的手說：「妳婆婆明理，妳可要更加孝順，千萬不能恃寵而驕。」

王嫣點點頭，「娘，我曉得。」

王母看著女兒和女兒帶的兩個孩子，輕鬆地說：「姑爺既然帶著妳出去，妳就和姑爺好好過日子，爭取再生上十個八個，以後誰也不會礙著妳，娘也就不用再為妳操心了。」

王嫣看著旁邊的兩個，再想像炕上多出八個，又想到丈夫的性子，心道：幸虧她娘這話是跟她說的，要是說給她家二郎聽，二郎大概會嚇得這輩子再也不敢陪她回娘家了。

接下來的日子，林清漸漸忙了起來，因為收到請帖的親戚都陸續來了。

最先回來的是林淑，林淑兩年前嫁給了林父的故交程老爺的獨子程鵬。程老爺是沂州府有名的木材商，林父和程老爺關係極好，程家家風端正，又離林家不遠，程家公子也知根知底，所以無論是林家還是林淑，對這樁婚事還是很滿意的。

林清到門口去迎，正好看到剛下馬車抱著孩子的林淑和旁邊的程鵬。

林清笑道：「可把你們等來了，這個是我剛出生不久的外甥吧？來，我看看。」

他熟練地從林淑手中接過自己的大外甥。這個孩子出生在林清去京城參加殿試的時候，因此到現在他才剛第一次見到。

林淑看著林清抱孩子的動作，笑著說：「哥哥這抱孩子的動作可練熟了，我家這個，孩子都快兩個月了，還愣是不敢抱。」

「妹夫初為人父，以前家裡又沒有孩子，哪有經驗？再說孩子這麼小，就算他想抱，你們也不敢讓他抱。等孩子大些，再讓他多抱抱就會了。」林清說道。

林清抱著孩子，掀開抱被的一角逗了逗，又重新蓋上，還給妹妹，「妳帶著大外甥去娘那裡吧，娘早就等著了。」然後對程鵬說：「咱們先去前院喝茶。」

程鵬見到林清，有幾分拘謹，聽了林清的話，忙應聲道：「好。」

林清在前面一邊帶路，一邊和程鵬說話，說了幾句，發現程鵬相當緊張，調侃道：「我這個做大舅哥的，莫非長得很嚇人，讓妹夫都不敢跟我說話？」

「不是不是。」程鵬聽了，連忙搖搖頭說：「二哥長得絕對是一表人才，沂州府都沒幾個比得上的。」

林清笑笑，「可是妹夫都緊張得不大和我說話了。」

程鵬看了林清一眼，磕磕巴巴地說：「二哥是進士，是有大學問的人，我讀書不好，我怕我說話不妥當，會惹二哥生氣。」

林清哈哈大笑，「我是你舅兄，又不是夫子，難道還考你學問不成？」

林清知道程鵬其實懼的是他的身分，也不在意，只有程家顧忌他，才不敢讓她妹妹受一星半點的委屈。

林清和程鵬聊了一會兒，大體知道程鵬對他妹妹怎麼樣，就把程鵬帶到前廳，交給了林父和林澤，然後去後宅看他妹妹。

林淑正在和李氏說笑，小李氏和王嫣則圍著炕看林淑的孩子。

林清一進來就坐下，問林淑：「在程家過得怎麼樣？妹夫和公公婆婆待妳可好？」

林淑答道：「公公和爹爹關係極好，待我像閨女似的。夫君性子不錯，為人也算本分，房裡沒有那些亂七八糟的，倒還算是省心。」

「那妳婆婆呢？」李氏忙問道。

林淑看看外面，小聲說：「婆婆一開始待我很好，後來我和大郎情濃，婆婆看我就有些不太對勁，想讓我立規矩，但是我很快就懷上了，婆婆又開始心疼孫子了。等我生完，婆婆說心疼大郎沒人伺候，打算送個丫鬟給大郎。不過，哥哥中進士的消息一傳來，婆婆就再沒敢提這件事了。」

李氏聽了，哪裡不明白這裡面的道道，就對林淑說：「妳以後和女婿好，避著妳婆婆一些，莫讓妳婆婆看見，平日對妳婆婆恭敬，省得她心裡不舒坦。」然後又對林清說：「你去京城之前，先去程家看看你妹妹。」

林清知道這是要他給妹妹撐腰，點點頭說：「正好許久沒去拜訪程老爺和程夫人了，兒子過些日子去看看。」

「對，親戚就得常去看看。」李氏肯定林清的說法，又拉著林淑傳授經驗。

李氏和林淑絮絮叨叨說了一會兒，見林淑的孩子睏了，就讓林淑帶著孩子回她原來的繡樓休息。林淑雖然出閣，可她的繡樓還一直留著。

林淑出去後，林清就問李氏：「妹妹的婆婆，要緊嗎？」

李氏笑笑，「不用擔心，程夫人那人我知道，沒什麼壞心眼，只是她一輩子就生了程鵬一個孩子，就把心思都放在兒子身上，兒子一成親，和媳婦天天在一起，她難免吃味。你去震懾一下，她是個明白人，不會把結親變成結仇，而且現在淑兒的兒子也生了，她哪怕真看淑兒不順眼，不看林家的面子，也得看孫子的面子。」

林清這才放心下來，「等吃完酒席，我親自送妹妹回程家。」

李氏點頭，「雖然這事淑兒只要受些委屈，忍忍就過去了，不過我兒現在既然有本事，又何必讓淑兒白受委屈？女兒在婆家硬不硬氣，本來就看娘家有沒有人。既然有人，便不用為了那點名聲委曲求全。」

「就是，沒必要委屈咱們妹妹。」林清說道。

李氏又提到要來的親戚，說道：「過幾日，你舅舅一家應該也快到了。」

「舅舅又要來啊！」林清有些不樂意。

李氏笑說：「你舅舅怎麼得罪你了？人家上次不是還送了不少東西給你嗎？」

「可是還差點順帶附送了一個表妹呢！」林清抱怨道。

「你居然還記得這事？」李氏笑道：「你舅媽看你不想要，不是又帶回去了嗎？」

「誰知道她這次會不會再送一個來？」林清咕噥道。

「人家平姐兒前年就出閣了，你舅舅上哪兒去弄個表妹來給你？」李氏被林清逗樂了，「放心，你舅舅那個人雖然在鹽場混得久了，確實好送個美女什麼的，不過既然你不喜歡，這次你舅舅肯定就不會送了。」

「那他這次會送什麼？」林清有些好奇。

「他還沒來，娘怎麼會知道？」李氏說道：「你外公家在鹽場多年，最會的就是察言觀色，送的一定是你喜歡的。」

「他知道我喜歡什麼嗎？」林清撇撇嘴。

李氏笑而不語。

過了幾日，林清的舅舅和舅媽果然又來了，比起上次的一大車禮品，這次他舅舅倒是輕車簡從，見了他，直接塞了一個小匣子給他。

「上次本來看外甥身邊人少，想著送個人服侍外甥，誰知外甥不喜歡，這次舅舅也就不送美人了，送點實際的，你這次可不能退回來了。」李坤說完，對林清眨眨眼。

林清看著眼前巴掌大的匣子，頗好奇裡面裝了什麼，就直接打開來。

居然是一疊鹽引！

林清數了數，不低於當初他爹給他的那些。

「怎麼樣，這次可喜歡？」李坤笑著問。

林清轉頭看林父，林父點點頭，暗示可以收，林清才說道：「謝謝舅舅。」

李坤笑著點頭，又對林父說：「外甥年紀輕輕的，居然不愛美人，也是怪了。」

林父說：「這孩子從小性子淡。」

李坤贊同道：「性子淡也有性子淡的好處，起碼到官場上，不用擔心因為女色誤事。」

林父很認同大舅子的說法，「這點我確實不擔心，不過這孩子向來迷迷糊糊的，官場上爾虞我詐，一想到，我就有些頭疼。」

李坤想了想，把林清拉到身邊，推心置腹地說：「你舅舅我雖然沒有當官，不過在鹽場給你外公打了這麼多年下手，還是知道一些門道。舅舅我只給你一個忠告，就是多聽不說，少收禮多送禮。多聽是說，無論你上面的人說了什麼，你都要聽，哪怕他說的不對，你也要聽。至於少說，記住無論聽到什麼，都要只進不出，多少人就栽在無意的一句話，所以寧可當啞巴，也不要多說一句話。」

「然後是少收禮，知道你舅舅為什麼天天給人送美人嗎？不就是為了求人辦事？別人送禮，只可能有求於你，收了就得給人辦事，而凡事要送禮辦的事，大多沒什麼好事。最後就是多送禮，切記，多條人脈多個出路，不要顧慮錢財。錢沒了可以再賺，人才是根本。」

林清聽了，詫異地看了李坤一眼，想不到他舅舅有如此明理的一面。

李坤又對林父說：「你也不用太擔心，外甥雖然看起來不太靈光，可聰明反被聰明誤，人太精明了，有時候未必是好事。」

林父覺得很有道理，「但願如此。」

李坤說完，對林清揮揮手，「回後宅去看你舅媽吧，這次她也帶了好東西給你。」

林清心裡一顫。

他舅媽這次又給他帶什麼了？

林清一路小心肝怦怦跳地到了後院，但沒敢先進去，而是拉過來一個在門口打簾子的丫鬟，偷偷問：「舅媽可是在裡面？」

小丫鬟恭敬地道：「回二老爺的話，在。」

林清又問：「舅媽這次可曾帶什麼人來？」

小丫鬟一頭霧水，「奴婢不曾見到。」

林清這才放下心來，讓小丫頭去稟報，這才慢悠悠地走進去。

元氏坐在李氏的下首陪李氏說話，比起上次元氏還有些隱隱拿大，這次對李氏的態度就絕對算得上是巴結了。

元氏正笑著恭維李氏說：「想不到大外甥如此爭氣，大妹子，妳以後可放心了，不用幾年，外甥就能給妹妹掙個誥命出來。」

朝廷規定正七品以上的官員其母親和妻子，可以享受同等級的誥命，林清現在雖在翰林院，可庶起士不算正式的官員，得等到三年後散館，才會正式被授予官職，不過庶起士一旦被授官肯定不會低於七品，元氏才會說不用幾年，林清就可以給李氏掙個誥命出來。

李氏聽了非常高興，「我也沒想到，到老了，居然還能有母憑子貴的一天。」

見林清掀簾子進來，李氏笑說：「你這孩子，你舅媽大老遠來看你，也不快點過來。」

元氏忙說：「外甥有正事忙，不打緊。」

林清向元氏行禮後說：「剛剛去前院看舅舅了，耽擱了一些時間。」

「是該先去看看你舅舅。」李氏把林清拉到身邊坐下，「剛才我和你舅媽正在說你。」

「說我什麼？」林清好奇地問。

「說你讀書的事，你舅媽想向你取經，問問你平日是怎麼讀書的，好回去教教你那幾個表哥表弟。」李氏說道。

「其實讀書不過『天分刻苦』四個字。天分不好強求，關鍵在於刻苦，只要能吃得苦中苦，便能成為人上人。」林清答說。

元氏嘆氣道：「可不是這個理？可惜我家那幾個臭小子偏偏是吃不得苦的，平日一看不住，就不知跑到哪裡去了，你舅舅動了幾次家法，都鎮不住那幾個臭小子。」

李氏安慰道：「孩子還小，難免不知道其中的道理，等大了自然就懂了。妳看清兒，小時候也懶得動彈，一直到娶親後才好些，也是直到家裡遭逢大變，清兒才開始上進。」

元氏覺得李氏說得很有道理，不由陷入深思。

家裡遭逢大變這個方法不可行，給兒子娶妻還是可以的。自己以前給大兒子挑的媳婦雖然賢良淑德，可性子太弱了，管不住大兒子，這才導致大兒子不把心思放在學業上，天天在外面遊蕩。至於剩下的兩個兒子，她考慮是不是找兩個厲害一點，能管住兒子的，這樣兒子就能把心思用在學業上。

李氏不知道自己的一句話，讓元氏的兩個兒子以後天天處在水深火熱之中。

元氏笑著對林清說：「好久沒見外甥了，舅媽這次可是給你帶好東西來了。」

林清一聽元氏說的好東西，心裡就打顫，硬著頭皮問：「舅媽帶了什麼好東西？」

元氏對旁邊的丫鬟招招手，丫鬟捧來一個紫顫木的匣子呈上。

林清看著元氏手中的匣子，心想，舅舅送了一個匣子，舅媽也送一個匣子，這夫妻倆是商量好了嗎？不過，舅媽送的匣子倒是比舅舅送的大些。

元氏將匣子遞給林清，「打開看看喜歡嗎？」

林清起了一絲好奇，直接打開匣子，驚訝地脫口而出：「珍珠！」

「對，這是南海珍珠。」元氏笑道：「知道外甥你不好美色，舅媽就不送美人了，省得惹你厭，就拿了些珍珠送你。這些珍珠是去年海裡剛產出的上等海珠，無論拿著送人還是打點，都不會失了身分。」

林清一時覺得詫異，舅舅和舅媽送禮的風格怎麼突然大變，想了想，恍然大悟。天下送禮，無非財色，舅舅和舅媽既然色送不通，自然就換成財了。

林清看了眼李氏，李氏微微點頭，林清才對元氏說：「多謝舅媽。」

元氏微微一笑，「這才對嘛！」

林清收了禮後，就乖乖地坐在李氏旁邊，聽著她和元氏說話。

兩人聊的無非是家長裡短和孩子們，林清聽了一會兒，就感到有些睏了，正想要找個藉口退下，便聽到李氏隨口問道：「妳家平姐兒怎麼樣了？」

李氏也不想提平姐兒，不過前面幾個孩子都問了，單這個跳過不問也不太好，所以李氏就隨口問了一句。

提起自己的小女兒，元氏就有些憂心，「唉，大妹妹，妳也不是外人，我這一想起平姐兒，心裡就愁得慌。」

「怎麼了？」李氏問道。

元氏嘆了一口氣，「也不知道這丫頭是話本看多了，還是當初生病燒壞了腦子，做事總是有些不著調啊！」

「怎麼會？我上次見那丫頭不是還挺好的嗎？」

元氏道：「我當初也是糊塗，差點把平姐兒給妳家清哥兒，後來她姊姊一說，我也覺得不妥當，好在當初沒有說出來，那事也就過去了，後來大丫頭給平姐兒找了個人家，我親自看過了，無論家世、人品，全都沒話說，我和她爹就應下了，誰知這孩子……」

元氏氣得說不下去，李氏忙遞給她一杯茶，拍拍她的背，勸說道：「大嫂莫氣，孩子還小，一時不懂事也是有的。」

「她都快出閣了還小？」元氏憤憤地說：「她居然嫌我和她爹爹不經過她同意，就給她定下親事。妳說說，親事本是父母之命媒妁之言，什麼時候要她一個姑娘家操心了？」

「可能平姐兒只是關心她的終身大事，心急了。」

「我是她親娘，我吃過的鹽比她走過的橋還多，難道還會害她嗎？要是只有這點，我也不放在心上，畢竟哪個未出閣的女兒家，對自己的親事都會感到不安，我們這些過來人，也不是沒經過。」元氏嘆道：「可是，她居然鬧著要退婚，簡直是把親事當成兒戲。」

李氏這下不敢勸了，捫心自問，要是她女兒鬧著要退婚，她也會焦頭爛額。

不過，李氏還是疑惑地問：「當初平姐兒不是順利嫁了嗎？」

「哪能不讓她嫁，要不，她一輩子的名聲不就毀了。我勸了她整整三個月，這才把她的想法給扭轉過來。」元氏很是無奈。

李氏聽了，安慰說：「既然嫁了，不就沒事了，妳還有什麼不放心的？過些日子，說不定妳外孫就出來了，妳就等著當姥姥好了。」

「要是這樣，我就燒高香了。」元氏說道：「如今平姐兒都嫁進去兩年了，肚子還一點動靜都沒有。去年我急了，讓身邊的陪房趁著送年禮的時候去看了看平姐兒，還帶了些調理身體的藥材給她，希望她能趕快懷一個，誰知陪房回來告訴我，平姐兒不是不能生，而是嫌自己年紀太小，說生孩會傷身子，一直偷偷在避孕，還被女婿和她婆婆知道了，她婆婆一氣之下送了兩個陪房給女婿，女婿也對平姐兒冷了心，現在不在平姐兒那裡留宿了。」

「平姐兒怎麼會做這麼荒唐的事？」李氏覺得不可思議。

「誰知道她這是中了什麼邪？」元氏又氣又心疼閨女，拉著李氏掉眼淚，「妳說，要是那兩個通房丫頭生了長子，平姐兒這輩子怎麼辦？哪怕平姐兒以後籠絡回了姑爺的心，可不也得被膈應一輩子。」

李氏點點頭，她們這樣的富貴人家，最忌諱的就是庶長子。

李氏說：「那妳沒好好勸勸平姐兒，讓她快點把姑爺的心籠回來？」

「我找人去勸了，平姐兒想過來了，現在也後悔了，可因為這件事，姑爺一家子都不大待見平姐兒，平姐兒那丫頭又不懂得伏低做小，這不還僵著。」元氏無力地說：「我這不是來找大妹妹妳幫忙來了。」

「這個我怎麼幫？」李氏奇怪地問。

元氏忙說：「如今外甥中了進士，過幾日就要大宴賓客，平姐兒嫁的人家，也是沂州府的大戶，到時肯定也會來，妹妹只要讓外甥去嚇唬嚇唬我那女婿，到時他們家肯定不敢再晾著平姐兒。平姐兒趁著這時間抓緊懷一胎，到時就什麼事都沒有了。」

李氏聽了，平姐兒是她親侄女，確實不能看著她受苦，就對林清說：「你便照你舅媽說的，去說說你那個表妹夫。」

林清點點頭，幾句話的事，看在親戚的面上，確實得幫，不過，想到前幾天他娘讓他去警告妹夫，今天又讓他去警告表妹夫。

林清突然覺得，他是不是應該把所有的妹夫、堂妹夫、堂姊夫、表妹夫、表姊夫全都聚集起來，給他們上一堂思想課。

畢竟一個一個警告也很累的啊！

過了幾日，林清果然趁著宴請賓客之後，把人聚在一起，開了個茶會。

林清認真地以史書上一些實例為佐證，說明了夫妻和睦的重要性，並對眾位姊夫、妹夫等，進行了誠懇的規勸。

眾位姊夫、妹夫：……

人在屋簷下，不得不低頭，眾位姊夫、妹夫紛紛保證，以前的所作所為只是少不更事，從今往後，絕對不會再犯。

林清滿意地點點頭，這才親自把人送回去。

事後，林清派小廝去打聽，眾位姊夫、妹夫果然收斂了不少，尤其是平姐兒的丈夫，回去就將那兩個通房處理掉了，讓林清的舅媽開心不已，拉著林清的手直道謝。

林清給他的姊夫、妹夫們上完思想課，又去了妹妹夫家一趟，看了妹妹，順便見了程老爺和程夫人。坐了一會兒，喝了杯茶，這才告辭離開。

後來林淑捎信來，她婆婆打從林清走了以後，果然隻字不提她兒子沒人服侍的事了。

林清處理完這些瑣事，假期就過去了大半，再加上要留出回程的時間，他就開始讓王嫣收拾要帶的東西。

「二郎，你看咱們家裡的家具要帶哪些？」王嫣問道。

「帶家具？」林清相當驚訝。

「當然要帶家具，你雖然在京城買了宅院，可是人家老翰林回去，裡面的家具都會帶回去，再說，就算人家不帶回去，那家具也不會留給咱們。二郎不帶家具，難不成到時候直接住空屋子不成？」王嫣反問道。

林清剛要說當然去買新的，結果忽然反應過來，古代沒家具行，壓根兒沒有賣家具的地方，只好問道：「去京城再打新的不就成了？」

王嫣笑了，「二郎真是不當家不知柴米貴，打家具需要木材，現找木材哪那麼容易？何況就算是買了木材，要想打一套家具，最少也得幾個月的時間，不如自己帶去方便。」

林清一臉懵逼，所以說，他進京任職，真得帶著好幾間屋子的家具？

「路那麼遠，好帶嗎？」林清不確定地問。

「怎麼不好帶？」王嫣不在意地說：「多弄些馬車，到了徐州直接裝船就是，反正咱們又不缺人手。」

林清看著王嫣很有把握的樣子，說道：「那就帶吧！」

王嫣立刻圍著屋子看哪樣家具要帶，一邊看，一邊拿著單子記，不一會兒，就記了滿滿一張單子，看得林清頭疼不已。

王嫣挑完了家具，又開始挑要帶去京城的僕從，林清想了想，還是說道：「問問咱們家裡那些丫鬟、婆子和小廝，看誰想去吧，省得讓人家骨肉相離。」

林清宅子裡的丫鬟、婆子和小廝大多是林家的家生子，許多都是分家的時候被林父分過來的，所以父母大多在林府。

王嫣笑道：「二郎仁慈。妾身知道了，妾身會親自問問，挑一些老實本分的去京城。」

林清點點頭，「妳做事，我放心。」

時間一點一滴地過去，很快到了林清要啟程的日子。

林家眾人天不亮就都起來了，聚在前院為林清送行。

李氏拉著林清的手不肯放，一遍又一遍地叮囑他要注意身體，保重自己。

林清認真地聽著，李氏每說一句，他就應一聲。看著李氏滿臉的不捨，林清忽然有一種不想走了的衝動。

李氏身為林清的親娘，看到林清的表情，哪裡不知道他在想什麼，當下拍拍他的手，安撫地說：「娘雖不捨，可也知道做父母的不能光為了自己把孩子綁在身邊。孩子大了，就應該出去闖一闖，這樣才能有出息。清兒，你現在有出息了，娘很為你高興。」

「娘……」林清喚了一聲。

李氏對王嫣說：「我把清兒交給妳了，妳以後要好好照顧他。」

「娘，媳婦一定會好好照顧夫君的。」王嫣忙保證道。

李氏這才點點頭，催促林清道：「不早了，快出發吧，別耽誤了天時。」

林父拍了拍林清的肩，「去了給家裡送個信報平安。」

「爹，我記得了。」林清使勁兒點頭。

「走吧！」林澤打算親自送林清一程。

林清看著林父和李氏，突然跪下磕了個頭，「爹、娘，我走了。」

林父和李氏頓時紅了眼，忙拉起林清說：「快走吧，別耽擱了上路。」

林清這才帶著王嫣，抱著兩個孩子上了馬車。

林澤準備把林清送到徐州府，看他們上了官船再回來。

林清掀開馬車窗戶上的簾子，探出頭，對著站在門口目送的林父和李氏揮手，一直等到馬車轉彎，再也看不見了，林清才落寞地縮回頭。

王嫣知道林清心裡不舒服，就勸道：「二郎去京城是做官，是光宗耀祖的事情，爹和娘心裡很以夫君為傲。」

「我知道，只是想到以後我要定居京城，不能在父母面前承歡膝下，心裡有些失落。」林清頗為鬱悶。

王嫣知道這時候勸是沒用的，就把兩個孩子往林清懷裡塞。在兩個孩子的鬧騰下，林清果然轉移了注意力，忙著照顧兩個孩子，沒有心思想別的了。

林澤將林清一行人送到了徐州，看著林清上了船，這才回去。

林清等人坐船行了些日子，終於抵達了京城。

林清帶著王嫣和孩子，拉著東西，直奔新買的宅院。

「這就是二郎新買的宅院？」王嫣在新家轉了一圈，甚是驚喜地說。

「怎麼樣，不錯吧？」雖然宅院中的家具果然像王嫣說的一樣，被拉空了，可光是看庭院，就可以看出裝飾典雅精緻，舒適宜人。

「這個庭院當初應該是費了大功夫修整的。」王嫣說道。

林清點點頭，「這宅院的前主人雖然沒什麼錢，年輕時卻是個很風雅的人，妳看這庭院的迴廊什麼的，據說是他找工匠親自整出來的。」

「難怪看著如此別致。」王嫣讚嘆道。

「剩下的，就要辛苦夫人打理了。」林清笑著說。

「包在妾身的身上。」王嫣很樂意收拾自己未來要住的地方。

林清看王嫣帶人忙著清理宅院和擺放家具，就先寫了一封信讓人送回老家報平安，接著就去沈府走了一趟。

「你回來了？」沈楓一見林清就說道：「你再不回來，我便要走了。」

「調令下來了？」林清問道。

沈楓點頭說：「前些日子下來了。」

「去哪？」林清問道。

「你猜。」沈楓笑道。

林清想了想，猜測道：「莫非是山省？」

沈楓點頭，「兗州府。」

林清想到兗州府無論是地利還是物產都不錯，民風也淳樸，便說：「恭喜！」

沈楓解釋道：「我爹在山省時，和兗州府的知府關係不錯，所以才把我調去那裡，也好有個照應。」

林清笑著捶了沈楓一下，「我這剛跑到你家這邊，你就跑到我那邊去了，真想和你換一換，這樣我們兩個都不用離家了。」

「這個可不容易。」沈楓笑說：「朝廷有規定，除了京官，否則外放都不能回原籍。雖然兗州府不是沂州府，可離得這麼近，只怕也會引人非議。」
「是啊！」林清嘆道。
林清和沈楓聊了一會兒，就去書房找沈茹。
沈茹叮囑了他幾句，和他說了一些翰林院的情況，林清才告辭離去。
過了幾日，林清的假期盡了，就去翰林院銷假，開始了每天點卯坐堂的日子。
請假回鄉祭祖的庶起士們也陸續回來了，翰林院坐堂的人數激增，頓時熱鬧了起來。
當然，有人的地方就有競爭，尤其還有一幫剛入翰林院的庶起士。許多庶起士卯足勁頭想在翰林院的掌院和學士面前展現才能，期望得到賞識，以便在三年後散館時，可以通過考核，甚至是留在翰林院。
如果說開始還是純粹的競爭，可爭著爭著，味道就變了，等到埋頭整理書籍的林清回過神，庶起士們已經分成了兩派，一派是以狀元為首的寒門子弟，一派是以探花為首的士族弟子，而林清，身為商賈子弟的他，直接被兩派剔除了。
也就說，他被孤立了。
林清：……
誰能告訴他，在他整理書籍的這一個月，到底發生了什麼事？
……
兩年後。
林清托著腮，拿著筆，一邊抄書，一邊偷偷地用眼角餘光往右邊瞄。
那邊是正在因為一個注釋而爭論不休的兩夥人。
林清在心裡嘆了一口氣。

就不能消停一會兒嗎？天天吵架不累嗎？

林清打了個哈欠，見周圍的人沒有注意這裡，托腮的左手縮回袖子裡，從袖子的內袋中摸出一塊小點心，裝作掩飾打哈欠，塞到嘴裡。

好吃，嫣兒做的點心越來越可口了！

林清正吃得歡，旁邊忽然傳來咳嗽聲，他立刻轉頭，就發現王翰林正看著他。

林清打了個激靈。

王翰林是翰林院的翰林學士，由於年紀大了，資歷比較老，連掌院大人都敬他三分，而且最主要的是，他是他們這批庶起士的教習，亦即他們的頂頭上司。

坐堂的時候偷吃東西被上峰抓包怎麼辦？

林清愣了一下，又從袖中拿出一塊，偷偷從桌子底下塞到旁邊的王翰林手中，然後一臉祈求地看著王翰林。

王翰林：⋯⋯

這是在賄賂他？

王翰林覺得有些好笑，也學著林清的樣子，趁著捂嘴的時候偷偷將點心放到嘴裡。

嗯，味道還不錯！

他對林清眨眨眼，就繼續看自己的書去了。

林清這才鬆了一口氣，知道這就算揭過去了。

林清不由得有些慶幸。以前就覺得王翰林年紀大，有幾分老頑童的性子，現在一看，果然如此。幸好幸好，這要另外幾個翰林學士，訓一頓肯定是少不了的。

想到這裡，林清忙端正坐姿，開始認真抄書。他們這些庶起士雖然聽著好聽，其實不過是翰林院的實習生，所以平時抄書、整理書籍和校對的活兒，都是他們做的。

做這些事雖然累，卻也是有好處的，那就是可以看到很多外面沒有的書籍。現在雖然有印刷術，可許多書籍還是孤本，不是翰林院這種地方，想看都看不到。

林清每天抄書都會多抄一些，交完每日的任務後，便把剩下的當廢稿帶回去裝訂成冊，打算以後留給家族中的晚輩。

當然，這種事在翰林院算是預設的潛規則，一般進翰林院的人都會幹，畢竟家裡的藏書多少關乎著後輩的讀書眼界，沒有人會捨得浪費這個好機會。

林清抄完一本書，把抄好的一疊紙晾乾，放到木盒裡，就準備先歇息，再抄下一本。

他端起桌子上的茶水，打算喝兩口潤潤喉，就聽到有人又因為狀元郎李灃作的一篇文章爭論起來了，不由得扶額。這兩夥人怎麼就這麼精力旺盛，經常為了一個小得不能再小的問題，便爭得面紅耳赤。

雖然辯論有利於學術交流，可天天交流時時交流，他們真確定增長的是知識，而不是耍嘴皮子的功夫嗎？

林清在翰林院待了兩年多了，最慶幸的就是，當初這兩幫人因為他是商賈之子，覺得他一身銅臭就看不起他，兩幫人都不願意拉他入夥。他簡直想給兩夥人上一炷清香，感謝他們的孤立之恩，不然就他們這兩年的玩法，他覺得自己肯定會折壽至少十年。

看著兩夥人還在那裡引經據典地爭論狀元郎剛才作的那篇文章好不好，他感覺很無聊，就又抽了一本書準備繼續抄寫。

林清翻開第一頁，拿起紙鎮壓著書，便聽到探花郎張成說：「你這篇文章寫的『聖德作則』，『則』與『賊』同，不是罵太祖起兵當過賊嗎？」

林清微愣，正在看書的王翰林放下書，直接喝斥道：「胡說什麼？」

王翰林站起來，向李澧和張成走去。

林清看到了，連忙跟著過去。

王翰林走到李澧和張成面前說：「因為何事爭吵？」

李澧行禮說：「王學士，昨日掌院說過兩日就是冬至，禮部要一篇《賀冬表》，讓下官來寫，下官寫完了，正要拿給掌院，張大人看到就說要看看。下官想著張大人學識也不錯，正好可以指正一下，誰知張大人不但胡亂指摘下官文中的詞句，還誣陷下官誹謗聖上。」

林清聽了，頓時明白是怎麼一回事了。

對於剛入翰林院的新人來說，能被各大學士叫去寫文章，這是對才識的一種肯定，尤其李澧還被掌院叫去給禮部捉刀，更是一種榮耀，李澧必定很用心寫了一篇《賀東表》。至於李澧拿文章給張成看，多半有炫耀的成分，是為了告訴張成，就算他是世家子弟，但在官場上，他是狀元，比張成這個探花更受上峰賞識，不曾想張成不僅指摘他的文章，還給他扣了一頂誹謗太祖的帽子。

林清搖搖頭，這算不算偷雞不成蝕把米呢？

王翰林聽了李澧所言，大體就知道什麼事了。

禮部逢年過節就需要大量的文章用來歌功頌德，而禮部的幾個官員懶得寫，就把這個活兒丟給翰林院，誰叫翰林院屬於禮部呢？不過，翰林院的官員也懶得寫這種官面文章，所以多半會丟給剛入翰林院的新人。

王翰林看也沒看，說道：「為了一篇文章就吵吵鬧鬧的，平日的禮儀教養到哪去了？李澧，你去把文章再修改一下！張成，以後不許說這些牽扯天家的話！」

「是。」李澧和張成不敢違背王翰林，齊聲應道。

王翰林點點頭，然後邁著八字步，回去喝茶看書了。

林清以為事情就這樣完了，也沒多想，繼續抄寫自己的書。

王翰林這一插手，李澧和張成都老實了，屋裡難得安安靜靜到了散值的時間。

林清收拾好東西，就提著一疊「廢紙」回家了。

剛進後宅，小黃豆就一頭飛撲到林清懷裡，林清一把抱住他，說道：「乖兒子，輕點，小心把你爹我撞飛了。」

「爹，我要舉高高。」小黃豆睜著葡萄似的大眼睛，期待地仰望林清。

林清看著五歲的寶貝兒子，雖然只有五歲，但可能是平日林清和王嫣太疼愛他了，什麼好吃的都給他，所以他長得胖墩墩的。林清抱著還沒問題，真要玩舉高高，就他那細胳膊細腿，還真是吃不消。

林清蹲下，和兒子視線齊平，以商量的口吻說：「小黃豆太重了，爹爹舉高高太累了，小黃豆上爹爹肩膀，騎高馬好不好？」

小黃豆有些懂事了，聽到自己太重，頓時有些猶豫，「那豆豆騎高馬，爹爹不累嗎？」

「騎高馬爹爹不累。」林清笑著說。

小黃豆聽了，開心地爬到林清的背上往上爬。林清在小黃豆屁股上一托，直接把小黃豆放在自己的肩上，扛著他往裡面走，一邊走一邊說：「小黃豆今天在家裡做什麼了？」

小黃豆正興奮地在上面左看看右看看，聽到他爹問他，便掰了掰手指頭，奶聲奶氣地說道：「和姊姊玩，姊姊教豆豆念書。」

「姊姊教什麼了？」林清溫聲問道。

「三，三，人。」小黃豆磕磕巴巴地說了幾個字。

「是三字經，人之初。」林清想到這些日子剛給女兒用《三字經》啟蒙，就知道小黃豆說的八成是三字經，當下摸了摸小黃豆的頭說：「豆豆真聰明，一天就會念兩個字了。」

小黃豆非常高興，立刻說：「今天姊姊還教豆豆寫『一』了，豆豆都會寫。」

「豆豆真厲害！」林清誇道。進了屋，看到王嫣正在盤帳。

王嫣見林清進來，趕忙放下帳冊和算盤，又看到林清肩上的小黃豆，便把小黃豆接下來，心疼地數落道：「他這麼重，你還扛著他，也不嫌累。」

林清還沒說話，小黃豆就反駁道：「爹爹說豆豆騎高馬不累，爹爹還誇豆豆聰明。」

「好好，不累。」王嫣用手戳了戳小黃豆的小鼻子，把他抱下來放在旁邊的椅子上，接著幫林清脫下外袍。

林清換了常服，問道：「小花生呢？」

「她吃過午膳，和豆豆玩得晚了，就沒休息，剛才睏了，我就讓她去裡屋睡了，等吃晚膳的時候再叫她。」王嫣說。

林清點點頭，「小孩子正是長身體的時候，多睡覺才好。」

王嫣聽了，笑著說：「二郎這是比照著自己說的吧？」

林清摸摸鼻子，乾笑兩聲，跑裡屋看閨女去了。

第二日，林清在翰林院還像往常一樣抄書。

他抄了一會兒，忽然覺得今天有些不對勁兒，轉頭看了看，這才反應過來，原來今天李澧和張成都安靜地坐在自己的位置上各忙各的。

林清還以為昨天王翰林訓斥了一下，兩人收斂了，也就沒在意，一直抄書到中午，看著快到午膳時間，才摸了摸荷包，打算去翰林院外面的酒樓吃點東西。

剛要起身，他就聽到門砰一聲被推開，林清一驚，只見一隊穿著飛魚服的人闖了進來。

王翰林聽到碰撞的聲音，剛要喝斥，卻在看到對方的衣服時閉上嘴，起身走到那隊人面前，拱手問道：「幾位大人來翰林院做什麼？」

領頭的人對王翰林還算恭敬，說道：「王大人，在下聽聞翰林院有人寫了一篇文章，其中有誹謗太祖之意，特來查實。」

王翰林一聽，冷汗都下來了，連忙說道：「不過是下面的人寫了一篇《賀東表》，其實並無不敬之語。」

領頭的人笑了笑，「王大人，這有沒有誹謗太祖，在下會派人查實。這件事和王大人無關，王大人打算替下面把事頂著？」

王翰林立刻不說話了。

領頭的人對身後的人說：「還不把人拿下？」

後面出來兩個人，走到一群編修和庶起士面前，問說：「誰是李澧？」

除了李澧，剩下的人忙後退。

兩個人對著李澧問道：「你就是翰林修撰李澧？」

李澧雖然有些害怕，還是強撐著說：「下官正是李澧。」

兩個人點點頭，一左一右往李澧兩邊一站，把李澧一夾，拖著就往外走。

李澧掙扎起來，大聲叫道：「你們幹什麼？你們是什麼人，竟然敢在翰林院抓人？」

兩個人覺得李澧太吵，拿著刀用刀柄對著李澧的脖子敲了一下，李澧頭一歪，竟暈了過去。兩個人就像拖死狗一樣，將李澧拖了出去，看得翰林院的眾人心驚膽戰。

領頭的人看到李灃被拖出去，對王翰林抱拳說：「王大人，既然人帶走了，那下官也不在這裡多待了，告辭！」

「不送。」王翰林勉強說出這兩個字。

接著，這一隊人如剛來時一般迅速離開了。

對方一走，王翰林就有些站不住了，林清忙扶住他，「您沒事吧？」

王翰林撐著林清的手，艱難地回到自己的座位上。

林清見王翰林嘴唇發紫，便倒了杯水遞給王翰林，小聲問道：「剛才那些人是誰啊？這麼囂張，連翰林院都敢闖？」

「那是皇上的錦衣衛。」王翰林面色難看地說。

林清聽到「錦衣衛」三個字，心中咯噔一下，再想起被錦衣衛帶走的李灃，心裡慌了，忙又問說：「那李灃……」

「完了。」王翰林不忍地閉上眼，「被錦衣衛帶走的人，哪有活著出來的？」

翰林院的新人們本來還覺得王翰林危言聳聽，畢竟他們是朝廷親授的進士，李灃又是狀元，即便大家都聽過錦衣衛的凶名，可李灃也不過寫的東西稍微有點犯忌諱，大家還以為李灃最多是被降職或者罷官而已。

事不關己，高高掛起，大家除了談論一下，還是該怎麼樣幹活就怎麼樣幹活。

然而，事態很快超出了眾人的想像，第二天，錦衣衛又一次出現在翰林院，然後帶走了與李灃交好的幾個庶起士。

眾人打聽之下才知道，李灃受刑不過，開始攀咬同僚，大夥兒頓時人人自危。

一個庶起士直接把杯子摔到張成面前，揪起他怒斥道：「你幹的好事！」

「王岳，你別血口噴人，這事壓根兒不是我幹的，我就算看不慣李灃，也不會去錦衣衛那裡告狀！別人不知道錦衣衛是幹什麼的，我們這些世家能不知道嗎？」張成氣得說道。

「我知道肯定不是你幹的，可誰叫你嘴賤？你要是不說，李灃怎麼會出事？李灃出了事不要緊，可他現在在錦衣衛手裡，怎麼可能不攀咬我們？」

王岳憤怒得簡直想殺他的心都有了。

王岳和張成同為世家子，兩人關係還不錯，但王岳真沒想到張成會這麼蠢，什麼話都敢說，可扯上太祖的事能說嗎？誰都知道錦衣衛的眼線無處不在，居然還敢在大庭廣眾之下嘴不把門，自己遭殃不打緊，還連累別人。

剩下的幾個倖存的庶起士也圍過來，開始譴責張成。他們都是世家子，雖然平日交好，可真遇到事，還是保自己最重要。

林清看著與李灃一夥的人都被抓進錦衣衛的詔獄，而張成等人在忙著內鬨，不由有些擔心，畢竟他和他們也是同科，要是李灃真的亂咬，誰也不能保證他能夠倖免。

林清轉頭看到今天從進屋後就一直臉色不好的王翰林，便過去低聲問道：「王老，您看這事會怎樣？」

王翰林看著林清，有氣無力地說：「你是擔心自己也會被牽扯吧？」

林清忙點點頭，「晚輩和李灃是同科進士，確實擔心。不知這事會不會繼續下去？」

王翰林卻沒有回答林清的問題，反而問道：「你是尚書大人的弟子？」

翰林院歸屬禮部，在翰林院不提部的尚書大人只能是沈茹，林清微微點頭說：「晚輩駑鈍，在院試中的座師恰好是尚書大人，幸被收為弟子。」

王翰林想了一下，從旁邊的櫃子裡拿出一本書，「前些日子尚書大人想借一本《禮記》，你送去吧！」

林清頓時明白，王翰林這是讓他去沈茹那裡避難，忙行了一禮說：「多謝王老。」

「去吧去吧，沈茹那個傢伙應該可以護得住你。」王翰林擺擺手。

林清一聽，覺得這事好像比他想的還要厲害，便對王翰林說：「王老，那您……要不，您和我一起去吧？」王翰林雖然不是他們一夥的，可王翰林是他們這批人的教習。他們這些人出了事，王翰林難保不擔責。

王翰林看著林清擔心的目光，兩日來一直陰沉的臉上終於露出一絲笑意，摸摸林清的頭說：「你這孩子倒是實誠，難怪沈茹會收你作弟子。放心，老夫沒事，那錦衣衛雖然厲害，可還不會動我。」

林清見王翰林說得很有自信，這才放下心來，不過還是打算等會兒到了沈茹那說一下，畢竟自從他進了翰林院，在書庫當值後，王翰林對他始終都很照顧。

林清拿著書匆匆趕到禮部，找到了沈茹。

「你來了，我還正打算讓人去叫你過來。」沈茹關上門說。

「你知道翰林院的事了？」林清問道。

「翰林院在我的一畝三分地上，發生這麼大的事，我要是不知道，這禮部尚書也該換人了。不光我知道，禮部和翰林院的官員都知道了。」

「那為什麼一個去書庫過問的都沒有？」

「誰去過問？平白惹一身騷嗎？」

林清這才知道，為什麼以前常來書庫找書的那些編修、學士和掌院，這兩天卻是一個都沒有出現，原來都躲著呢！

「難道你們就眼睜睜看著他們被抓進詔獄？」林清不敢置信地問說。
沈茹嘆了一口氣，「你進翰林院都兩年了，不會還沒學會自掃門前雪吧？」
林清頹然坐在椅子上，他知道沈茹說的是對的，對於和自己無關的人和事，眾人都是事不關己高高掛起，好管閒事的人，多半是活不久的。
林清想了想，就算他，也說不出讓沈茹去救李灃的話，畢竟李灃和沈茹非親非故，沈茹沒必要為李灃去求人。
林清又想起王翰林，忙說：「那書庫的王翰林會不會被牽扯？」
沈茹聽了，問道：「你說的是書庫的王老？」
林清點點頭，「王老一直很照顧我，所以我有些擔心。」
「那老頑童居然會喜歡你？」沈茹笑著說：「放心，你不用擔心那老傢伙，翰林院誰出事，他都不會有事。」
「王老很厲害？」林清沒想到在書庫看管典籍的王翰林，居然也有大故事。
「那老頭是兩朝老臣，當初先帝在世的時候，有一次想要修個宮殿，他當時是隨侍的翰林學士，負責起草詔書，先帝就讓他起草修宮殿詔令，發給內閣。王翰林覺得新朝初立，大修土木會浪費錢財，堅決不肯起草詔書，還頂撞先帝，氣得先帝讓近侍把他拉下去。」
「王翰林當時年輕氣盛，見內侍要拉他下去，直接一頭撞在了宮殿的柱子上，還大聲喝說『願以身死祭社稷』。先帝看到撞得頭破血流的他，嚇得趕忙讓御醫給他診治，才保住他的命，從此再也不敢提修宮殿的事了。王翰林也是一撞成名，連先帝都不敢惹他，何況錦衣衛了，所以你不用擔心他。」
林清聽了咋舌，想不到古代真有以死相諫的事，他還見到了真人。

果然，不怕死的人，連皇帝都沒辦法！

「不過，也是因為他這一撞，先帝本來很器重他，也不敢再用他，就讓他回翰林院了，後來他就到了書庫。」沈茹又說。

林清嘆了一口氣，也不是所有的皇帝都喜歡耿直的大臣。

倒是聽了沈茹所言，知道王翰林不會有事，林清也就放下心來。

沈茹說：「這件事只怕沒完，你還是在我這裡先避避風頭。」

林清點點頭，問道：「那李灃他們會怎麼樣？」

沈茹搖搖頭說：「不好說，這就要看皇上和錦衣衛的態度了，畢竟事關先帝，誰也不敢等閒視之。」

沒過兩天，張成那夥人也進了詔獄，林清聽了，頓時又慌了。

沈茹見林清臉色微白，勸道：「沒事，我和那些人打過招呼了，他們不會來抓你的。」

「你認識錦衣衛？」林清問道。

「錦衣衛的指揮使是皇上奶娘的兒子，也就是奶兄。當初皇上還是太子的時候，是皇上的貼身侍衛。我在太子府做詹士時，和他還算有些交情，可這交情也只有我不出事的時候好使，要是皇上看我不順眼，他第一個就能來抓我。」沈茹解釋道。

林清這才稍微放下心來。

沈茹繼續說：「你別看張成這些人也進去了，他們和李灃那些人不一樣，李灃那些人是寒門子弟，無論人脈財力都不行，進了詔獄只怕就出不來了，而張成等人，進去雖然會脫層皮，可他們的父兄都身居高位，背後又有家族在，肯定沒事，不過是吃些苦頭而已。」

「也就是說，他們很快就會出來？」林清問道。

沈茹點點頭，「這事鬧到這裡，算是差不多了，錦衣衛也該收手了，要是再大，後面就牽扯更多，錦衣衛也會吃不消。」

林清又在沈茹這裡待了幾天，就聽到張成幾個被放了出來，事情也有了結果，而這結果讓林清頭一次對官場感到不寒而慄。

張成一夥人，因為議論先帝被革職，李灃那夥人，除了李灃，全都被剝奪功名，而李灃則因為誹謗先帝，在詔獄中畏罪自殺。

「畏罪自殺？」林清聽到傳來的消息，有些站不住了。

「大概是受刑不過。詔獄裡凡是受刑不過的，傳出來都是畏罪自殺。」沈茹淡淡地說。

林清突然感覺到一股寒意直竄心頭。

回到翰林院的書庫，看著裡面冷冷清清的，他感覺到一種說不出的清冷。

「回來了。」王翰林還是坐在自己原來的位置上看書。

「王老。」林清走過去行禮。

王翰林點點頭，「回來就好。」然後嘆了一口氣，「回來，起碼還有個在書庫裡陪我這把老骨頭的。」

「王老，晚輩……」林清不知道該怎麼開口。

王翰林把林清拉到身邊坐下，「是不是看著人都沒了，很難受？」

林清點點頭，低著頭不說話。

「還是年輕啊！」王翰林看著林清，感慨道：「還會因為同僚的不幸而難過，等你再在朝堂上待些年，就不會有此傷感了。」

林清抬起頭說：「這樣的事很多嗎？」

「不說別的，就說這次的事，歷朝歷代，這樣的事難道還少嗎？西漢楊惲因《報孫會宗書》中的文字觸怒漢宣帝而遭腰斬。曹魏末年，嵇康因作《與山巨源絕交書》，令權臣司馬昭聞而惡之，被斬於東市。蘇學士因烏台詩案而險些被殺，最後雖被救，卻受了百日牢獄之災，更不要說宋朝的同文館之獄、車蓋亭詩案、胡銓奏疏案、李光《小史》案、《江湖集》案等等，幾乎人盡皆知，這些史書上都有，難道你都不曾看過？」

林清聽得幾乎想哭。

他當然看過，可他只是當典故，也沒想著會親身經歷一次。

「是不是看書的時候覺得只是故事，甚至還覺得裡面的臣子很倒楣？」王翰林問道。

林清用力點頭。

「以古為鏡，可以知興替，知道唐朝太宗皇帝為什麼說這句話嗎？因為那是真實發生過的，不只是書中的一個個典故。」

「晚輩受教了。」

「所以說，為官一定要謹慎，記住禍從口出。你覺得李灃無辜，其實何嘗不是他平日裡太過爭強好勝所致。他明明是狀元，本就在同科中風頭最盛，卻不知收斂，處處想壓別人一頭。雖然一時看起來風光無限，可何嘗不是阻了別人的路，招人記恨，要不他這次為何出事？」王翰林提點道。

林清聽了一驚，忙瞅了瞅四周，小聲問說：「李灃這次真是被人告發的？」

「你覺得呢？」王翰林喝了一口茶，「雖然錦衣衛確實無處不在，可人力終究有限，這裡是書庫，除了借書的，要不是你們這幫庶起士來，一年都沒人說幾句話，錦衣衛會吃飽了撐著在這裡安插人手？」

「那是誰告發的？張成雖然天天和李灃爭，可晚輩不覺得張成會幹這種事。」

「當然不會是張成。」王翰林說：「當初先帝之所以立錦衣衛，就是為了對付南方前朝遺留下來的世家，所以凡是世家，簡直聞錦衣衛色變，張成身為世家子，哪怕心懷不滿，也不敢打錦衣衛的主意，畢竟世家都知道，錦衣衛插手的事，牽連甚重，張成他自己就在翰林院，又和李灃同科，哪裡跑得掉？他就算看李灃不順眼，也不會捨得把自己搭進去。」

「那是？」

「應該就是跟著李灃的那幾個人。」

「他們不是和李灃關係極好嗎？」林清不解地問。

王翰林嗤笑道：「不過是利益所致，哪有什麼好不好？錦衣衛雖然名氣大，可對付的都是世家和權貴。誠然凶名在外，但在民間還不如衙門來得耳熟，所以除了世家和權貴，極少有人知道錦衣衛的做事風格。這告發的人，以為告了李灃就可以去掉一個絆腳石，卻不知道錦衣衛最喜歡的就是一鍋端。」

「您說的是榜眼董肖？」林清驚訝萬分。

董肖和李灃都是寒門出身，在翰林院總是抱團，關係極好，林清怎麼都沒想到是他。

「除了他，還有誰？你們這一科進翰林院的，只有狀元授翰林院修撰，榜眼、探花授翰林院編修，剩下的都是庶起士。庶起士要三年後散館才能授予官職，也就是說，庶起士相當於比狀元、榜眼和探花晚三年，所以你們庶起士現在根本不可能越過這三人，又有誰會費力不討好地去告發？」

林清聽了，覺得有些道理，卻還是說：「雖說如此，可也不能斷定一定是他。」

王翰林點點頭，「確實只是猜測，不過，這科進翰林的就剩你一個了，再知道誰，也沒有什麼意義了。」

林清嘆了一口氣。人都死的死，散的散，以後也八成見不到了，再追究是誰幹的，的確毫無意義了。

王翰林拍了拍林清的肩說：「吃一塹長一智，經過這次的事後，以後你記得謹言慎行，省得禍從口出。」

林清點點頭。有這次教訓，他大概再也不敢多說一句犯忌諱的話了。

「其實你經這麼一齣殺殺銳氣也好，省得日後在朝堂上不謹慎，丟了性命。」

「朝堂上丟性命的很多？」林清一驚。

「怎麼不多？這幾本書你拿去看看，就知道朝堂上有多少丟性命的。」王翰林從書架抽出幾本書遞給林清。

林清接過一看，是《漢書》、《唐史》、《宋史》和《資治通鑒》。

王翰林對林清說：「你從《漢書》開始，數數有多少個不是壽終正寢的，就知道朝堂之爭有多凶險了。」

林清心情複雜地抱著幾本書回到自己的座位上。

王翰林心道：這孩子性子太過敦厚，我幫他一把，也算給自己積德吧！

王翰林卻是怎麼也沒想到，他的本意是為了讓林清往後小心謹慎一些，結果矯枉過正，直接把林清給扭到另一條路上了。

林清拿出《漢書》按王翰林說的翻看，剛翻到第一篇《高帝紀》，看了一遍，發現漢高祖劉邦殺的朝臣他已經數不過來了，等到呂后時，光看著數就有些頭皮發麻，再等到漢武帝時，林清感覺自己已經麻木了，再後來……他覺得自己已經不用看了。

此時他只有一個念頭：朝廷太危險，他現在撤還來得及嗎？

看著書中一個個「殺」、「斬」、「誅」，看得心驚膽寒，等到翻完書，林清只覺得自己像大冷的天被人潑了一桶冷水，從頭冷到腳。

他以前也知道當官危險，可從來沒有像現在這樣，對危險認識得如此深刻。

林清把書合上，重新放回原來的書架上。

「這麼快就看完了？」王翰林問說。

「只看了《漢書》，後面的沒敢看。」林清實話實說。

「怎麼，怕了？」王翰林問道。

林清點點頭，「觸目驚心！」

王翰林輕笑一下，「這才是史書，那些歌功頌德的文章，可看不出這點。」

參之章

貪圖清閒做太傅

林清散值後回到家裡，看到小花生正在帶著小黃豆玩。小花生雖然比小黃豆大不了多少，可已經一副大姊姊的樣子，平日裡知道帶著弟弟玩。

林清走過去，看到小花生拿著毛筆蘸墨汁和朱砂畫畫，小黃豆在一旁看著姊姊作畫。

「畫什麼呢？」林清笑著問說。

「爹爹！」小花生看到林清，眼睛一亮，直接往林清身上撲。

小黃豆有樣學樣，過來抱大腿。

林清先抓著小花生的手，把她手上的筆拿下來，心道，這墨汁要是滴一滴在身上，這件官服可就廢了。

他把筆放在筆架上，一邊抱起一個放在腿上，問道：「你們姊弟倆在玩什麼？」

「我在教弟弟畫畫！」小花生驕傲地說。

「在畫什麼？」林清好奇。

小花生從林清的腿上下來，拿起自己畫的圖遞給林清。

林清一看，是一朵花，雖然簡單，畫得還是挺像的，不由誇讚：「小花生真厲害！」

小花生得了林清的稱讚，開心地說：「娘教我畫的，娘在鞋墊上也畫這個。」

林清這才知道原來這個是「花樣」，難怪小花生畫得如此的像。

「爹爹，您幫我畫隻小烏龜好不好？」小花生請求道。

「為什麼要畫小烏龜呢？」林清問道。

「娘那裡有花，有鳥，就是沒有小烏龜。」小花生撇撇嘴。

林清聽了汗顏，王嫣那裡的「花樣」都是一些寓意吉祥的，怎麼可能有烏龜？要是在納鞋底時繡個烏龜，這不是諷刺烏龜王八嗎？

「爹爹，您快畫嘛！」小花生抱著林清的手臂搖晃道。
「好好，爹爹畫。」林清說著，在宣紙上畫了一隻小烏龜。
小花生從林清腿上跳下來，拿著到旁邊去描小烏龜了。
林清看小花生去描紅，就對小黃豆說：「豆豆今天在家都做什麼了？」
「跟姊姊一起玩，姊姊還教豆豆背了一首詩。」小黃豆舉著手說。
「咦，豆豆背了哪首詩？背給爹爹聽聽。」
「鵝鵝鵝，曲項向天歌，白毛浮綠水，紅掌撥清波。」
小黃豆背得不甚熟練，但還是完整背了下來。
「小黃豆真棒，會背詩了。」林清抱著小黃豆親了一口。
小黃豆今年五歲，實際才四周歲，所以林清之前沒有給小黃豆正式啟蒙，一方面擔心太早學習書上的東西，容易讓孩子產生厭學的情緒，另一方面就是他覺得孩子小時候應該以遊戲為主，在遊戲中順便學習知識，而不是小小年紀就被逼著天天背書。
不過，要是小黃豆主動想學，他也不會不教，畢竟孩子有求知欲是好事。孩子能主動對學習有渴望，他還是非常高興的。
林清誇獎了小黃豆之後，就跟小黃豆簡單講解了一下這首詩的意思，然後又說了一個成語小故事，算是給小黃豆的獎勵。
小黃豆聽完，拽了拽林清的手，「爹爹，我還要聽！」
「好，咱們先進去，去床上爹爹給你講。」
林清抱起小黃豆，又牽著小花生進了屋。
「我還說你們爺仨什麼時候進來呢？」王嫣放下帳冊笑說。

「這不就進來了嗎？」林清笑著把小黃豆放到床上，又把小花生也抱上去。

王嫣過來幫林清把官服脫了，拿了一件家常的衣服遞給他。

林清換了衣服，又跟兩個孩子講了一個小故事，就從櫃子裡拿出兩個九連環，讓他們自己拆著玩，這才起身去了外間。

王嫣正指揮丫鬟擺放飯菜，見林清出來，問說：「二郎今日怎麼不陪他們玩了？」丈夫每天回家就帶著孩子玩，不是跟孩子講故事，就是陪孩子玩玩具，要不就是帶著孩子在院子裡禍害花草。不等她擺好飯叫上兩遍，是不會主動來吃的，今天怎麼轉性子了？

林清在椅子上坐下，嘆了一口氣，「只是心中有事，有些提不起勁兒來。」

王嫣揮手讓丫鬟們都退下去，走到林清身邊坐下，關切地說：「二郎有什麼煩心事嗎？要是不打緊，不妨和妾身說說，妾身雖然沒讀過多少書，可也能聽聽。」

林清拉著王嫣的手說：「今天中午我從禮部回翰林院的書庫，整個翰林院的書庫，就剩下我和王老了。」

「可是發生了什麼事？」王嫣忙問道。

林清之前擔心王嫣害怕，一直沒敢告訴她，如今塵埃落定，他就把事情的來龍去脈對王嫣詳細地說了一遍。

王嫣聽了，驚道：「怎麼會如此凶險？」

「是啊，一死，八個被剝奪功名，十個被罷官。」林清現在想起來還有些害怕，「要不是我一直在恩師那裡，說不定也被牽連進去了。」

王嫣忙說：「幸好你沒事，你要是出了事，我和兩個孩子要如何活啊？」

林清反手握著王嫣說：「過去了，過去了。」

王嫣看著林清，認真地說：「二郎可是有話要說？」

林清猶豫了一下，問說：「嫣兒，妳覺得我這性子適合做官嗎？」

王嫣驚訝地說：「你的意思是？」

「我今天考慮了一下午辭官的事。」林清嘆道。

王嫣想要說話，卻聽林清接著說：「不過，我知道辭官不可行。」

王嫣一口氣被噎在喉嚨裡。

「我讀了這麼些年的書才中了進士，讓我直接放棄，我不甘心，可現在京城勢力交錯，稍有不慎，就可能丟命，所以我打算等散館後，就找個機會外放。」林清看著王嫣說：「妳覺得怎麼樣？」

王嫣突然很想在林清的臉上來一拳。

咱們說話能別喘氣嗎？

她還以為丈夫真的想不開要辭官呢！

……

林清自那日和王嫣說了外放的想法，就開始處處留意外放的空缺，畢竟他已經在翰林院待了兩年，還剩不到一年就該散館了，現在不提前謀劃，等到散館時再鑽營就遲了。

他用心搜集了近幾年散館的庶起士的去處，發現庶起士散館後大多進了六部，極少有外放出京的，不過想想也就明白，庶起士既然進過翰林院，按照官場的潛規則，以後最好的前途就是入內閣，有哪個捨得外放？畢竟京官尊貴，一個蘿蔔一個坑，一旦外放，如果沒有強硬的後臺，誰知道還回不回得來。

於是，林清又把目光放在了那些沒有進翰林院的進士上，一統計就發現，凡是名次好些的，有後臺的，還是都進了六部或者在京城為官，只有同進士或者沒有後臺的才被外放，而外放的地方通常都不太好，不是窮鄉僻壤的縣令，就是稍微好一點地方的縣丞。

此時他才真正明白，為什麼大家都說：同進士，如夫人。光從第一次授官，就能看到極大的差距，而這種差距，在以後的仕途中會越拉越大，除非有天大的機遇，否則同進士真的很難比得上一甲、二甲的進士。

林清頓時陷入了糾結之中，這外放好像也不是什麼好事，他總不能因為害怕被鬥，就帶著一家老小去窮鄉僻壤，讓老婆孩子跟著自己受罪吧？

當然，外放中也有好的，可無一例外都是有背景的，畢竟吏部好的外放名額有不少人盯著，本來就僧多肉少，而林清唯一能想到的能幫助他的就是沈茹。沈茹當初做欽差出任的是山省的學政，和山省不少官員有交情，問題是，他外放不可能去山省。朝廷有默認的規矩，就是外放的官員不可以回原籍，以防和地方的官吏鄉紳勾結在一起坐大。

沈茹身為禮部尚書，肯定也認識吏部的一些人，要是真幫他託人的話，找個肥差肯定不是問題，只是林清在翰林院待了這麼久，大概也明白了吏部尚書是文閣老的人，也就是三皇子的人，讓沈茹為了他在三皇子那裡欠人情……想到這裡，他搖搖頭。沈茹平平安安地走到這一步不容易，他可不能給他扯後腿。

正當林清忙著找個地方給自己挪窩的時候，翰林院也開始忙碌起來，或者說整個禮部都忙起來，因為聖上的千秋節到了，換句話說，皇上要過生日了。

因為今年是皇上五十歲的整壽，不同於往年，禮部從一過了年就開始籌畫此事。皇上的千秋節在五月，如果沒幾個月的準備，以禮部那慢性子，說不定到千秋節的前一天，禮部那些老古董還在為按周禮還是前朝禮儀進行辯論。

畢竟禮部曾經幹過在大皇子娶親時，因到底按皇子之禮還是皇長子之禮吵了整整兩年，最後大皇子妃的娘家等不住了，大皇子妃的父親親自帶人打上禮部，禮部才折中了一下，定下禮儀，讓大皇子成親。

禮部忙著辯論到底用哪套禮儀給皇上過千秋節，翰林院也沒閒著，翰林院眾人忙著寫文章對皇上歌功頌德，甚至因為林清是現在翰林院唯一剩下的一名庶起士，故而也很榮幸地代表上一科進士寫了一份千秋賀表。

皇上的千秋節熱熱鬧鬧地從五月過到六月，而這時朝堂上也出現了罕見的和平時代，御史不再天天彈劾人，三位皇子也安安分分的，各方勢力和諧共處一室，因為誰都知道，在皇上過千秋節時，誰挑事便是活得不耐煩了。

然而，朝廷是安靜了，翰林院卻炸鍋了，原因是，內閣給翰林院下了一道詔令，讓翰林院出一個人，給新晉封郯王的六皇子做皇子太傅。

皇子太傅聽起來好聽，與太子太傅只有一字之差，實際上差距可大了。太子太傅，非朝中重臣不行，畢竟太子太傅有以道德輔導太子，而謹護翼之責任。再者太子一旦登基為帝，太子太傅就是帝師，所以每朝每代太子只要出閣讀書，朝中重臣幾乎會打破頭去爭太子太傅、太師、太保等的名額，就為了和下一代君主提前打好關係。

看看沈茹就知道了，沈茹當初就是太子府的詹士，如今是皇上的心腹，年紀輕輕就成為六部之一的禮部尚書。

皇子太傅就不一樣了，雖然皇子太傅也是教導皇子的，可皇子比太子差遠了。太子出閣讀書有太子太傅、太子太師、太子太保和一大批侍讀侍講，皇子讀書則只有一個皇子太傅，而這個皇子太傅，只要是兩榜進士就可以。

皇子太傅也不是什麼好活兒，因為除了太子之外，皇子年滿十六歲之後，就要到封地就藩，身為教導皇子的皇子太傅，自然也得跟著去，不能皇子一成年就不需要教導，所以等皇子就藩，皇子太傅便會跟著去封地，除非皇子繼承大統，否則再沒有回京的可能。

因此，翰林院眾人一接到這個詔令，簡直嚇得面無人色。

雖然皇子太傅是正五品，比翰林院的編修品階高，可那是要跟著去封地的。郯王的封地是郯城，在翰林院這些京官眼裡，那就是鳥不拉屎的荒涼地。他們翰林院的這些人，雖然官職不高，可身為翰林學士，經常有機會面聖，起草個詔書什麼的，說不準什麼時候就入了皇上的眼，怎麼可能自毀前途，去給一個不受寵註定要做藩王的皇子做皇子太傅？

一時間，翰林院雞飛狗跳，眾人拉關係的拉關係，走後門的走後門，生怕自己被選上。

林清踩著梯子在書架上整理書籍，隔著窗戶就聽到掌院的屋子裡傳來茶杯摔碎的聲音。

他縮了縮脖子，對下面的王翰林笑著說：「掌院這幾天到底摔了幾杯茶了，居然還沒定下郯王太傅的事？」

王翰林嗤笑了一下，「凡是在翰林院的，哪個沒點背景？咱們掌院素來是個老好人，不想得罪人，可這事不得罪人哪成？」

「去給郯王做太傅真的這麼糟？」林清好奇地問道。

「傻孩子，沒聽過賈誼謫長沙太傅嗎？一個謫字，難道還不說明問題？」

「可是，當初三位皇子挑選皇子太傅的時候，許多人不是打破頭去爭嗎？我聽說那時翰林院的眾學士連搶都沒搶上，三皇子更是文閣老親自做太傅。」

「那哪能比？三位皇子有望繼承大統，現在是皇子太傅，以後未必就不是帝師，所以眾人自然要爭搶，可六皇子，皇上千秋節時，因為四位皇子就六皇子年幼，皇上才注意到六皇子，這才讓禮部擬了封號，封為郯王，又發現六皇子都六歲了還沒有太傅，這才訓斥內閣，內閣說已經挑選了，只是六皇子沒有封號，沒有皇子府，太傅不方便入內宮教授，皇上方下旨讓工部在皇城內給六皇子建皇子府，讓六皇子早日進學，畢竟皇子過了七歲還未進學，損的是皇家顏面，內閣才急忙讓翰林院挑郯王太傅。」王翰林見四周無人，小聲解釋道。

「六皇子不受寵？」林清從梯子上爬下來，和王翰林說悄悄話。

王翰林點頭，「這也不是什麼犯忌諱的話，年紀大些都知道。這六皇子的生母是楊妃娘娘，楊妃娘娘的父親早在六年前，因為通敵被誅了三族，楊妃娘娘身懷六甲而倖免，只不過因此失寵，雖然沒有被廢掉位分，但也幾乎和進了冷宮差不多。」

林清恍然大悟，原來六皇子就是當初楊妃娘娘肚子裡的那個孩子。

「六皇子本來就不受寵，再加上外家乃是罪臣，幫不上忙，這次六皇子的太傅，就看翰林院誰倒楣了。」王翰林說。

「那做了皇子太傅，以後都要幹麼？」林清對皇子太傅還是有些好奇。

王翰林喝了一口茶才說：「皇子年幼的時候，還沒去封地，皇子太傅就在皇子府教授皇子讀書，等皇子去封地就跟著去，不過那時皇子年紀大了，也就不大用太傅教導了，皇子太傅一般也就在藩王府養老。」

「那做皇子太傅豈不是很輕鬆？教導十年就可以由皇子養老？」林清不禁說道。

王翰林瞥了林清一眼，「是輕鬆，可沒幾個想要這輕鬆的差事！」

林清很想說，他就很喜歡這差事，而且郯王的封地可是郯城，郯城就在沂州府內，要是真能做了郯王的太傅，等郯王長大了就藩……

他豈不是就能回家了？

王翰林說者無意，林清聽者有心，等散了值，他就跑到沈府去找沈茹。

「什麼，你想當郯王太傅？你瘋了！」

沈茹真想扒開林清的腦子看看裡面裝的是什麼。

別人避之唯恐不及的事，他居然想著往上湊？

「我覺得郯王太傅挺好的。」林清說道。

「好什麼？那是皇子太傅，不是太子太傅！要是太子太傅，唉，別說太子太傅，就是太子侍讀，我也會拚命把你往裡塞。你知不知道皇子太傅是幹什麼的，那以後是要跟著去封地的！」沈茹氣得對林清說。

「我就是知道要跟著去封地，才想做郯王太傅。郯王的封地在郯城，郯城可是在沂州府內。」林清老實地說道。

沈茹怎麼也沒想到林清會因為為了離家近就自毀前程，忍不住氣道：「你有點出息行不行？一旦你做了皇子太傅，今後的仕途就止於正五品了！你堂堂一個庶起士，難道只有這麼一點追求嗎？」

「可是，在京城，我這輩子也不一定能升到超過正五品啊！」林清咕噥道。

沈茹一時無語。

按理說，庶起士是最有前途的，非進士不入翰林，非翰林不入內閣，故而庶起士有「儲相」之稱，能成為庶起士的都有機會平步青雲，可想到林清的性子，哪怕沈茹，也不敢打包票林清能熬到五品以上，畢竟五品和四品之間是一個大坎，能混到四品，哪怕是從四品，就已經算是朝中大員了。

沈茹有些頭疼，勸林清說：「我知道前陣子翰林院的那件事對你影響很大，不過那也就是他們那些人剛入翰林院，沒有根基，錦衣衛下手才有沒有顧慮，要是翰林院的那些學士，哪怕有些犯忌諱，錦衣衛也會睜一隻眼閉一隻眼，你也不用太擔心。如果翰林院這一科就剩你一個，我只要說句話，你肯定能留在翰林院，何必跟著一個毫無前途的皇子跑呢？」

「六皇子真的沒有一點希望嗎？」林清問道。

「除非前面三位皇子死絕，否則絕無可能！」沈茹為打消林清的念頭，斬釘截鐵地說。

林清鬆了一口氣，「那就好。其實我來找你，就是為了問問六皇子是不是無緣皇位。既然你這麼說，我就放心了，我真怕不小心跟著一個可能登上皇位的皇子，天天要擔心受怕，一不小心還會有性命之憂。我就想找個舒坦的差事，可沒有去玩命。」

沈茹……

也就是說，他剛才的話，起反作用了？

沈茹拽著林清說：「你不會真的決定去了吧？」

「阿茹，我也不瞞你，其實在翰林院的兩年，我也發現了，我這性子是真的不太適合做官，要不是翰林院是六部中最清靜的，我待的地方又是書庫，我可能早就撐不下去了。」林清看著沈茹，認真地說。

「誰剛進朝堂都這樣，你再待個幾年，自然就行了。」沈茹恨鐵不成鋼地說。

「依我的性子，你覺得我是先學會那一套，還是在沒學會之前就被人幹掉了？」

「我可以護著你！」沈茹嘆氣。

「你幫我已經夠多了，可我自己知道，我真的不是這塊料，」林清苦笑，「朽木不可雕也，大概說的就是我這樣的。」

「阿煊，你只是性子單純一些。」沈茹不贊同。

「可在朝堂上，單純就是單蠢，稍有不慎，不但自己不知道自己怎麼死的，說不定還會連累別人。」林清嘆道。

沈茹知道林清已經下定決心，再說什麼也白搭，不禁說道：「你真的決定了？」

林清點點頭，「其實我考慮了一下午，依我的性子，這輩子要想爬到五品以上，真的很難，哪怕你在後面幫我。既然我最多也就在五品上致仕，還不如去做皇子太傅。皇子太傅直接就是正五品，而且等郯王就藩，我可以跟著去。沂州府知府才四品，我是五品，再加上我是藩王太傅，本就隸屬不同，想必那些官員也只有敬著我的。」

地方官員為了避嫌，通常不敢和藩王有過多往來，可藩王畢竟是王爵，又是皇室，官大一級壓死人，不來往又不行，故而地方實行的政策多半是敬著供著。林清若做了郯王太傅，到時也不用擔心其他官員的問題，畢竟在郯王府，他是太傅，除了郯王，他就是老大。在地方，只要他不去招惹別人，地方官員避他還來不及，哪裡會招惹他？

「你還能天天回家，看你爹看你娘，做你的大孝子吧？」沈茹沒好氣地說。

「知我者，阿茹也。」林清笑著說。

「能大老遠把爹娘接來遊山玩水的，除了你，還有誰？」沈茹想到了去年林清將林父和李氏都接過來，每天散值後帶著兩位老人家滿金陵街上轉。

「哈哈！」林清乾笑兩聲。

既然林清意已決，沈茹也不好再說什麼，就道：「既然你決定了，那就不要後悔。你要真想做郯王太傅，就直接去跟你們掌院說吧，他現在正想找人找不到，你說了，他絕對會感激你雪中送炭。」

林清點點頭，又有些疑惑，「那我的資歷夠嗎？我只是庶起士，連翰林學士都不是。」

「放心，你們掌院會讓你資歷夠的。」沈茹撇撇嘴，「別說你是兩榜進士，就算不是，這時候有人來頂缸，翰林院那幫人也會給你加個大儒弟子，翰林院最不缺的就是大儒。」

「這樣都行？」林清驚訝地說。

「一個皇子太傅而已，這要不是皇上過問，內閣早就在新科進士中挑個寒門塞上了。雖然郯王不得寵，可皇上畢竟就六個皇子，還死了一個，過繼了一個，統共就剩下四個，內閣也不敢太敷衍，要不，皇上萬一想起來，豈不是要怪罪下來？」沈茹解釋道。

林清得了沈茹的準話就告辭了。

第二日，他去掌院那裡一說，掌院果然大喜，還特地問他尚書大人知不知道。

林清這才知道，原來掌院一直沒叫他，不是因為他資歷不夠，而是顧忌他背後的沈茹，誰叫沈茹是他的頂頭上司。

林清告訴掌院，尚書大人已經知道，並且同意了。

掌院聽了立刻答應下來，並把這件事告訴了翰林院的眾人，然後親自為林清寫了一份資歷文書，送到內閣。

林清偷偷瞄了一眼，看到上面的「文采斐然」、「素來謹慎」、「學識淵博」、「出身名門」等的字眼，無語望天。

說他素來謹慎，這個他自認還可以。文采斐然，雖然有些臉紅，可他能中進士，文筆絕對也過得去。至於學識淵博，在翰林院，他不算倒數第一，也能算倒數第二吧？最後的「出身名門」？呵呵，今天掌院一定睡覺沒睡醒！

就在林清腹誹掌院這滿篇胡話能不能通過內閣審核時，內閣居然當日就給了回覆，很簡潔的一個字：准！

於是，林清正式成為了郯王太傅。

自從被任命郯王太傅後，林清就閒了下來，翰林院不用去了，本來應該教六皇子郯王，可郯王在京城的王府工部還沒建好，只能住在內宮楊妃處。林清是外男不能入宮，所以身為太傅的工作只能先暫時擱置。

不過，對於林清來說，讓他閒著總比讓他忙著好，更何況俸祿還照發，所以他很開心地在家裡陪孩子玩，順便還研究了一下禮部制定的皇子教育的內容，打算提前備課。

看著從禮部拿回來的皇子進學書單，他發現皇子的啟蒙與普通孩子的啟蒙還是有很大的不同，普通孩子啟蒙用《三字經》或《千字文》，等識字後就開始學習四書五經。

皇子啟蒙通常用《孝經》，等識字後，因為不用參加科舉，所以對四書五經也就沒有要求，只要教授一遍即可。除此之外，禮部還在書單上特別標記了兩本皇子必學的內容，那就是《禮記》和《太祖笥記》。

《禮記》作為本朝禮儀的範本，皇室成員確實是需要學習的，畢竟皇室貴冑的一舉一動代表皇家顏面。《太祖笥記》則是記錄了太祖皇帝的生活起居和一言一行，皇子身為後代，當然得效仿其祖宗，所以也是必不可少。

林清看完書單，把這幾本書都翻了兩遍，發現這幾本書雖然看著比四書五經厚得多，可由於不用科考，不用咬文嚼字，光學明白即可，其實反而要簡單多了。

林清鬆了一口氣，難怪沈茹說只要兩榜進士就可以。按照禮部這要求，別說兩榜進士，來個舉人也完全不成問題。

只是，從這裡也能看出身為太子和皇子的差別。太子是儲君，自然要傾整個朝廷之力盡心教導，以期望其成為明君，而皇子就隨意的多，只要懂禮儀，不當睜眼瞎，以後就藩，安安穩穩地做藩王，別給朝廷添亂就行。

領悟到了做皇子太傅的精髓，林清自然不會吃飽了撐著給自己的工作增添難度，非要六皇子學多好，不過身為一個老師，可以對學生不做要求，卻不能放鬆對自己的要求。

於是，林清先從第一本《孝經》開始備課，打算把丟到爪哇國的教學基本功再撿回來。

他在家裡待了兩個月，將教案寫了整整三本，工部才終於緊趕慢趕地把郯王王府建好，然後派人來告知讓林清搬家。

搬家？

林清這才知道，由於皇子年幼，皇子太傅不僅要行道德教導之職，還要謹護翼之，換言之，除了教學，為了防止皇子年幼，皇子府裡出現奴大欺主的事，皇子太傅最好也住過去，親自鎮著。

原來皇子太傅不僅要陪教，陪就藩，還要陪住，這簡直是妥妥的「三陪」啊！

林清在心裡吐槽。

這哪裡是去當太傅，根本就是去當班導師！

好在當班導師一個要管幾十人，而皇子太傅只要管一個就夠了。

林清安慰自己，就當為以後養老先付出了。

他讓王嫣收拾家當，就帶著王嫣和兩個孩子搬到了郯王府外院專門給郯王屬臣預留的院子，而林清搬進去不久，禮部選了一個黃道吉日，七月初三，將六皇子郯王給送了過來。

六皇子被送來時，林清正陪著兩個孩子玩老鷹捉小雞，聽到禮部的人送六皇子來，林清趕忙換了一身衣服，匆匆去門口等著接人。

林清在郯王府門口等了一會兒，果然看到禮部官員在前面領路，後面是親王儀仗。

林清讓僕役打開正門，放禮部官員和親王車架進去，等車停穩了，林清在車旁恭敬地說道：「恭迎郯王殿下。」

車裡一時沒有聲音，片刻後，裡面才傳來說：「太傅不必多禮。」

林清知道剛才定然裡面有內侍提醒六皇子外面的人是誰，接著說：「請殿下下車。」

裡面很快傳出窸窸窣窣的聲音，一個內侍先跳下來，對林清行禮，「咱家是郯王殿下身邊的一等太監楊雲，見過太傅大人。」

林清回了一禮，「楊總管客氣。」皇子出宮建府帶的一等太監，通常都會成為王府的總管，既然以後要天天見面，自然還是要打好關係。

楊雲連忙避開，「可值不當太傅大人回禮。」話雖這麼說，面上卻熱絡了很多。

楊雲從車裡抱出六皇子，把六皇子放到林清面前，林清這才第一次看到六皇子的模樣。

六皇子看起來與五六歲的孩子差不多，要說有差別，可能就是皇家的孩子穩重一些，要是小黃豆一下馬車，早四處亂跑了，而六皇子下了馬車，先看了看林清，又看了看四周，然後就老實地站在那裡。

林清見六皇子好像還不太反應過來下面應該做什麼，就對六皇子提議說：「殿下一路辛苦，不如先到正院洗漱休息。」

六皇子用烏黑的大眼睛看著林清，可能覺得林清的提議不錯，就點點頭。

林清對楊雲說：「辛苦楊總管了。」

楊總管笑著說：「分內之事。」然後就抱起六皇子去了正院。

林清開始接手禮部送來的人手和物件，等送走禮部官員，才有空去正院看看六皇子收拾得怎麼樣，順便打算根據他的情況，安排後面的學習進度。

進了正院，就看到六皇子乖巧地坐在椅子上，不哭也不鬧，看到林清來了，只是看了一眼，就接著看自己的前邊，甚至在林清喚了一聲的情況下，也沒什麼反應。

林清感覺有些不對，六歲的小孩子，就算再聽話，也不可能一直安靜地待著。

除非這個孩子不正常。

◆ ◆ ◆

林清正帶著郯王、小花生和小黃豆三個孩子在禍害郯王府後花園裡的菊花，具體的做法就是把菊花摘下來，放在一個大盆子裡，準備等會兒洗乾淨送到廚房讓人做成菊花餅。

楊雲端著一壺茶走過來，沏好茶，笑著對林清說：「先生，過來喝些茶吧！」

林清將剪刀放到盆子裡，把一個個小泥猴從花壇裡抱出來，放在石凳上。

楊雲拿著帕子給三個小祖宗擦滿身的泥巴，一邊擦一邊笑著說：「還是先生有辦法，殿下自小不太愛說話，先生帶了一個月，殿下就和尋常孩子無異。」

林清擺擺手，「這哪裡是我的功勞。」

林清說的這絕對是實話，六皇子這半個月能變得和普通孩子差不多，真不是他的功勞。

當初剛接手六皇子時，看到六皇子對什麼都不關心，甚至沒什麼反應，林清嚇了一跳，生怕六皇子智力有問題或者有自閉症什麼的。要真是這樣，那就是先天問題，哪怕林清再努力，也只能歇菜，弄不好，到時皇上突發奇想來看六皇子，林清就只有頂缸的份了。

幸好經過幾日的觀察，再加上詢問楊雲，六皇子雖然幾乎不說話，也不關注外面，但是並沒有明顯的表現出智力的問題，也沒有自閉症孩子的那種強迫性。

林清試著跟六皇子交流，雖然十次有九次不被搭理，不過他煩了，偶爾也會應一次。林清這才鬆了一口氣，看來這孩子八成是性子比較孤僻，還有些孤僻症。

既然不是先天的，那就是後天影響所致。

林清通過楊雲大體了解了六皇子這些年的生活，不過這裡面涉及到一些宮中的忌諱，所以楊雲也只是三言兩語帶過，即便如此，林清還是大約知道六皇子這幾年過得並不好。倒不是吃不飽穿不暖，畢竟皇上就剩下四個兒子，哪怕楊妃失寵，下面的宮女太監也不敢怠慢六皇子。而是楊妃的宮裡一直很冷清，楊妃又因為父兄被誅而大病一場，之後就鬱鬱寡歡，自己都顧不上，更別說六皇子了，所以才養成了六皇子沉默的性子。

林清知道原因後，就打算想辦法把六皇子先扳過來。孩子越小越好改變，現在不改，等大了性格定型，想改也沒辦法了。

林清想的是好，實際操作起來就難了。可能他前世教的孩子都是高中生，帶小的，如小黃豆、小花生又比較正常，所以對於問題兒童六皇子幾乎束手無策。

他當時唯一想出的辦法就是多陪六皇子說話，多陪他玩，多關懷他，可這些六皇子身邊的人早就試過了。六皇子是主子，哪怕不受寵，也是主子。在皇宮那個規矩大於天的地方，主子要是有個萬一，跟著的人哪怕不陪葬，也落不著好，故而六皇子一表現出不一樣，身邊的人立刻把能想到的法子都用上了，陪說話陪玩這種最常用的法子當然不會沒試過。

林清陪著六皇子說了三天的話，哄了六皇子三天，一點效果都沒有。

就在他愁眉不展地想新法子時，小花生帶著小黃豆來了。他倆是林清的孩子，林清的官職在鄭王府除鄭王外是最大的，宮人們自然不會阻攔，只是通報一聲就給放進來了，而放進來的小黃豆直接做了一件驚天動地的大事，那就是他把六皇子給揍了。

當時，林清蹲在六皇子面前拿玩具哄他玩，至於六皇子仍是在神遊，所以小花生和小黃豆一進來，就看到爹爹面前多了一個小孩，爹爹還在哄著他玩，小花生和小黃豆不幹了。小花生直接跑到林清懷裡，捍衛自己的地盤，而小黃豆更強悍，不但捍衛自己的地盤，甚至奮勇一撲，把那個入侵地盤的人給撲倒了。

一屋子的宮女太監再加上林清被驚呆了，等林清和楊雲反應過來，要阻止時，戰局已經從小黃豆打六皇子，變成小黃豆和六皇子混打了。

一直對外界沒什麼反應的六皇子，居然在地上和小黃豆撕打了起來。

林清和楊雲嚇得趕忙把兩個孩子分開，林清抱起小黃豆，楊雲抱起六皇子。

小黃豆一到林清懷裡，就委屈地哭了，然後越哭越傷心，還用手指著六皇子，開始說那個小孩不好，那個小孩欺負我，讓林清不許喜歡他。

可能是小黃豆告狀時的表情太得意，刺激到了六皇子，六皇子竟一改平日的沉默寡言，也用手指著小黃豆，跟楊雲告狀，讓楊雲快點把小黃豆拿下。

兩個孩子開始隔空指責，因為「你先打的」、「你搶我爹爹」兩句話，吵了一個下午。

最讓林清和楊雲感到不可思議的是，最後兩個孩子吵累了，嚷著睏，還在睡覺前約定明天接著吵，誰不來誰是小狗。

第二天，林清和楊雲又全程觀看了小黃豆和六皇子爭吵，小花生還摻和進去做裁判。

也不知道三個孩子怎麼吵的，反正到了最後，在小花生的勸解下，六皇子表示自己大人不計小人過，小黃豆則決定不追究六皇子搶他爹爹的事，兩個人在小花生的見證下，握手言和，然後小花生帶著小黃豆和六皇子去花壇裡玩泥巴了。

林清、楊雲……

果然，小孩子的世界，他們這些大人不懂！

……

楊雲幫三個小祖宗擦乾淨手和臉，自從小黃豆把六皇子打了一頓讓六皇子開始合群了，楊雲終於不用擔心皇上因為六皇子性子孤僻怪罪下來，就對小花生和小黃豆熱絡得不行，天天把三個孩子當祖宗供著。

楊雲倒了三杯茶，輪流餵三個孩子，一邊餵一邊對林清說：「殿下這些日子也好多了，過幾日是中秋，宮裡設宴，六皇子要去，先生要不要提前教導一下？」

林清聽了一愣，隨即反應過來，楊雲這是提醒他快給六皇子教點東西，臨時抱抱佛腳。六皇子到中秋出宮就一個半月了，聖上難免一時興起問上兩句，如果六皇子完全答不上來，林清這個郯王太傅肯定會被斥責的。

林清便說：「多謝楊總管提醒，在下險些忘了大事。」

楊雲笑笑，「多謝什麼？咱家從殿下剛出生就抱著殿下，殿下這些年，咱家除了心疼也幫不上，如今小姐和少爺把殿下帶好了，咱家心裡只有感激的。如今這心也放下了，以後就等殿下長大，咱們陪著殿下去封地安安穩穩地過日子。至於學業什麼的，殿下以後是藩王，倒是不必強求。」

林清嘆了一口氣，其實無論是他還是楊雲，或者是那些跟著的宮人，其實大多數還是希望能安穩度日的。

他看了看旁邊正在吃茶的三個孩子，說道：「等會兒我就開始教殿下一些基本的禮儀，先把中秋大典糊弄過去。」

「正是如此。」楊雲點頭。

林清讓宮女把盆裡的花瓣送到廚房，讓做成菊花餅和菊花茶，接著就把三個孩子帶到屋裡，開始教課。

由於林清要教的比較簡單，就是最基本的禮儀常識，無論皇子和官宦子弟都得知道，所以林清就讓三個孩子一起聽。

他先講了兩個關於禮儀的小故事，吸引三個孩子的注意力，又說了一個因為不懂禮儀而出醜的故事，讓三個孩子知道禮儀的重要性，這才開始教他們最基本的行禮禮儀。

林清在上面做了一遍示範，就讓六皇子和小黃豆跟著學，至於小花生，男女禮儀不同，她不用跟著做，卻也得明白各種禮儀的意思。

小花生不愧是年紀稍大，一點就透，對於各種禮儀知識，很快就記住了，還舉一反三，問林清某種禮儀在一些場合可不可以用。

六皇子記得也不差，可能是在宮裡大多見過，也是一看就懂。雖然身子小做得不標準，可誰看了，也不能說做的不對。

至於小黃豆，一比就顯出差距了。小黃豆本來就小一兩歲，平日都是在家裡玩，也沒有什麼要行禮的地方，再加上他個頭小，行禮時短手短腿不靈便，經常自己不小心絆倒了。

在小黃豆又一次摔屁股時，六皇子在旁邊幸災樂禍地說了一句：「真笨！」

小黃豆覺得自己丟了好大的臉，坐在地上「哇」一聲哭了。

林清曾經聽說過「三個女人一台戲」，如今卻體悟到，三個熊孩子，天天都來戲。前些日子，他只是帶著孩子玩泥巴，還沒發現什麼問題，等給孩子教課的時候就發現，這孩子越小，事情就越多。

例如今天三個孩子上完課，楊雲怕他們無聊，就從箱子裡拿出三個一樣精緻的玉連環，讓三個小祖宗玩。

既然有三個玉連環，按照林清和楊雲的想法，一個孩子一個恰恰好。

結果，沒一盞茶的功夫，小黃豆和六皇子又爭吵起來了。兩人同時看上了一個玉連環，一人拽著一半，死活不撒手。

明明是一樣的東西！

林清和楊雲忙跟兩個孩子說這都是一樣的，一人一個，可惜怎麼哄都沒用，兩個孩子爭得不可開交，死活就要手裡的那一個。

最後，玉連環被兩個熊孩掰成了兩瓣。

看著玉連環碎了，兩個孩子愣了愣，又接著爭下一個。

小花生則萬分省心，玩著自己的那個玉連環，時不時抬頭看看兩個白癡弟弟。

第二個玉連環最終也被掰碎了，兩個熊孩子看著最後一個玉連環也壞了，直接哭了，然後邊哭邊跑到林清和楊雲身邊開始告狀。

林清和楊雲……

一爭二搶三哭四告狀，這兩個熊孩子是如何無師自通的？

林清和楊雲熟練地各自抱起一個開始哄，給兩個孩子教課的這幾天，兩人哄孩子的技能瞬間從入門升到大滿貫。當林清和楊雲故作公正地將整個事件聽了一遍，每人哄了一遍，再給每個孩子一個新玩具，這才把兩個孩子忽悠過去，兩個孩子手牽手回去繼續玩了。

對，孩子的矛盾就是這樣，前一刻爭得要死要活，下一刻就可以手牽手一起玩！

林清看到兩個孩子和好，轉頭對楊雲說：「基本禮儀教得差不多了，詩我也教了兩首，剩下的宮中禮儀就麻煩楊總管了。」普通的禮儀林清沒問題，可宮中的禮儀，他一個外臣怎麼也沒有楊雲這種從小在宮中長大的宦官熟。

楊雲點點頭，「兩首詩就夠了，皇上平日也就偶爾在大典上會問問六皇子，六皇子能背首詩也就行了，要是太出色反而不好。這幾天辛苦先生了，剩下的幾天，我會教殿下參加中秋宴要注意的地方。」

林清聽了，說道：「正是。現在三位年長的皇子爭得如此厲害，殿下年紀雖然小，還是不要傳出什麼天賦異稟、自小聰慧的話，省得惹來不必要的麻煩。」

兩人商議定了，楊雲就開始教六皇子參加中秋宴的注意事項，林清則每天讓六皇子把新學的兩首詩背一遍，爭取到時皇上一問六皇子這些日子學了什麼，六皇子張口就可以流利地背一首詩。至於為什麼學兩首，當然是另一首預備著，萬一前一首詩一張口緊張忘了呢？

中秋佳節終於在林清和楊雲的緊張準備下到來，這天一大早，林清和楊雲就早早起來幫六皇子收拾，雖然宴會上午才開始，可許多東西都要提前準備。

林清看著六皇子身上繁瑣的親王裝束，皺了皺眉，「是不是太重了？」

楊雲嘆了一口氣，「沒辦法，參加這種正式的宮宴，必須按品階穿。等會兒在進大殿之前，我會先抱著殿下。」

林清點點頭，「只能這樣了，等會兒你要是抱累了，我給你搭把手。」

楊雲看著林清，笑了笑，「先生這身板，只怕抱不動。」

林清看了看六皇子沉重的行頭，看了看自己的細胳膊細腿，再看看體格魁梧的楊雲，不由哀嘆一下：人家楊雲說的還真是實話！

楊雲又挑了兩個精壯的太監和兩個機靈的宮女，這才與林清帶著六皇子進宮。

林清這是除了殿試之外，第二次入宮。殿試時光想著考試，沒有心思細看，如今六皇子在前面乘著步輦，他和楊雲在兩旁跟著，倒是有空打量四周。

楊雲見林清在那偷偷地看，走近兩步，挨著林清小聲說：「先生可是覺得這宮殿是天底下最好的地方？」

「看著最奢華最好，卻未必是住著最舒坦的地方。」林清感嘆道。

步輦一直到了殿外才停下，楊雲上前抱下六皇子進了大殿，林清跟在後面。

眾位大臣早已在殿內等候，楊雲熟練地帶著六皇子往最上面的幾個位置走。林清頭一次來，也緊緊跟著楊雲，生怕出一點岔子。

到了皇子們的席位，楊雲將六皇子放到最後一個位置上，這才拉著林清在六皇子身後的席位上坐下。

楊雲小聲囑咐了六皇子幾句，看到林清有些拘謹，又轉過頭來叮嚀林清。

「不必太過緊張，只要老實坐著就行。咱們殿下小，外人一般不會注意到咱們。」

林清看著旁邊的幾個空位，低聲問道：「前面空的那三個位置，是三位殿下的？」

楊雲點頭，「大殿下成王是首席，後面依次是二殿下恭王和三殿下代王，咱們殿下年紀最小，所以在末席，不會太顯眼。」

「那等會兒我可有要注意的地方？」林清又問。

楊雲想了想，想到林清第一次來，難免顯眼些，就說道：「三殿下代王平易近人，經常會關心六皇子，看到你，可能會多問一句，不過不要緊，你是皇子太傅，雖然不教另外三位王爺，可他們也不會難為你，最多問你一下，顯示對咱們殿下的關心，你照著好的說就行了。至於大殿下和二殿下，他們不太會注意咱們殿下，肯定不會過問。」

林清放下心來，看來只要客氣兩句就行了。

過了一會兒，三位皇子來了，比起六皇子進來時的安靜，三位皇子從一進大殿，就有不少大臣紛紛上去問安，三位皇子幾乎是被朝臣簇擁著送到位置上。

林清在上面看得很清楚，不由感嘆，難怪皇上遲遲不肯立太子，三位皇子勢力已成，一旦立太子，只怕朝堂會大亂。

三位皇子用了大半個時辰才把來問安的打發完，這才在自己的席位上坐定。

成王剛落坐，就笑著對恭王說：「三弟人緣可真好，朝中半數的朝臣都說得上話。」

恭王喝了一口茶水，潤了潤喉，「可不是，想必文閣老出力不淺。」

代王聽著成王和恭王你一言我一語，哪裡不知道這兩人是在擠兌他，不過這話不好接，他轉頭看著郯王，轉移話題說：「六弟好久不見，出宮可還習慣？」

六皇子點點頭，沒有說話。

代王知道六皇子素來不愛說話，也不奇怪，就對楊雲說：「六弟剛剛出宮，難免有不適應的地方，要是短了什麼，缺了什麼，儘管到本王府上說一聲。」

楊雲起身跪下，恭敬地說：「是。」

代王揮了揮手讓他起來，看到旁邊的林清，溫和地說：「這是六弟的太傅吧？」

林清行禮說：「正是微臣。」

代王和藹地說：「先生是六弟的太傅，不必多禮。六弟年幼，還望太傅多多教導。」

林清道：「微臣必竭盡全力。」

成王和恭王看代王在那裡轉移話題，雖然不忿，可也不能掉價和兩個臣子過不去。

成王對六皇子問道：「六弟，你也出宮建府一個多月了，太傅可教導你些什麼？」

代王皺了皺眉，他剛剛說了郯王太傅要好好教導，成王就來拆臺。外面的人雖不知道，可皇宮裡誰不知六皇子從小就不太會說話。

誰知代王剛想完，就聽到六皇子口齒清晰地道：「先生教我背詩了。鵝鵝鵝，曲項向天歌，白毛浮綠水，紅掌撥清波。」

成王、恭王和代王一驚，怎麼也沒想到他們的六弟不但開口，還完整地背了一首詩。

這時三聲鞭響，聖駕來了，眾人忙起身拜倒在地。

皇上帶著皇后和文貴妃從外面進來，直接坐到最上面的主位上，太監才喊道：「起。」眾人這才起身。

皇上坐在最上面，看到離得最近的幾位皇子，先與成王、恭王和代王說了一會兒話，看到最後面的六皇子，就順口問了一句：「小六也出宮進學了，這一個多月可學了點什麼？」

皇上剛說完，六皇子就站起來行禮說：「兒臣跟著先生學了一首詩。鵝鵝鵝，曲項向天歌，白毛浮綠水，紅掌撥清波。」

皇上有些驚訝地看著小兒子，隨即摸著鬍子笑了兩聲，「不錯不錯，小六跟著先生學了一個月，居然開竅了。」然後對皇后和文貴妃還有三個皇子說：「是不是？」

皇后和文貴妃點點頭，「正是如此。」

三位皇子卻面色古怪地齊齊轉頭看著林清。

林清：……

笨徒弟，你換一首背啊！咱們不是學了兩首嗎？

忙碌了一天，宮宴終於結束，楊雲抱著六皇子和林清一起出了宮，乘步輦回王府。

走在路上，楊雲看著林清手中的書，羨慕地說：「想不到先生第一次進宮參加宮宴，就可以得到皇上的賞賜。」

林清看著手裡的一套四書五經，這是皇上覺得他用心教導六皇子，特地賜給他的，不由有些不安，「三位殿下好像看出來了，萬一三位殿下一提，我這會不會算欺君？」

「不用擔心，三位殿下雖然看出來了，可是肯定不會說。皇上過中秋正是開心的時候，三位殿下怎麼會因為這點小事而去惹聖上不開心？」楊雲搖搖頭。

回到王府，天已經快黑了，今晚倒是很少有人早睡，大家都在院子裡賞月過中秋。

楊雲先抱六皇子回屋換了衣服，林清也換下朝服，然後去了院子。

院中早已聚集了宮女太監，王嫣也帶著兩個孩子來了。六皇子一出來，廚房的廚娘就用一個大案板端來一個非常大的月餅，請六皇子切月餅。

六皇子拿起刀在上面劃了一下，意思了一下，表示切了，廚娘再把月餅端到旁邊切成小塊，開始分給院子裡的每一個人。

六皇子按楊雲教的說：「今日乃中秋佳節，每人賞錢一吊、肉兩斤、米十斤。」

宮女和太監一聽，拜倒謝恩，拿著月餅喜孜孜地去帳房領賞。

楊雲在院中的石桌上擺了幾道小菜，又放了些點心和蜜汁，將六皇子抱到主位上，轉頭笑著對林清說：「先生可有興致陪殿下賞月？」

林清說：「正當如此。」又對王嫣說：「妳坐我旁邊。」

王嫣忙說：「妾身坐在這裡不妥當。天色不早了，妾身還是先回去吧！」

楊雲笑道：「林夫人不必客氣，殿下正和小姐少爺玩得歡，您要是現在走了，殿下可是會著急的。」

王嫣見自己的女兒和兒子果然早就跑到六皇子旁邊，三個孩子正一邊吃點心，一邊說宮裡宴會的事，六皇子拿皇上賜的東西和小花生、小黃豆分著玩。

王嫣知道這時肯定拉不回自家的兩個熊孩子，只好在林清身邊坐下。

林清斟了杯蜜汁給王嫣，安撫道：「沒事，讓孩子玩去。」

王嫣從當初一開始看到六皇子的戰戰兢兢，到後來女兒和兒子經常拽著六皇子來串門，也漸漸放鬆下來，對六皇子雖然還是尊敬，卻也沒有原來的懼怕。

見林清倒了蜜汁給她，王嫣臉一紅，小聲說：「這麼多人看著呢！」

「又沒有外人。」林清無所謂地說。

楊雲看著林清和王嫣蜜裡調油的，用筷子夾了一片藕，放在嘴裡吃完，這才笑說：「先生和夫人兩個真是妙人！」

林清沒好氣，「吃你的，飯都堵不上你的嘴！」

楊雲聽了，哈哈大笑。

三個大人在這邊吃飯聊天，三個孩子那邊也很熱鬧，六皇子拿出他爹賞賜的金鑲玉小算盤，對小花生和小黃豆顯擺。

「我背了一首詩，父皇就賞了我一大堆好東西。」

小黃豆看得眼熱，問六皇子：「你背了哪首詩？」

六皇子說：「我背了先生教的鵝鵝鵝那首。」

「背一首詩真的能有這麼多的好東西嗎？」小黃豆不太相信。

「當然。」六皇子一看小黃豆不相信，忙說：「先生和楊大伴都在場。」

小黃豆聽了，跑到林清身邊，抱著他爹的腿晃道：「爹爹，我也會背。鵝鵝鵝，曲項向天歌，白毛浮綠水，紅掌撥清波。」

林清正和楊雲吃酒聊天，聽到小黃豆背詩，有些奇怪，心道，這首詩他不是早就會背了嗎？不過秉著不能打消孩子積極性，還是稱讚道：「不錯，不錯！」

小黃豆忙說：「爹爹，我也要小算盤！」

「小算盤？」林清疑惑。

小黃豆點點頭，「六哥哥背了這首詩，他爹爹送了他小算盤，我也會背，我也要。」

林清……

他爹是皇帝，你爹我不是啊！

小黃豆看到林清不給，撇撇嘴，烏黑的大眼睛瞬間凝出幾顆淚珠，大有「你不給我哭給你看」的架勢。

林清扶額，「別哭別哭，明天爹爹打個純金的小算盤給你玩。」

那種金鑲玉的貢品他弄不來，拿個金元寶找金匠融了給兒子打個小算盤還是沒問題。

小黃豆一聽，眼中的幾顆金豆豆立刻縮了回去，然後歡快地跑去找六皇子炫耀了。

王嫣有些擔憂地對林清說：「夫君是不是有些太慣著豆豆了？」

林清搖搖頭，「如果他只是因為喜歡一件東西就哭鬧著要，我肯定不會給，可他現在要是因為朋友有了，自己也想有。我不給，他會覺得自己沒面子。妳別看孩子小，越小的孩子心思越重，越容易自卑，我希望我的孩子聽話懂事，不希望他自卑，覺得比不上人家。」

王嫣這才點點頭，「妾身曉得。」

楊雲在旁邊聽了，也說道：「先生說的有理。」

中秋節過後，林清就正式給三個孩子啟蒙。

啟蒙只是識字，三個孩子年紀不大，不用拘著到底是《三字經》還是《孝經》。由於《三字經》更簡單，更琅琅上口，林清就先從《三字經》開始教起。

他每天先讀兩句，接著簡單講解意思，說說小故事提高三個孩子的興趣，等到三個孩子懂了以後，再讓他們背下來，加深記憶。

林清每天只教兩句或四句，哪怕最小的小黃豆，學起來也不覺得吃力，再加上六皇子和小黃豆暗暗競爭，林清教得反而挺輕鬆的。

教完每天的功課，林清閒來無事就開始想給三個孩子添點別的，畢竟天天學一本書，也很容易膩的。

他本想給孩子添點算數，可惜三個孩子太小，除了數數，學不了別的，而數數林清每天陪玩的時候已經有意識地讓他們進行了，如果單獨弄出來，反而枯燥。林清想了想，終於決定加點物理小實驗。他倒不期望他們能明白其中的道理，只希望給他們增加眼界。

第二天，林清上完課，就把孩子們拉到窗戶邊，問道：「想不想看天虹？」

小黃豆不假思索地伸手說：「要！」

小花生和六皇子卻有些猶豫，小花生疑惑地說：「爹爹，今天沒下雨啊？」

六皇子點點頭。

林清笑笑，「爹爹可以不下雨變出來。」

「真的嗎？」小花生一臉好奇。

「真的。」林清說著，把旁邊早已準備的一個盆子拿出來，倒了半盆水，再把琉璃鏡斜放在水盆裡，一半擱水裡，一半露出水面，對著太陽不斷調整角度。

「那個是天虹！」六皇子眼尖地看著牆上有七色的彩帶，驚喜地指著說。

小黃生和小花生忙順著六皇子指的看去，頓時興奮地跳著拍手。

林清把盆子讓給三個孩子，「你們自己擺弄著玩吧！」

三個孩子迫不及待地圍著盆子開始轉琉璃鏡，見天虹不停挪動，頻頻叫著林清看。

就這樣，林清每天上午教三個孩子讀書，下午就找些有趣的小實驗示範，並且規定，如果上午的課做不完，下午的小實驗就沒了。三個孩子聽了，果然念書念得更認真了。

有一天，林清前一天講了一個利用兩邊薄中間厚的琉璃鏡可以生火。第二天中午，三個孩子吃完午膳，就偷偷拿著那個琉璃鏡溜出去，結果差點點燃了人家一垛稻草，林清頓時覺得問題大了。

林清把三個熊孩子提溜過來，板著臉問道：「為什麼點燃人家的稻草？」

小花生低下頭不說話，六皇子看了林清一眼，小聲地說：「昨天看著先生燒紙覺得很厲害，就想去試一試。」

小黃豆揪著衣角，委屈地點點頭。

「那你們沒想到人家的稻草是堆在門外的，一旦你們引燃了稻草，就會把人家的房子燒了，人家的房子沒有了，豈不是就會無家可歸？」林清訓斥道。

小花生說：「爹爹，我們之前沒想到，等火著起來才想到，就跑去叫大人了。」

林清心道，幸虧還不傻，知道找大人，要不，差點把人家房子都燒了。

不過，林清還是板著臉把三個孩子訓了一遍，又說了其中的危險。

從此以後，林清凡是講課，都先要提醒安全問題。

◆ ◆ ◆

一場秋雨一場寒，隨著深秋的一場雨，天氣瞬間冷了下來。雖然在金陵不至於下雪，可溼冷的風，也讓林清不願再踏出房門一步。

他此時也發現了當太傅的另一個好處，那就是不用點卯。既然不用點卯，他自然就不會虐待自己天天頂著寒風早起，就和楊雲商量，是不是可以把六皇子的課程安排在下午。楊雲本來就心疼六皇子，生怕六皇子不小心凍著，聽了林清說的，不但沒覺得林清想偷懶，反而覺得他為著六皇子身子著想，自然滿口答應。

於是，林清光明正大，為了六皇子的身子，將所有的課都改到下午。

自此，林清恢復了以前睡神的習慣，每天不到午時不從床上下來。

王嫣提著一個食盒進來，看著林清雖然醒了，卻還窩在床上不肯起，無奈說道：「這都午時了，二郎還不餓嗎？」

「我在修仙，不餓！」林清把書放下，開玩笑地說。

「夫君要是修仙，這些飯菜可白準備了，妾身這就端回去。」王嫣作勢要提回去。

「可別！」林清忙拉住王嫣，「我只是想修仙，不是還沒修成嗎？怎麼能不吃飯呢？」

王嫣把食盒放在床頭的桌子上，「你呀，就會油嘴滑舌。」

「這不是看到夫人高興嗎？」林清說。

「是看到妾身高興，還是看到妾身端的飯菜高興？」王嫣故意問。

「當然是看到夫人高興，飯菜是因為夫人端的才高興。」林清一本正經地說。

王嫣聽了果然很開心，「就會哄我。」

她把飯菜拿出來擺在桌上，又從食盒裡面端出一個瓦罐，倒出肉湯遞給林清，「剛燉的雞湯，知道你不喜歡吃油，我讓廚房特地把油都撇去了。」

「知我者，夫人也。」林清接過湯，王嫣坐在林清旁邊，兩人一起吃飯。

林清吃了幾口，說道：「那兩個小傢伙也不嫌冷，一大早跑去殿下那裡玩，正午連飯都不知道回來吃。」

王嫣笑道：「昨兒個起了風，你自己嫌外面冷，楊總管也怕殿下起床凍著，就停了課，那兩孩子被你在家裡關了一天，可不是憋壞了，今天外面一放晴，殿下早上就讓內侍來叫，兩個孩子可不是直接就跑去了，至於正午吃飯，楊總管每天變著花樣給這三個孩子吃，咱們那兩個小傢伙早就樂不思蜀，能回來吃才怪呢！」

「楊雲找的那幾個廚子確實不錯，我吃了都有點不想回來了。」林清隨口說。

王嫣瞪了林清一眼，「妾身和咱們府裡的廚娘準備的飯菜很差嗎？」

林清知道自己說錯話，忙說：「不差不差，嫣兒弄的飯菜最好吃！」心中卻在流淚，他家的飯雖然不錯，可比六皇子帶的御廚，那絕對是一個天上一個地上。

王嫣搖頭說：「好了好了，知道你挑嘴，等明日我讓家中的廚娘去殿下的廚房跟人家學學，這下滿意了吧？」

「還是嫣兒疼我。」林清笑著說，又有些猶豫，「可是，那廚子的手藝是人家的看家本事，人家會教嗎？」

「咱們又不是非要去學人家的絕活，只要學些常吃的菜就行了，再說，用錢還有解決不了的事嗎？」王嫣淡定地說。

林清想到他媳婦生財有道，果然有錢就有底氣，財大氣粗！

吃完飯，王嫣就催著林清去給六皇子上課，要不她深知林清磨蹭磨蹭，半天過去了，那今天的課又上不成了。

林清從暖洋洋的被子裡艱難地起身，換了衣服，又裹了狐裘，這才去了正院。

還沒進門，就聽見屋裡傳來三個孩子的笑聲，還聽到楊雲的聲音：「小祖宗們，跑慢一點，小心摔著了。」

林清掀開簾子進去，就看到三個孩子正在玩老鷹捉小雞，幾個孩子在屋裡亂竄。屋裡的東西都被楊雲移走了，地上又鋪了厚厚的外域進貢的地毯，倒也不用擔心孩子摔著，就走到楊雲旁邊坐下，看著玩鬧的孩子們說：「這三個孩子讓咱們關了一天，可是憋壞了。」

楊雲說道：「今天三人一見面，就玩得熱火朝天，正午用了午膳，本來想讓他們歇一會兒，誰知道又玩起來了。」

「唉，這些孩子可真是精力旺盛。」林清感嘆。

「到了你我這個年紀，就不太願意動了。」楊雲想到一些事，就和林清商量：「馬上要進入臘月了，咱們殿下已經開府，雖然還沒成年，不過和其他幾位王府的禮也得走動。」

林清覺得這確實是個問題，就問說：「以前有什麼慣例嗎？」

楊雲想了一下，答道：「皇上當初被立為太子，底下幾個王爺雖然沒成年，卻也是開了府，倒是有走禮，要不，咱家去那幾位王府要個單子，照著準備？」

林清點點頭，「這個主意不錯，照著人家的來，雖然不出彩，肯定不會有大錯。」

楊雲說道：「那好，明日咱家親自去幾個王府要一份。」

「辛苦楊總管了。」

「不辛苦不辛苦，都是為殿下辦事。」楊雲擺擺手，又說：「那陛下那裡？」

林清頓時想到過年了，六皇子身為兒子，也得孝敬些東西，表達孝心，不由皺眉，這東西好準備，可要準備得出彩就很難了。

「楊總管可有什麼點子。」

楊總管苦笑，「您也知道咱們殿下剛開府，財力和勢力都比不上前面那三位殿下，我這不是實在想不出該準備什麼，才向先生您討主意。」

林清扶著額頭想了想，突然靈光一閃，「古有黃香九歲溫席，不如讓咱們殿下去給皇上溫一次蓆吧。這樣既不用花錢，還誰都不能說不孝順。」

楊雲：……

讓殿下去給皇上暖被窩，您把湯婆子和後宮的嬪妃放哪啊？

楊雲雖然覺得林清想法新奇，卻不是很看好，「皇上的龍床可不是隨便上的。」

林清笑道，「我只是讓殿下這麼說，你還真以為要讓他這麼做？臥榻之側，豈容他人酣睡，更何況是聖上了。」

楊雲忙問道：「先生有何說法？」

林清小聲說：「皇上每次宴會上不是經常問幾位殿下的學業嗎？下次皇上再問，殿下背三字經中『香九齡，能溫席』時，提一下想要效仿黃香，給皇上溫席，不就行了？」

楊雲覺得這個主意不錯，打算背地裡教教自家殿下，又問道：「那給皇上的賀禮？」

林清想了想，說道：「弄些喜慶的，寓意好的，中規中矩的就行，反正皇上知道咱們殿下剛開府，再加上殿下年幼，想必也不會說什麼。」

楊雲點點頭，「那就這麼辦，我去庫裡看看有什麼玉石擺件之類的，挑個不犯忌諱的送上去吧。」

林清和楊雲說完，看著三個孩子也快玩累了，林清就把他們都帶到旁邊的書房，開始教授今天的課程。

過後的幾天，楊雲果然去幾個王府找管家要了一份當年的禮單，照著收拾了幾份年禮給皇室的幾位王爺每個都送了一份，接著就開始準備給皇上的賀禮。

楊雲在庫裡找了幾日，發現庫裡的東西不是御賜的，就是貢品，實在沒什麼新奇東西，就去京城最大的玉器坊看了看，最後定了一個玉屏風，送進了宮裡。

林清這邊，接著對六皇子臨時抱佛腳，鑒於六皇子可能有點懶，這次林清提前告訴他，不能見人總背一樣的詩，要換著背。

六皇子聽話地點頭，表示自己明白了。

到了除夕這天，不僅六皇子、林清和楊雲一早就起來準備進宮參加宮宴，王嫣也早早起來，換了五品誥命夫人的衣服，準備進宮。

凡是超過五品官員的夫人，都要在除夕這日去景陽宮向皇后娘娘請安，參加宮宴。

王嫣有些緊張地整了整身上的衣裳，問林清：「妾身穿的可是妥當？」

林清看了看，笑著說：「穿得很好看。」

「妾身見了鳳顏，萬一不小心失禮怎麼辦？」

林清知道王嫣是第一次進宮，難免緊張，就安慰道：「不用擔心，每年宮宴的外命婦都有上百人，皇后娘娘除了召見幾位一品誥命夫人和宗親家的女眷，很少會召見別人，剩下的在景陽宮外磕個頭就行了。妳去了就跟著那些五品官員的妻子待在一起，她們做什麼妳照著做就成。哪怕出點小錯，大過年的，沒有人會抓住不放，無須擔心。」

王嫣這才稍微放鬆一些。

林清又說道：「不過，到了宮裡，不要亂說話，省得不小心傳出去，犯了忌諱。」

王嫣忙點點頭，「二郎放心，妾身一定謹言慎行。」

林清又囑咐了幾句，就讓管家小林帶著人送王嫣進宮，然後他去了正院，和六皇子及楊雲一起也進了宮。

有了上次的經驗，林清這次輕車熟路了不少。

這次宮宴的流程其實和當初的中秋宴差不多，林清很奇怪，禮部是不是就一個樣板，每次宴會時稍微改改就用上，要不，為什麼每次都這麼相似？

不過，相似也有相似的好處，起碼不用每次費力記各種不同的禮儀，也不用擔心御前失儀，這大概就是禮部的初衷吧！

比起中秋節時，成王、恭王和代王三位皇子的明爭暗鬥，可能現在是過年，三位皇子倒是平和了許多，成王甚至和代王打趣他剛納了一位新側妃的事。

「三弟最近可是享齊人之福了，張側妃出身名門，又是有名的才女，三弟好福氣。」

代王哈哈一笑，「哪裡哪裡！」

恭王也在旁邊說：「人家張側妃不僅是才女，還是吏部大人的掌上明珠，三弟這可不僅僅是好福氣，大哥，您說是吧？」

林清聽到這裡，才明白為什麼代王娶了一個側妃，就能驚動成王和恭王，原來這個側妃是吏部尚書的女兒。

林清早就聽說吏部尚書是文閣老的門生，與代王走得很近，如今吏部尚書把女兒嫁給代王，看來吏部尚書是完全倒向代王了。

想到吏部的重要，林清心道，這朝堂八成又得震動一次，好在他現在在郯王府，六皇子還是啥都不知的孩子，別人再怎麼爭也爭不到他們府上，也就不再擔心，純粹當八卦聽。

過了一會兒，皇上就攜皇后和文貴妃來了，看到文貴妃，林清感嘆難怪整個朝堂都知道文貴妃受寵，平時那些節日的宴會就罷了，除夕這種宮宴上，皇上居然也帶著她出現。要知道除夕宴上，一般只能帝后主持。

看到眾人見怪不怪，林清就知道文貴妃已經不是第一次出現在除夕宮宴上了。

等到皇上和皇后、貴妃在最上面坐好，可能是過年，皇上沒有再過問六皇子功課的事，而是宣布宮宴開始。

禮部尚書沈茹先站起來長篇大論地歌頌了一遍皇上這一年的功績，林清聽得昏昏欲睡，想著這文章肯定不是沈茹寫的，八成是翰林院掌院捉的刀，因為在翰林院時，掌院的文章是出了名的華麗無比，也就是最適合拍龍屁。

沈茹歌頌完了，殿內開始奏樂，宮宴正式開始。

皇上先喝了一杯酒，動了筷，眾人這才敢開吃。說是開吃，其實大家也就用筷子夾些點心意思一下，至於桌上的飯菜，早就冷透，沒有幾個人動。

皇上等到宴會進行到中間，突然問代王：「三兒，聽說你前些日子納了張家的小姐？」

代王一驚，連忙起身說：「回父皇的話，確是如此。兒子聽聞張大人的千金是有名的才女，心中傾慕，就派人去張大人家提親，已經迎娶過府了。」

皇上笑著說：「不過是個妾室，納了就納了，用什麼迎娶，封個側妃也就罷了。」

代王臉色一白，父皇這是在敲打他？

皇上又對吏部尚書說：「聽說你還有個小女兒，今年十三了，也是才貌雙全。」

吏部尚書起身恭敬地道：「小女鄙陋，不值得聖上誇獎。」

皇上淡淡地說：「姊姊是才女，妹妹想必也不會差。愛卿，朕今日正好想做個媒，不知愛卿意下如何？」

皇上都當著眾臣的面說了，張尚書哪敢說一個不字，「但憑聖上做主。」

「朕的二子恭王王妃前些日子因為重病不幸去了，朕這個做父親的心疼兒子，你家的姑娘才貌雙全，想必配恭王也不差，愛卿以為如何？」

張尚書嘴裡頓時發苦，不過這時候除了謝恩沒別的辦法，當下跪下叩拜道：「多謝聖上恩典，微臣代小女謝過聖上。」

林清看著皇上三言兩語就打掉了代王剛剛拉攏過來的重臣，不由感嘆道：這才是坑兒子的爹，實力坑兒子啊！

除夕的宮宴上，除了皇上「熱心」做了媒，為自己兒子娶了個兒媳，別的倒是沒有再出什麼岔子。眾人陪皇上到下午，等到宮宴散了，這才陸續出宮。

肆之章

皇子就藩避權謀

林清回到家裡，王嫣早已回來多時，看到林清進來，忙過來幫林清把朝服脫了，然後讓身後的大丫頭快去端些熱湯來，「先喝些熱湯暖暖身子。」

林清換下衣服，端過熱湯喝了幾口，「還是妳想的周到，整個宮宴上無論飯菜還是湯，一點熱氣都沒有，我都沒敢動筷，生怕肚子受不了。對了，妳今天進宮怎麼樣？」

王嫣說：「妾身按照宮女的引領，在皇后娘娘宮殿外磕了個頭，然後皇后娘娘在偏殿賜宴，大家吃了半個時辰就回來了。」

林清點點頭，和他想的差不多。

看著林清喝完了一碗熱湯，王嫣又說：「二郎先去裡屋和兩個孩子玩吧，妾身去看看廚房的東西準備怎麼樣了。」

林清知道王嫣是去準備年夜飯，便道：「那我去看孩子。」

進了裡屋，看到兩個孩子正在炕上玩，金陵本來很少用炕床，可林清覺得金陵冬天太濕冷，就在臥房特地找工匠弄了一個，果然不但他喜歡，王嫣和兩個孩子也很是喜歡，甚至連楊雲都給六皇子特地弄了一個。

兩個孩子正在炕上玩林清特地找人做的積木，小花生在搭積木，小黃豆在搞破壞。

小花生一看到林清，撲到林清懷裡，指著小黃豆說：「弟弟老弄壞我搭的小房子。」

林清脫下鞋上了炕，把小花生抱在懷裡，問小黃豆：「你怎麼弄壞姊姊搭的小房子？」

小黃豆沒想到自己搗亂被林清抓包，緊張地把手中的積木藏在身後，表示自己沒拿。

林清將小黃豆也抱過來，摸摸他的頭說：「別人做事的時候，如果不能幫忙，就不要亂破壞，你看你姊姊正在搭房子，你拿她的積木會影響她搭房子，這是不對的。爹爹問你時，你偷偷藏起來，就更不對了。」

小黃豆睜著無辜的大眼睛看著林清。

林清拍了拍小黃豆，「把積木還給姊姊，要不，爹爹會生氣的。」

小黃豆歪著頭看了看林清，覺得他爹不是在說假話，只好把積木拿出來遞給小花生。

「對，這才乖。」林清笑道。

小黃豆見林清沒有生氣，便爬到林清另一條腿上坐著，問林清：「爹爹，等會兒我們去找六哥哥玩好不好？」

「你六哥哥今晚不在府裡。」

「六哥哥去哪了？」小黃豆連忙問道。

「今天是除夕，你六哥哥當然是去找他爹爹和娘親了。」

小花生和小黃豆一聽很失望，林清看著這兩個孩子，三個孩子天天在一起玩的時候吵吵鬧鬧的，突然少了一個，反而想得慌。

林清笑著說：「想不想要壓歲錢？」

小花生和小黃豆一聽，果然忘了剛才的事，異口同聲地說：「想！」

林清從旁邊的櫃子裡拿出一個錢袋，從裡面掏出幾個小巧玲瓏的金錁子和銀錁子遞給小花生和小黃豆。小花生和小黃豆雖然幾乎沒有花過錢，也不清楚金錁子的價值，可仍對這種精巧的東西愛不釋手，不枉林清特地去金鋪找老工匠打的。

小花生和小黃豆玩了一會兒，林清就把金錁子和銀錁子用荷包裝起來，放在兩人身上，囑咐說：「不要拿出來，要放在身上當壓歲錢，明白了嗎？」

小花生和小黃豆乖巧地點點頭。

林清又陪著小花生和小黃豆玩了一會兒，等到天色暗了下來，王嫣才進來說，年夜飯準備好了，讓林清帶孩子出去吃飯。

小花生和小黃豆一聽要吃飯了，連玩具也不玩了，紛紛要往炕下跑。林清忙逮住兩個孩子，先給他們穿了夾襖，又讓他們穿了鞋，這才帶著他們下了炕，往花廳走去。

王嫣看到林清進來，問道：「二郎看看妾身準備的可還妥當？」

林清看著一大桌的菜，笑著說：「嫣兒準備的飯菜，為夫看著就流口水。」

「去！」王嫣捶了林清一下，把兩個孩子抱到椅子上坐好，然後和林清一起入座。

林清先自己倒了一杯酒，又給王嫣也倒了一杯，然後讓丫鬟給兩個孩子倒了些蜜汁，這才舉杯說：「今天是除夕佳節，咱們一家人聚在一起，先乾一杯。」

王嫣舉杯說：「願二郎以後步步高升。」

林清聽了一笑，「升官我倒不求了，就求咱們家和和美美，平平安安。」

林清一飲而盡，兩個孩子早就想喝了，也忙拿起杯子喝蜜汁。

王嫣笑了笑，用袖子擋住，喝了一口酒。

酒剛一下肚，她突然感到一陣噁心，忙用帕子捂著嘴。

林清見王嫣好像不舒服，扶著她問：「怎麼了？」

王嫣皺了皺眉，忽然想到什麼，掐著手指算了算，很快露出一絲喜色，小聲說：「妾身可能又有了。」

林清聽了一驚，接著是狂喜，「真的？」

王嫣點點頭，羞澀地說：「上個月的月事就沒來，妾身以為是準備過年的事忙著了，也沒在意，算算日子，八成是了。」

「快去叫大夫！」林清忙對旁邊的丫鬟說。

「唉，別去！」王嫣阻止說：「大過年的，怎麼能請大夫？」

「可是……」林清知道過年請大夫上門不吉利，可他更擔心王嫣的身子。

「妾身沒事。」王嫣安撫地說：「要不是今日喝了一口酒，妾身還沒有察覺。」

「那妳剛才喝了酒？」林清埋怨自己幹麼給王嫣倒酒，早知道讓她跟孩子一起喝蜜汁。

「只喝一口，不打緊的。」

林清想起今天的宮宴，問道：「那今天在皇后娘娘的偏殿……」

王嫣說道：「在宮宴上確實是上酒了，不過大家都擔心御前失儀，沒敢多喝，只是沾了沾嘴唇罷了。」

林清這才放心下來。

王嫣又說：「二郎也學了不少日子的醫術，不如替妾身把脈，這樣不就行了？」

林清擺擺手，「我那半調子，自己看個醫書還行，讓我把脈可把不準。」

「沒事，試試嘛！」王嫣把手伸到林清面前。

林清其實也有些好奇自己能不能把出醫書上說的滑脈，就用一隻手托住王嫣的手腕，另一隻手伸出兩根手指試了試。

林清一開始摸不太著，靜下心又試了一會兒，居然真的感覺到脈往來流利，應指圓滑，如珠滾玉盤之狀，不由驚喜地說：「居然真是滑脈！嫣兒，我感覺到了！」

「真的？」王嫣也很驚喜。猜測是一回事，被證實是另一回事。

「應該錯不了，很明顯。」林清說：「妳按著這裡試一試，看看是不是感覺到手指下有珠滾玉盤的感覺。」

王嫣用手摸了摸，好像是又好像沒什麼感覺，「妾身摸不準。」

「既然妳不讓現在請大夫，那咱們就等過了初一去請，到時大夫來了，一把脈，自然就確定了。」林清笑著說。

王嫣點點頭，「過兩日更大一些，肯定把得更準。」

小花生和小黃豆瞪著兩雙大眼睛看著他們。

小花生忍不住了，問林清：「爹爹，什麼是有了？娘不舒服嗎？」

小黃豆也好奇地看著自己的爹娘。

林清笑著對小花生說：「妳娘沒事，妳娘可能有小寶寶了，妳馬上可能又有一個小弟弟或小妹妹了。」

小花生看了小黃豆一眼，「又要有個豆豆了？」

林清摸摸小花生的頭說：「也有可能是個小花生。」

王嫣看著小花生和小黃豆，笑著問：「你們兩個想要小妹妹還是小弟弟？」

小花生不假思索地說：「小妹妹！」

小黃豆直接吆喝道：「小弟弟！我要小弟弟，不要小妹妹！」

林清有些奇怪，問兩個孩子說：「為什麼？」

小花生直接答道：「弟弟太笨了，我想要小妹妹！」

小黃豆也說：「我要小弟弟幫我打六哥哥，他太大，我打不過他！」

林清：……

這兩孩子好實誠啊！

林清哭笑不得，這兩個孩子還真是按照自己的標準來。

林清先對小花生說：「妳弟弟只是小，他不是笨。」

林清說的是實話，小黃豆本來就比小花生小兩歲，再加上女孩子無論身體還是智力發育都要早些，所以小花生確實看著比小黃豆要聰明許多，不過根據林清的觀察，小黃豆這孩子精著呢。這孩子看著笨笨的，其實肚子裡鬼點子多著。

小花生看了小黃豆一眼，撇撇嘴，「就算他不笨，我也要小妹妹。」

好吧，他閨女堅決想要小妹妹，這不是外界條件能改變的！

林清又對小黃豆說：「你怎麼能光想著和你六哥哥打架呢？居然還想帶著弟弟去打。」

小黃豆挺著胸脯說：「六哥哥老是笑我胖！」

「你不也笑他瘦嗎？」林清不解地說。

小黃豆聽了一愣，然後說：「那也不行！」

林清無言。

敢情就是你倆只許自己說，不許別人說自己？

林清轉頭對王嫣說：「咱們這兩個孩子…」

王嫣捂嘴笑道：「還不是二郎教出來的。」

「唉……」林清嘆了一口氣，這鍋又扣到他身上了。

王嫣看著鬱悶的林清，問道：「二郎這次想要個什麼？」

「我想要個懂事聽話的。」林清說道。

王嫣笑了，「那妾身這次一定少吃些核桃。」

民間有傳言，婦人身懷六甲，吃核桃，生子易淘氣。

林清忙擺手，「吃核桃生孩子聰明。」

「那二郎不怕又生出一個淘氣的？」

林清無奈地說：「再淘氣也是自己的孩子，我也疼啊！」

王嫣看著桌上的飯菜，說道：「快吃吧，省得等會兒都涼了。」

「妳可還吃得慣？」林清擔心王嫣懷了孕，胃口不好。

「無礙，二郎天天吃得清淡，咱們家的廚子做飯也淡，妾身吃著正好。」

林清這才點點頭，把桌上幾個不適合孕婦吃的東西都端到自己這邊，將幾個比較清淡的都放到王嫣面前，然後說：「幸好妳這次是第三胎，妳我都有經驗，要不肯定抓瞎。」

王嫣也點頭，「前兩次幸好有娘幫忙，不然妾身也是兩眼摸黑。」

吃過飯，按理說今晚應該守歲，不過林清擔心王嫣的身體，直接讓奶娘抱兩個孩子去睡覺，然後拉王嫣回房。

「今晚不守歲會不會不好？」王嫣問道。

林清一邊脫衣服一邊說：「家裡就咱們幾個人，哪用這麼講究？再說，守歲年年都可以守，如今妳還不到三個月，正是胎不穩的時候，怎麼能夠勞累。」

王嫣聽了覺得也是，就坐在妝鏡臺前把頭上的釵簪都取下來，然後換上睡袍。

林清對王嫣說：「妳睡裡面，我睡外面。」

王嫣知道丈夫心細，笑著說：「二郎還怕我掉下去不成？」

「可不是？誰睡覺都有翻身的時候，萬一妳不小心翻身掉下去了呢？」

王嫣笑了笑，順溜地爬到裡面。

林清在外面躺下，伸手去摸王嫣的肚子，「幾個月後，咱們家又要多一個了。」

「這幾年都沒有再懷上，妾身以為就兩個了，還有些擔心二郎膝下單薄。」王嫣在被子底下拉著林清的手說。

「其實兩個也不少，不過咱們家不窮，多生幾個也養得起。」林清說道。

王嫣知道在她丈夫眼裡，一個不少，兩個正好，三個不多，四個、五個只要養得起，教育得好就沒問題，不禁笑道：「二郎還真是知足常樂。」

林清笑笑，「孩子嘛，只要有就行了，實在沒有，也不用強求。無論生多少，都不是本事，能教好，能有出息，這才是好。那種管生不管養的，純粹是糟蹋孩子。」

王嫣暗暗點頭，生的多不如生的精，一個孩子有本事，確實比幾個都強。她夫君一人中進士，整個林家都得力，她爹先前還感嘆，王家八房兒郎，還不一定頂她夫君一個。

「二郎自己懶得有出息，卻想孩子有出息。」

林清乾笑兩聲，「我這個有出息，不一定非得指做多大的官，光宗耀祖，而是指能自己養活自己，能過得很好。我當初之所以不上進，是因為那時我已經過得很好了。」

王嫣很無言。

敢情當初是公公婆婆給你把路鋪得太順了，所以你懶得上進了？

林清又感慨地說：「我現在也算到頂了，等過幾年郯王大了，我就跟著他去封地，到時兩個孩子正好跟著回去，豆豆十五，正好回原籍參加科舉。」

王嫣點點頭，「在外面這幾年，妾身也有些想家了。」

林清過一兩年還能見見林父和李氏，每次林澤去鹽城辦事，會順路送父母來住些日子，而王嫣自從來了京城，林清剛入翰林，不好請假，就沒能回去過。

林清握著王嫣的手說：「等妳生完孩子，孩子滿一歲，咱們就挑個合適的時間，我去找殿下請些日子假，和妳一起回去看看。」

「當真？」王嫣驚喜地說。

「當然。」林清說道：「做太傅又不用坐堂，請假簡單多了。其實我本來打算到今年春天天氣暖和了就回去一趟，不過妳懷了身子，長途跋涉受不了，等孩子出來大一點再說。」

王嫣歡喜地說：「太好了！」一時又有些落淚，「不知我爹我娘現在怎麼樣了？」

林清趕忙拿帕子給王嫣擦擦眼，「別哭，小心晚上哭，第二天眼疼。」

王嫣有些不好意思地說：「也不知怎麼，這幾日總是心浮氣躁的，還容易傷感，看到一點事，就想掉眼淚。」

林清笑著說：「沒事，懷了孩子的人都比較敏感，容易哭容易笑，不要緊的。放寬心，妳要是覺得無聊就叫我，我陪妳聊天，別憋在心裡，小心悶出病來。」

王嫣聽了心裡暖呼呼的，忍不住拉過林清的手，枕著林清的手臂說：「有二郎這句話，妾身就心滿意足了。」

林清用手刮了刮王嫣的鼻子，「妳是我的妻子，是我的夫人，我不關心妳關心誰？妳平日不要想那麼多，有什麼事說出來，天塌了，有我給妳撐著。」

「嗯。」王嫣把頭埋在林清懷裡。

林清拍了拍王嫣，兩人一夜好夢。

第二日清晨，林清醒了，見王嫣正在他懷裡看著他，不由笑問：「夫人看什麼呢？」

王嫣調笑道：「看二郎的睡美人圖！」

「可是被為夫絕世容顏傾倒，秀色可餐，覺得今日早膳可以免了？」

「去！」王嫣在林清身上捶了一下，起身說：「你要是有這本事，咱們家就省糧了。」

林清哈哈大笑，也跟著起身。

王嫣先去梳妝檯前整了整頭髮，看著外面的天色，說道：「光看你了，都忘了時辰，這時候兩個孩子也不知起了沒，我先去看看。」

林清把王嫣按回凳子上，「沒事，這兩孩子肯定沒起，他們昨天問我六皇子呢，我說六皇子要在宮裡過完年才回來，他們知道沒人陪玩，才不會起這麼早呢！」

王嫣這才放下心來，「我怕兩個孩子早上起來沒吃東西就玩，對身子不好。」

「放心，咱們那兩個孩子天天點心不斷，誰餓著也不可能餓著他倆。妳看豆豆，最近又胖了不少，要不是他馬上快長個兒抽條了，我絕對不會讓他這麼吃。他最近可能也覺得自己有些胖了，要不，六皇子一說他胖，他就非要和人家打架。」

王嫣皺皺眉說：「豆豆和殿下經常打架？」

「兩個小孩子在一起鬧著玩罷了。」林清隨意地說。

「可是，那是六皇子。」

林清笑著說：「妳放心，我知道分寸。自宋代杯酒釋兵權後，士大夫的地位大大提高，經過前朝達到頂峰，現在朝廷沿襲前朝，也差不多，而文人最重的就是天地親君師，我是六皇子的太傅，是他名正言順的老師，所以除了第一次我要向他行禮，平日都是他對我執弟子禮，當然這禮也不是白受的，他要是出了什麼事，第一個擔責就是我。」

「咱們家兩個孩子，雖然沒有明說，其實就是六皇子的伴讀。皇子的伴讀一般從皇子外家挑選、聖上親點或者太傅的孩子，前兩個不用指望了，六皇子外家三族都沒剩，皇上也沒想著賜兩個伴讀，所以只能咱們家兩個頂上。其實皇上也是默認的，要不那次不會賜下四書五經，畢竟我進士都中了，沒有再賜四書五經的道理，不過是賜給小黃豆的罷了。」

「至於孩子打鬧，這個不用擔心，有先例。先帝在登基後又生了一幫皇子，因為皇子太多，當時本來想每個給一個皇子太傅的，可翰林院的學士居然還沒有皇子的人數多，先帝只好請一位大儒教導這群皇子。由於先帝起於微末，所以當初許多嬪妃都是小門小戶出身，壓根兒沒有拿得出手的晚輩給皇子當伴讀，皇子的伴讀大多是從大臣中選的。」

「當時先帝已立了聖上做太子，那些皇子也小，根本沒機會登大寶，伴讀的孩子又大多來自功勳之家，皇子加伴讀人數多，經常打群架，有時還禍害到宮外。有一次有個皇子和一個侍郎家的孩子下棋惱了，直接動起手，兩人打得頭都破了，先帝也只是氣得把兩個孩子關了三天，然後罰抄《論語》三十遍，各打三大板，所以妳不用擔心，他們三個孩子平時打鬧只要不過分，皇上不會追究。要是皇上斤斤計較，哪家大臣敢送孩子給皇子做伴讀？誰家的孩子也不是大水沖來的。」

王嫣鬆了一口氣，「那我就放心了，我就怕兩個孩子不小心犯了忌諱。」

林清拍拍王嫣的手，「放心，我是孩子的父親，有什麼不妥當，我早第一個跳出來制止了。要是六皇子是太子，不用妳說，我就把兩個孩子關屋裡了。太子是君，皇子雖然出身皇室，卻是臣。」

王嫣徹底放下心來，然後打趣道：「你就不怕將來六皇子不小心被立為太子？」

「他被立為太子？」林清嘴角抽了抽，「他要是能做太子，我都能做禮部尚書了。」

丫鬟端著洗漱水進來，林清和王嫣洗漱好，就去看兩個孩子。

兩個孩子果然正在睡覺，王嫣想叫，林清趕忙阻止，小聲說：「這幾天天氣冷，讓他們多睡一會兒，等太陽出來，寒氣散了，再讓他們起。」

「可是，不讓他們出去拜年嗎？」王嫣問道。

「我如今不在翰林院任職，和我同科的那批庶起士一個也沒剩，沈楓外放不可能回來，他的夫人和孩子都還在沂州府，今天應該沒什麼人來，不用叫兩個孩子大冷天出去。」

其實要想拜年，在京城也有一些同科同年可以拜年，只是林清想到過幾年自己就要跟著郯王就藩，到時人走茶涼，又何必多此一舉？

王嫣聽了，也不再叫幾個孩子，就和林清回到正房，讓丫鬟端來煮好的餃子和湯圓，與林清一起吃。

林清吃了一盤，對王嫣說：「等會兒我去沈府拜年，妳有身子，就不要出去了。」

王嫣如今日子淺，也確實不敢出去，生怕不小心被衝撞了，就點點頭說：「那你幫我向沈夫人告罪。」

「我曉得。」林清又囑咐了王嫣幾句，這才換了衣服，披了狐裘出去。

林清坐馬車去了沈茹家，卻不想剛到沈府的巷口，路就被密密麻麻的馬車堵了。

林清讓車夫直接轉到一條後巷，在一個小門處敲了敲。

「誰啊？」門嘎吱一聲打開一條縫，小廝從裡面探出身來，一看到林清，忙說：「林公子，您來了。」

這個小門正是聽雨軒的角門。

林清說道：「前面的路被堵了，只能從這裡走。」

小廝可是知道這位公子是自家老爺的學生，比大少爺也不差，忙說：「林公子快進來，外面冷，前面那裡今天早晨卯時就堵了。」

林清跟著小廝進去，讓車夫把馬車放著，先進耳房取暖，然後就往裡走。

小廝連忙跟上，並讓人通知自家老爺。

林清剛出聽雨軒，沈雙就匆匆趕過來，對林清行禮說：「林公子，新年安康。」

林清拿出一個荷包給他，「會說話。」

沈雙笑嘻嘻地收下，這才說：「老爺正在花廳會客，讓小的先帶公子去書房等候。」

林清點點頭，「我沒什麼事，就來拜個年，讓恩師不用急。」

林清跟著沈雙去了書房，沈雙給書房加了炭盆，又給林清上了茶點，「那小的先去前院忙了，公子有什麼事，儘管叫書房外面的小廝。」

林清知道今天沈府肯定很忙，就擺擺手說：「快去吧！」

沈雙這才行了一禮退下。

林清隨手拿了沈茹桌子上的一本書，坐在旁邊的椅子上看了起來，看了大約半個時辰，沈茹才匆匆趕來。

林清遞了杯熱茶過去，「你這麼急幹什麼？我又沒什麼事，只是來跟你拜個年。」

沈茹接過茶一飲而盡，笑著說：「我要不急急忙忙往這趕，怎麼能表現出我有重要的人要見？又怎麼能從那幾個人當中脫身呢？」

「敢情你是拿我做幌子？」林清搖頭笑說：「對了，能讓你找藉口脫身的，只怕不是禮部的那些人吧？要是你的那些下屬，你直接端茶送客就行了。」

沈茹點點頭，「是幾位尚書。」

「那幾位尚書來向你拜年？他們不是都比你權力大嗎？這是黃鼠狼給雞拜年，只怕沒安好心吧？」林清奇道。

「沒安好心倒算不上，不過煩人是真。以前大家都到吏部尚書張大人家聚頭，現在張大人那裡正亂著，大家怕不小心沾上，就決定到我和工部尚書家。工部尚書那個老滑頭直接溜了，這不，就攤上我了。」沈茹甚是無奈。

「大過年的，洪大人居然也能溜？」林清驚訝地問。

「他老家在揚州，坐船一天就到，他美其名回鄉祭祖。」

好吧，這就是家近的好處！

「那對你可有影響？」林清問道。

沈茹搖搖頭，「我們幾個，誰都知道誰，沒什麼事，要說唯一的影響，就是今天我這門口直接堵了，那四位尚書一來，他們下面的那些人不知道什麼事，還以為我要高升，結果一大早全都堵我門上了。」

林清哈哈大笑，「我說我前幾年過年來跟你拜年時，都沒怎麼看到人，今年怎麼突然人這麼多了，原來是這樣。」

「你每次起得那麼晚，來拜年時，禮部的人早就都走了，當然遇不到人。今年禮部的那些人剛來拜完年，還沒出去，就被其他幾部的人堵著出不去，可不是人多了。」

「幹麼那麼早摸著黑拜年，又不是送禮，怕人看到。」林清嘀咕了一句。

「你怎麼就知道人家不會順手送禮？」

林清呵呵兩聲，果然還是他太天真了。

沈茹看著林清好像挺高興的，就問道：「你遇到什麼好事了？紅光滿面的。」

「這麼明顯嗎？」

「嗯。」

「我夫人可能又有身孕了。」林清直接說。

「恭喜！」沈茹聽了也一喜，「過年時知道有喜，這是雙喜臨門啊！」

林清用力點點頭，「可不是？昨晚看出來的，不過因為過年，就沒請大夫，我打算等過兩天請大夫確診。」

「你夫人都生了兩個，想必不會感覺錯，看來等七八月，你就能再添一丁了。」

「也可能是千金。」

「閨女、兒子都不錯，以後孩子們也多個幫手。」

林清點頭，「就是如此。再生一個，加上六皇子，正好可以湊齊四個，以後孩子們打葉子牌，不用擔心三缺一了。」

沈茹……

這難道就是你想再生一個的理由？正好湊成四喜丸子？

林清在沈茹家坐了一會兒，看到他有許多事要忙，就先告辭了。

小花生和小黃豆已經起來，正在院子裡看小林點爆竹，每當爆竹爆炸時，兩個孩子都緊張地捂一下耳朵，等爆竹炸完，兩個孩子就興奮地讓小林再接著點。

林清看得好笑，走上前說：「你們兩個小傢伙，倒是會指使你林叔。」

兩個孩子一看到林清，就往他懷裡撲。

林清攬著兩個孩子，轉頭看小林。

「老爺。」小林恭敬地行禮。

林清說：「看著這兩個小傢伙，爆竹什麼炸起來有危險，別讓他倆靠近。」

「老爺放心，小姐和少爺只是在旁邊看，沒有親自點。」小林忙說。

小花生也說：「爹爹放心，我和弟弟就看著林叔點，我們自己不會去碰。」

林清摸摸小花生的頭，「這才乖。你們兩個太小了，如果自己點，跑得慢了會被炸到。要想點爆竹，等大了再說。」

「那我們要多大才能點？」小黃豆仰著臉看著他爹。

林清說道：「像你林叔這麼大就可以了。」
小黃豆頓時有些失望，「哦。」
「好了，別委屈了。」林清安撫小黃豆說：「你沈爺爺送了不少好東西給你。」
小黃豆一聽，立刻忘了爆竹的事，拉著小花生跟著林清去看好東西。
過了初一，林清就讓小廝去請城裡百草堂的孟大夫讓來給王嫣看診。
孟大夫把完脈，很肯定地說：「是喜脈，快兩個月了。月份有些淺，還看不出男女。」
林清問說：「是男是女沒關係，孟大夫，我夫人和她肚子裡的孩子可還好？」
孟大夫笑道：「林大人放心，令夫人身體底子不錯，大人和孩子都沒問題，平日只要多休養就可以，連安胎藥都不用喝。」
林清大喜，「那就好，那就好！」
林清讓小林拿了紅封給孟大夫，又派人把孟大夫送回去。
林清和王嫣坐在炕上，放鬆地說：「這次可是確定了。」
王嫣依偎在林清懷裡，「看來咱們夏天就能再多一個孩子了。」
「是啊！」林清也在腦中想家裡出現三個小豆丁的情況。
小花生和小黃豆也在自己屋裡聊著未出生的弟弟或妹妹的事。
小黃豆一邊吃著林清從沈家帶來的點心，一邊和姊姊說：「姊，娘有小寶寶了嗎？」
小花生點點頭，「剛才孟爺爺來看過，說肯定有了。」
「哦。」小黃豆有些失落地說。
「怎麼了？」小花生拆著一個九連環，轉頭看著弟弟。
「爹和娘有了小寶寶，會不會不疼我們了？」小黃豆忐忑地說。

小花生放下九連環，托著腮尋思。

過了一會兒，小花生說：「應該不會。爹和娘有了你，也沒見不疼我啊！」

小黃豆聽了，覺得很有道理，不過還是有些不開心地說：「可是，有了弟弟和妹妹，我就不是最小的那個了。」

「沒事。」小花生拍了拍弟弟，「我們可以做最大的兩個。」

小黃豆一聽，開心起來，「對，以後有了弟弟妹妹，我就可以做哥哥了。」

「而且以後有活兒，可以讓弟弟妹妹做。」小花生大手一揮，很有大姊的風範。

小黃豆用力點頭，「以後誰要敢和我打架，我帶著一群弟弟妹妹去揍他！」

在王嫣和林清不知道的情況下，小黃豆和小花生已經開始計劃如何使用弟弟妹妹了。

六皇子在宮裡和三個哥哥陪父皇過完年，一回到王府，就看到自己的兩個小夥伴。

小黃豆首先竄到六皇子身邊，興奮地說：「我有一件重要的事情，可是我不告訴你。」然後得意地看著六皇子。

六皇子說：「我也有一件重要的事情，我也不告訴你！」

小黃豆愣了，看著六皇子。六皇子也看著他，表示你不說我也不說。

小黃豆不想這麼快告訴六皇子，又想知道六皇子要說什麼，糾結了一會兒，還是挺起胸脯說：「告訴你，我要當哥哥了。」

六皇子聽了一驚，不過六皇子從小在宮裡長大，對於生孩子這種事比小黃豆聽的要多多了，就問道：「你娘要給你生弟弟了嗎？」

小黃豆點點頭，「爹爹和娘說還不知道是弟弟或妹妹，姊姊想要妹妹，我想要弟弟。」

接著，小黃豆又得意洋洋地說：「我有弟弟了，你沒有。」

六皇子說：「我才不稀罕弟弟呢，不過我有三個哥哥、五個姊姊和兩個妹妹！」

「這麼多？」小黃豆瞪大眼睛。

六皇子點頭說：「嗯。」

「你爹爹好厲害啊！」小黃豆佩服地說。

六皇子驕傲地又點頭。

小黃豆說：「我說完了，那你要說的事是什麼？」

六皇子一頓，他剛才說的是騙小黃豆，不過六皇子很快就想到一件事，說道：「我也馬上又要有一個弟弟或妹妹了。」

「你也要有了？」小黃豆不敢置信，「你不會騙我吧？」

六皇子說：「誰騙人誰是小狗，太醫親自診斷出來的，肯定假不了。」

小黃豆嘟囔著說：「你怎麼也有了？」

然後突然想到什麼，拉著小花生往家裡跑。

小黃豆拉著小花生氣喘吁吁地跑回家，直接跑到裡屋。

林清正和王嫣說話，忙問道：「怎麼了，跑得這麼急？」

王嫣拿了帕子給兩個孩子擦汗。

小黃豆大喊道：「爹爹，我不要一個弟弟，我要十個弟弟！」

林清腳下一個踉蹌，差點摔倒，「你要這麼多弟弟幹什麼？」

「六哥哥有三個哥哥、五個姊姊和兩個妹妹，馬上要再有一個，即使我有了一個弟弟，我還是比不過他，所以，爹爹，我要十個，十個就夠了。」小黃豆掰著手指數了數，睜著大眼睛，期待地看著他爹。

林清：……

臭小子，你張口就要十個，想累死你爹和你娘嗎？

時光匆匆，轉眼九年已過。

靜謐的室內，一個身著月白色長袍的男子，左手拿著一本書，右手拿著一塊點心，一邊吃著點心，一邊看著書。

門簾突然被掀開，走進來兩個十五六歲的俊秀少年，一個身著緋色錦衣，衣角上飾以龍紋，另一個穿著青衫，乾淨俐落。

緋色錦衣的少年看著正悠閒看書的男子，笑說：「先生倒是悠閒，一家子都忙得腳不著地，您在這裡還有心思看書。」

林清放下書，把糕點都塞到嘴裡，端起茶水一飲而盡，這才說：「我想去幫忙的，這不是被你師娘攆出來了嗎？」

青衣少年說道：「爹爹你什麼不懂，還指手畫腳的，要我是娘，我也攆你出來。」

「不孝子！」林清瞪眼。

兩個少年笑成一團。

林清板著臉對青衣少年說：「小黃豆，你書讀完了？」

青衣少年如同被踩了尾巴，跳起來說：「爹，我是大人了，您不能再叫我小名了！」

「臭小子，你才多大？」林清咕噥一聲。

「爹，弟弟們都大了。」林桓不滿地說。

「好好好，林桓。」林清無奈地說：「你弟弟們的小名都是跟著你姊和你起的，他們怎麼可能不知道？」

「他們知道就知道，可是您不能當著他們的面叫，不然兒子身為大哥，多尷尬啊！」林桓振振有詞地說。

「好，我以後會注意。」林清看著林桓，說道：「其實你就是怕回到沂州府，別人會知道你的小名罷了。」

林桓臉一紅，不說話了。

林清見被自己說中，調侃道：「你小時候可是在老家長到兩歲，該知道的都知道了。」

「只要您改口，別人肯定會跟著改口。」林桓說道。

「也對，」林清點點頭，「對了，別給我轉移話題，你最近看書看得怎麼樣了？」

「還好，四書五經我都複習好幾遍了，雜文我也練了不少，爹指派的策論我也每天寫一篇，中舉人可能沒把握，秀才絕對沒問題。」林桓很有自信。

「有自信是好事，不過不能自傲。本來前幾年就應該讓你回去試試的，不過科考要回原籍，你年紀小，我又抽不開身，想著過兩年殿下就藩，也就懶得麻煩，你可不能因此而懈怠。」林清說道。

「放心吧，爹，我都曉得。」

林清知道林桓平日雖然有些散漫，對學業還是抓得很緊的，所以提點兩句就不再多說，轉頭對緋衣少年說：「殿下，內閣的詔令出了嗎？」

「還沒，不過父皇讓我就藩的口諭已經送達內閣，想必內閣這一兩日就會擬出詔令。」

林清算了算，說道：「內閣的詔令一出，藩王通常要一個月內從京城啟程，看來等下個月，咱們就要去你的封地郯城了。」說到這裡，他笑道：「到時你就是真正的郯王了。」

六皇子想到自己馬上要去封地，也很興奮，「是啊，終於能就藩了，再在京城待下去，我感覺我那三個哥哥就要吃了我了。」

林清想到近幾年京城的劍拔弩張，嘆了一口氣，「三位殿下都快到了不惑之年，如今太子之位遲遲沒有歸屬，殿下也長大了，又怎麼可能不戳那三位殿下的眼皮呢？」

「真是的，我又從來沒想去爭那個位子！」六皇子不滿地說：「上次父皇說要給我選王妃，三個哥哥生怕我有了一個得力的姻親，凡是好一點的人選都被他們攪黃了，最後給了我一個四品官員的女兒當王妃。」

「別惱，我倒是覺得皇上選給你的這個王妃比一開始選的那幾個好多了。一開始選的那幾個雖然都是二三品大員，可或多或少都和三位殿下有關聯，也難怪三位殿下非要破壞，還不是怕姻親成為你的助力，至於這個四品官，我認識，就是翰林院的王翰林。王翰林雖然官職不高，但家風清正，聽說其妻也出身名門，想必女兒教養得很好。」

林清也是等前幾日賜婚的聖旨下來，才知道皇上給六皇子選的王妃居然是他老熟人王翰林的幼女。雖說是幼女，其實也是嫡長女，誰讓王老那傢伙老當益壯，一連生了十個兒子，才在第十一個喜獲千金呢！

六皇子說道：「前些日子母后宣王姑娘入宮，我偷偷隔著屏風看了，確實是個大氣的女子，也知禮，感覺挺好的。我並沒有遷怒人家姑娘，只是對三個哥哥的做法有些心寒。」

林清知道六皇子比三個皇子的年紀小很多，早年三位皇子並沒有當六皇子是對手，甚至對於這個和自己兒子差不多大的弟弟還是疼愛的，故而六皇子對三位哥哥是真有一絲孺慕之情，而這兩年六皇子漸漸大了，三位皇子看六皇子的眼神就變了，甚至在某些事上開始打壓六皇子，所以六皇子難免失落。

林清拍拍六皇子的肩，勸道：「三位殿下已經為皇位爭紅了眼，你如今也大了，近兩年聖上又不時誇你兩句，他們吃味也是自然的。」

六皇子嘆氣，「我又何嘗不知道這個道理，只是心裡不得勁罷了。如今我要就藩了，就不用再擔心這問題。說實話，去封地就藩，我除了擔心宮裡的母妃，還真是一種解脫。」

「你看得開就最好，省得像那三位殿下那樣，為了不就藩，今天找這個理由，明天弄那個理由，被六部戲稱為三位定海神針。」林清打趣道。

六皇子聽了也笑了，「當初內閣一讓三位哥哥就藩，三位哥哥不是自己生病，就是王妃生病，要不就是幾個侄子侄女輪流生病。這次輪到我就藩，聽說太醫院在前一天晚上就全體當值，生怕我也病得下不了床。」

林清聽了哈哈大笑，「看，太醫院可不是都有經驗了？」

三人正說著，就看到楊雲急匆匆趕來，一進門就說：「殿下，聖旨到了。」

「這麼快？」六皇子驚訝地說：「內閣什麼時候幹活這麼麻利了？」

「好不容易能打發一個出去，內閣哪敢耽擱？」林清說：「快去換衣服，準備香案。」

六皇子和林清趕緊去換衣服，楊雲去準備香案，然後到正院接旨。

此次旨意是六皇子就藩，意義重大，內閣親自派了一位閣老來頒旨。

楊雲安好香案，六皇子在前面跪下，林清和楊雲跪在後面，閣老一抖聖旨，開始宣讀。

林清聽了一會兒，除了開頭的廢話，大意就是，郯王如今十六，該就藩了，就藩的封地為郯城，歲供米五萬石、銀兩萬兩、錦四十匹，紗、羅各百匹、絹五百匹、冬夏布各千匹、綿二千兩、鹽二百引、花千斤，皆歲支，馬料草，月支五十匹，其緞匹，歲給匠料，付王府自造，最後還有三千戶食邑，外加兩千護衛。

林清暗抽一口冷氣，難怪人家說皇帝的兒子是天生的富翁，這一年給兒子的零用錢，比整個林家翻兩倍都值錢。

內閣閣老念完聖旨，就親自把六皇子扶起，笑咪咪地問：「聖上對殿下可是疼愛有加，擔心殿下年紀小，特地在護衛上給殿下多加了一些人。」

六皇子知道按照慣例，親王的護衛是一千五，至於多加這五百，其實八成不是聖上的意思，而是內閣的意思，就怕他也賴在京城不走。

六皇子笑說：「父皇對兒臣的恩典，兒臣一直銘記在心，只不過本王下個月就要去就藩了，不能長伴父親左右，心中很是愧疚，以後就拜託各位閣老好好輔佐父皇，莫讓父皇因為朝政過於勞累。」

這個閣老一聽說郯王下個月就要就藩，立刻鬆了一口氣，忙說：「殿下純孝，老臣一定會把殿下的話給內閣帶到，同時也稟告聖上，讓聖上知道殿下的孝心。」然後又把六皇子從上到下使勁誇了誇，這才離開。

林清從地上起來，一邊揉著腿一邊抱怨：「這內閣的閣老什麼時候這麼能說了，整整誇了殿下半個時辰，要不是我認識殿下，差點以為殿下成賢王了。可憐我的老腿，今晚回去肯定瘀青了。」

楊雲笑說：「內閣也不容易，二十多年終於甩手出去一個親王，我覺得誇誇殿下還是輕的，說不定內閣那些人都想給殿下立碑了。」

六皇子擺擺手，「好了，你倆別挖苦內閣了，快點來看看我分的東西。」

林清和楊雲擠上前去，雖然剛才聽了一遍，可還是沒有親眼看到踏實。

林清看完，感嘆道：「當皇上的兒子果然有錢。」

楊雲身為大管家，已經開始在心裡啪啪啪地打算盤，算著等他家殿下去了封地，這些錢和東西怎麼用了。

林桓從外面走來，看到林清三人圍著聖旨看，也好奇地伸頭進來看。這一看，頓時吃驚地說：「這麼多錢？天啊，我怎麼不是皇上的兒子？」

林清：……

臭小子，回去等著吃鐵板魷魚吧！

林清揪著林桓的耳朵，把他提溜回家。

「爹，您輕點，我的耳朵！」林桓忙討饒道。

到了家裡的迴廊，林清看著左右無人，嚴肅地說：「剛才那樣的話以後不許說，省得犯忌諱，原本你和殿下都小，哪怕說了什麼不恰當的話，別人也會覺得是童言無忌，可是等到殿下就藩，本來朝廷和藩王就是對立的，你一旦說了犯忌諱的話，不小心傳到御使耳中，到時殿下也不一定能救得了你。」

林桓知道其中的厲害，忙說：「爹，我知道了，我平時不過是喜歡和殿下開開玩笑，以後我再也不提皇家的事。」

林清這才放下一點心來，又把當初他在翰林院中的那件事跟林桓說了一遍，林桓嚇了一跳，「只是一句話，就這麼嚴重？」

「要不，你以為你爹堂堂庶起士，不在六部等著升官，跑來做皇子太傅幹什麼？」

林桓認真地點點頭，「爹，您放心，我一定會記住的，以後絕不再犯。」

林清幫林桓整了整衣服，「你是爹的長子，以後要撐起林家二房，你無論才幹、秉性，做一家之主都沒問題。你下面的三個弟弟也都很敬重你，唯一就是你這性子有些跳脫，不過這也不能怪你，你爹我性子不行，弄得你也有樣學樣。」

「爹，您可別這麼說，您雖然有些懶，不過兒子還是最喜歡您這樣子，您可別變成外面那種天天板著臉的嚴父，那樣兒子可吃不消。爹，您放心，以後我會努力穩重些的，再說，我都這麼大了，馬上要說親了，等說了親，自然就穩重了。娘以前不是說，您成親之後也穩重了許多嗎？」林桓說道。

林清伸手給兒子一巴掌，「臭小子，敢埋汰你爹，膽兒肥了？」

林桓趕忙討饒，「兒子就隨口一說，爹爹您大人有大量，千萬別計較！」

林清一甩袖子，直接往裡走，林桓連忙跟上。

林清進了屋裡，看到王嫣正一手抱著孩子，一手拿著單子，吩咐幾個婆子收拾東西。

林清過去接過孩子，問道：「準備得怎麼樣了？」

從六皇子聽到聖上說就藩的事起，他們家就開始收拾行李。

王嫣揉了揉發酸的手臂，「差不多了。」

「怎麼不讓奶娘抱著？妳要抱孩子，又要打理事務，多累啊！」林清抱著么兒哄了哄。

「這孩子剛睡醒，正鬧騰，奶娘哄不住他，我只好抱著他處理事情。」王嫣對屋裡的婆子說：「妳們先下去。」

林清把老么抱著舉到眼前說：「小傢伙，你又鬧騰什麼呢？」

老么還是一個吃奶的娃娃，看到他爹爹舉著他，以為逗他玩呢，不由得咧嘴一笑，然後吐了個奶泡。

林清幫他擦了擦嘴，又抱著他豎著拍了拍背，對王嫣說：「小么這是剛喝完奶？」

「剛才哭的時候給他喝了一次，八成奶嗝還沒下去。」王嫣也過來給他拍了拍，對林清說：「這幾日我已經將在京城的財物大多折現，兌成了金子，方便路上帶。還沒有出手的，就是京城那套宅子。二郎，你拿個主意，那個宅子賣不賣？」

林清想了想，說道：「別賣了，雖然咱們跟著殿下就藩，這輩子可能不回京城了，不過咱們幾個孩子以後要考科舉的，肯定要來京城，到時候也有地方住，再說，咱們不差這點銀子，以後京城的房子只怕越來越難買，就留著給孩子們吧！」

王嫣點點頭，「我也是這個意思，既然這樣，那咱們裡面的那些家具就放著吧，反正咱們老家還有當初剩的一些大件，回去再找木匠現打就行了。」

林清聽說這次不用像當初一樣搬家了，鬆了一口氣，「嗯，別拿了，要是家裡的家具實在不夠，先去老宅住幾天也行，犯不著搬那麼多的東西。」

「不過，二郎……」王嫣有些擔心地說：「我這些日子把家裡的東西變賣了一下，就算兌成金子也不輕，要是兌成鹽引，金陵的鹽貴，又不太划算。」

「大約有多少？」林清好奇地問道，他一向不愛打理財務。

王嫣說：「五萬兩！」

「啥？」林清瞪大眼睛，「怎麼有這麼多？」

林清當初分家雖然分了不少，可不是地，就是銀子、鋪子，都不好帶，所以林清進京的時候，除了兌了些金子和鹽引，別的都放他娘那裡，讓他娘給打理。而當時帶的統共折成銀兩也就大約一萬兩，再加上這些年的開銷，林清覺得能剩下一半就不錯了，如今他夫人告訴他翻了五倍？

王嫣解釋道：「二郎不必驚訝，這些都是咱們家裡的正常收支。當初咱們來時，帶了接近一萬一千兩，那一千兩我放在家裡的帳房上家用，剩下的一萬兩我盤下了幾間綢緞鋪子，進了大量的綢緞，不過金陵這地方到處都是地頭蛇，想在這裡做生意沒有背景不行。二郎當時雖然是庶起士，可也還不行，我就沒有讓他們賣，而是讓他們收。金陵靠近揚州，這邊的無論是綢緞還是刺繡的工藝都是最好的，我就讓他們把收來的料子運回沂州府，打著京城最時興花色的招牌，在沂州府倒是賣得紅火。」

林清一聽，頓時懂了，他夫人這是南貨北運賺差價。

沂州府因為不靠近水道，陸路又有些不便，很少有京城的商人願意去。要想買貨，一般要去徐州買，而徐州的貨物才是京城的商人賣掉的，故而沂州府的商人實際上買的本來就比較貴，當然也不是沒有商人跑京城或揚州買貨，可路途遙遠不說，在沒背景的情況下很容易被黑吃黑，因此大多做一兩次賺了錢就不做了，改做其他比較穩當的生意。但沂洲府的富戶不少，不少女眷極為喜歡京城和揚州的布料，故他夫人做的這生意確實極有市場。

「難為妳能想到這麼好的點子。」

「也不算是妾身想出來的，其實妾身娘家也曾經想做這條生意，甚至早先在京城也和某些綢緞鋪子有約定，可沒做幾次，看到王家賺錢了，京城那幾家鋪子就開始抬價，而王家的綢緞鋪子又不能倒，所以每次只能捏著鼻子認了，一來二去，爹爹也就歇了從京城進貨的心思，畢竟在徐州買，雖然貴些又過時，但可挑可撿，不是每次受制於人。」

林清點點頭，什麼事都怕被壟斷，一旦被壟斷，就等於把生意的命脈捏在人家手裡。

「那就把銀子都兌成金子吧，不用擔心安全的問題，這次咱們跟著殿下回去，聖上賜了殿下兩千護衛，兵部還特地調了水軍的戰船親自送殿下去就藩，而且殿下帶的錢財更多，光白銀就兩萬兩和米五萬石，還有絲錦絹啥的，咱們那點加在裡面根本不起眼。」

「這麼多護衛？」王嫣驚喜地道：「既然不用擔心安全，又好帶，那咱們就不用光帶金子，我多買些東西帶回去。」

「買東西？咱們都要走了，買東西幹麼？」林清不解地說。

「當然是給大丫頭。大丫頭今年冬天就要出閣，咱們這些年給她攢的嫁妝早就攢好了，但是一些綢緞、絹絲、首飾，還是最時興的好。這時興的，哪有比得上京城的？再說，你把大丫頭許給了你師兄沈楓的長子，雖然沈大人現在在沂洲府做兗州府做知府，可難保哪天就調回京城，咱們閨女的嫁妝都是京城流行的，到時也好看。」

林清覺得很有道理，就點頭說：「那妳多買一些，大丫頭的嫁妝弄厚些，咱們就這個閨女，委屈了誰也不能委屈她。」

「二郎放心。」王嫣說道。小花生是她唯一的女兒，她怎麼會捨得讓她受一絲委屈？

林清想到小花生，一時有些傷感，「一想到咱們閨女今年就要出閣，我心裡酸酸的，我看了她十七年，馬上就是人家的了。」

「可不是？」王嫣也嘆了一口氣，「我現在就開始擔心她在婆家能不能過得好。雖然她未過門的婆婆蕭氏是個不錯的人，我還是會擔心。」

林清握著王嫣的手，反而開始寬慰她：「別太擔心，咱們馬上就回沂洲府了，沈楓那傢伙，本來只是去兗州府避風頭，誰知京城的風浪越來越大，他反而在兗州那地方待著不回來了，如今已經升到兗州知府，正往上爬，為了仕途，近幾年也不會回京，所以到時咱們兩家近得很。當時也就是考慮到這個，我才同意這門親事。」

「可是，沈家的門楣高了些。」王嫣還是擔心。

「只不過是恩師的官階高罷了，沈楓那傢伙又比我高不了多少，再說，是他來提親的，又不是我相中了他兒子，何況那些高門的貴女他敢讓他兒子娶嗎？誰知道家族背後是哪個皇子，要不妳以為他幹麼特地趁回京述職的時候來提親？」林清分析道。

「咱們下面還四個兒子呢，要是沈楓家的那個小子真敢不識趣，咱們直接讓他這一幫小舅子打上門，看他敢不好好待咱們女兒！」林清大手一揮又說。

王嫣：……

閨女還沒出嫁，他丈夫都已經想好怎麼對付女婿了！

聽了林清說可以有專門的船和護衛帶回去，王嫣又回去開始列單子，打算把回沂洲府要用的東西買齊備好。

林清問道：「林橋和林樺兩個小傢伙呢？」

「正在後院玩呢！」王嫣說道。

王嫣的話剛落，林桓就帶著兩個孩子進來，王嫣一看，直接說道：「林橋，你又帶著你弟弟玩泥巴了！」

林橋和林樺嚇得鑽到林桓身後，扒著他哥的身子偷偷看他娘。

王嫣又好氣又好笑，招來丫鬟說：「快帶兩個少爺去換衣服。」然後對林清說：「你說這兩個孩子怎麼了？當年老大這麼大的時候，已經進學了，這兩孩子一個九歲，一個七歲，怎麼天天還玩泥巴？」

林清無奈地說：「當初咱們家老大是因為有殿下和大丫頭帶著，殿下八歲的時候就懂事了，礙於身分，自然就不玩這個。大丫頭更不用說，女孩子本來就愛乾淨，咱們家老大天天跟著他倆，兩個大的孩子都不玩，他自然就不玩了。如今這兩個小的本來就差不了多少，又都是好玩的年紀，再沒有一個領頭的帶著，當然就玩得瘋了。」

「那怎麼辦？」王嫣頭疼地道。

「只要這兩個孩子功課不落下，就讓他們多玩玩吧，不用兩年，他們肯定就玩夠了，到時就聽話了。」林清不是很擔心。八九歲的孩子，正是貓嫌狗厭的時候，想叫他們老實根本不可能，還不如等過了這年紀，稍微懂事了，再好好引導，那樣才能事半功倍，否則現在說破嘴這兩孩子還不知你幹啥的。

雖然丈夫平日不靠譜，不過教孩子還是有一手的，起碼六皇子和大兒子就教得不錯，所以既然他這麼說，王嫣也不急了，繼續修改單子。

林清對林桓說：「再過大半個月，咱們就要回老家了，你要有什麼想買想帶的，快點準備，別等到出發了，才想起有沒帶的。要是銀子不夠，直接找你娘要。」

林桓說道：「兒子每個月的月錢就有二十兩，平日又不太花錢，娘還送了我一個鋪子，買東西足夠了。」

「夠就好，多買一點，省了回去想買不方便。」

林清這邊忙著收拾東西，楊雲那邊也忙得腳不沾地，把一幫太監宮女使得團團轉，六皇子坐在一旁喝著茶。看到楊雲又讓小太監去採買東西，就說道：「不用準備這麼多吧？」

「殿下，這怎麼能算多呢？您去了之後，不僅要修整新王府，還有一件大事，就是要迎娶王妃，到時再準備，怎麼來得及？」楊雲說道。

六皇子嘴角抽了抽，「我離大婚不是還有兩年嗎？」

「那也得早做準備。您這一去，再想回京就難了，哪像現在這樣方便？」

「是啊，藩王無詔令不得回京。」六皇子嘆了一口氣。

「老奴該死，不該提這事。」楊雲趕忙說。

「大伴，你說的是實話。」

「殿下……」楊雲忙揮手讓屋裡的人都下去。

六皇子說：「我沒事，只是想到我從出生就生活在京城，馬上要去一個從未見過的地方住一輩子，有些傷感。」

「老奴和太傅大人還有郯王府的眾人都會一直陪著您的。」楊雲勸慰道。

「還好有你們陪著。」六皇子臉上露出一絲釋然。

楊雲小聲說：「老奴說一句犯忌諱的話，其實留在京城未必是好事，三位留在京城的殿下，現在也是騎虎難下。」

六皇子點點頭，「父皇今年就六十了，大哥四十二，二哥快四十了，就連三哥也三十五了，他們三個爭了大半輩子，如今到了這裡，又怎麼可能能輕易放手？」

「所以此時殿下避出去才是最好。」楊雲說道。

「是啊，無論錢、權、兵，本王一個都沒占上，又怎麼能不出去避風頭呢？」六皇子說道，又看著楊雲說：「你放心，我不會因為一時意氣之爭就摻和進去。」

半個月後，郯王府一行人打點好了行裝，除了留下一小部分太監和宮女留守京城的郯王府，其餘的人都上了兵部派來的戰船。

「這船好大啊！」林樺和林橋驚訝道。

林清笑著說：「這是朝廷的淮水水師，也是最大的一支水師，壯觀吧？」

林樺和林橋連連點頭。

「好了，你們兩個小傢伙先在甲板上玩，小林，你看著他們，不要讓他們亂跑，我先去看看殿下。」林清囑咐道。

他順著甲板往樓船上走，來到最上層，看到門口的楊雲，問道：「殿下歇息了嗎？」

「還沒，剛才水師的胡將軍來問完安走了，殿下正在裡面。」楊雲說道。

林清走進去就看到六皇子正在喝茶，「殿下身子可還好？」

六皇子放下茶杯，笑著說：「並無暈船的徵兆。」

「這就好，殿下要是感覺不適，咱們就換走陸路，殿下身子要緊。」

六皇子問道：「師母、小師姊和四位小師弟怎麼樣？」

「拙荊、榕兒和桓兒都坐過船，肯定沒事。橋兒、樺兒那兩個臭小子正是好奇的時候，只怕也沒心思注意到暈船不暈船的問題。至於最小的那個，從上船到現在還在呼呼大睡，他大概只要不耽誤睡覺就可以。」

「如此，學生就放心了。」

「聽說剛才胡將軍來了，可是說這幾日的行程？」林清問道。

六皇子答道：「胡將軍說，軍中的戰船行得快，大約五日就可以到徐州，到時地方會有軍士來接應。」

「看來內閣的旨意已經傳到地方了。」

「嗯，這樣也好，省得麻煩。對了，先生是沂洲府的人，可是去過郯城？」

「當初在家的時候我雖不常出門，郯城還是去過一次。」

「不知郯城怎麼樣？」

「還算不錯，雖然比起南方那些封地遠遠不如，不過郯城在北方算是好的了，尤其在山省是有名的糧倉，而且郯城離徐州也近，無論採買什麼的都很方便。再者，沂洲府的民風比較淳樸，所以住的話還是不錯。」林清實話實說。

六皇子知道郯城肯定比不上他三個哥哥在南方的封地，不過聽到是當地有名的糧倉，還是放下一點心來，畢竟只要有糧就一切好說。

「你的那三千食邑，差不多也就正好是郯城整個的戶數，所以等你去了郯城，沂洲府的知府大概得把整個郯城割給你了。」林清笑說。

每個藩王的封地，雖然朝廷也會派一些官員去，可實際上大家都知道，這個地方就算沒了，誰讓藩地實際上就是藩王的一個小國呢！

「過些日子朝廷選的長史和一些屬官就應該到了，倒是不用擔心缺人手。」六皇子看著林清說道：「要不，我給朝廷上書，讓先生當我王府的長史吧？反正前朝有不少先例，藩王太傅做藩王長史的。」

「可別！」林清忙擺擺手，「我做太傅就挺好的，長史那活兒，我可幹不了。」

林清一想到王府長史那堪比大內總管的活計，堅決不應。他好不容易把六皇子教大，馬上就要榮養了，幹麼吃飽了撐著給自己找事做。

六皇子搖頭說：「先生還是一如既往地怕麻煩。」

「當然。」林清說道：「殿下您又不是不知道您先生我有多懶。」

六皇子笑笑，「其實我一直很好奇一件事，據說您當初是毛遂自薦做郯王太傅的。您之所以想當本王的太傅，不會就是因為太懶吧？」

林清看著六皇子，很認真地說：「當然不是，還有離家近啊！以郯城和沂洲府府城的距離，我可以一天回老家一次。」

六皇子：……

他家太傅果然一如既往的實誠！

林清不得不感慨，戰船的速度比起客船，簡直是神速，再加上一路不用停靠，不到五日就抵達徐州，山省的巡撫特地帶著軍士來接，一路恭敬地把他們一行人送到郯城。

進了郯城，巡撫領著眾人去郯王府，「殿下六歲封王，工部就特地派人來修了郯王府，下官一直讓人精心打理，就等殿下來住。殿下看看有什麼不妥當的，下官著人來重建。」

六皇子知道巡撫只是說說，工部建造的親王府都是按照規定建造的，豈能隨便亂改？要是不小心改得違制，那才是大麻煩，不過裡面的布置倒是可以修整一下，就說道：「重建倒不必了，這王府我看著就挺好的，不過裡面的花園池塘什麼的，本王打算修整一下，還希望巡撫撥些人手來。」

巡撫忙說：「下官明日就派山省最好的工匠來，殿下有什麼需要，儘管吩咐。」

巡撫說完，又親自帶著六皇子把整個郯王府看了一遍，接著將沂洲府的知府和郯城的縣令介紹給六皇子。

六皇子客氣了幾句，就讓人退下了。

等地方官員離開以後，楊雲立刻指揮宮女和太監們先將六皇子的寢室打掃收拾出來，然後把從京城帶的家具物件都擺上，至於原來工部標配的那些，全都被楊雲送到了庫房裡。

寢室收拾妥當，楊雲讓六皇子先去休息，自己則帶著一大幫人，甚至連護衛都用上了，著手整理起王府來。

林清對六皇子讚道：「楊總管這打理內務的能力還真不是蓋的。」

坐在榻上歇息的六皇子說：「大伴從小把我看大，我的事都是他在處理，無論大小事，他都安排得妥妥當當的。」然後問說：「先生不去收拾東西嗎？」

林清攤了攤手，「我家也有個像楊總管這樣的，所以我也在偷閒啊！」

六皇子莞爾一笑，「先生好福氣，師母打理內務是好手，先生天天做甩手掌櫃。」

「可不是？要不，以我的性子，家裡肯定一團糟。」林清毫不介意地自曝其短。

「先生打算過幾天回老家看看？」六皇子想到在船上林清說的話。

林清說道：「等你這裡安頓好了，沒什麼事了，我再回家一趟。」

林清擔心六皇子初來乍到，有許多事情不熟悉。他雖然沒多強的能力，可畢竟算是本地人，有些風俗習慣還是比較清楚，六皇子處理事情的時候，他也能給一些意見。

六皇子點點頭說：「麻煩先生了，等王府清閒些，先生就回家一趟吧，畢竟在外多年，先生想必也想念雙親。我讓楊總管給老太爺和老夫人準備了些東西，先生一併帶回去，也算我孝敬兩位老人家的。」

林清聽了心中一陣感動，「讓殿下破費了。」

其後幾日，由於京城派的郯王府屬官還沒到，林清、六皇子和楊雲只好自力更生，林清主動擔起了長史的職務，先洋洋灑灑寫了一份《謝恩表》報給朝廷，代表六皇子感謝聖上恩典，並且訴說了對封地的喜愛之情。同時林清又給內閣上了一道奏摺，希望內閣盡快派遣封地的屬官，畢竟沒有屬官不合規矩，然後就開始處理郯王府的各類公文，畢竟郯城已經算是郯王的封地，相當於一個小屬國，是屬國自然就要有各種上下的政令檔。

六皇子則忙著管理王府和安頓自己帶的兩千護衛。郯城地處山省西南方，平時治安也不錯，不是什麼關隘，所以幾乎沒有兵士駐紮。六皇子拿出一部分銀錢在城外西南方建了一個小型的兵營，這才把兩千護衛安頓下來。

楊雲不僅忙著郯王府的瑣事，還要去看看郯王分封的食邑，與郯城的府衙交接這三千戶的地契，然後派小太監去管理，以後方便收稅。

等林清、六皇子和楊雲三人累死累活地忙了兩個月，朝廷派的一隊屬臣才姍姍來遲。聽到屬臣來了，六皇子三人氣得不行，從京城到郯城，一個月爬也爬過來，這群人居然兩個月才來，這都不是一個懈怠可以解釋得了。

六皇子本來打算訓斥一下，可等見到長史和幾個屬官就傻眼了，尤其是看到長史一副大病初癒，搖搖欲墜的樣子，訓斥的話也說不出口，只能安慰兩句就讓他們下去了。

六皇子等長史和屬官走了，就問楊雲：「大伴，怎麼回事？」

楊雲剛才一看到幾個人不太對勁就派小太監去查了，「老奴派人問了隨行的太監，得知這位長史張旋本是吏部的一位給事，因為得罪了人，才被派到這裡當長史，不過張大人好像對此事耿耿於懷，所以一出了京城就開始酗酒，結果上了船就病倒了，隨行的屬官無奈，只好在半路下船請大夫給張大人醫治，然後就耽擱了行程。」

六皇子和林清聽了點點頭，難怪來得如此遲，原來是在路上病了，只是想到這位張大人原來是吏部的給事，現在是郯王府的長史，雖然品階不變，權力卻是天差地別，所以三個人也不忍苛責，心想等他想開就好了。

三人沒想到的是，這位張大人壓根兒就想不開，還沒等病完全好，這傢伙就開始接著酗酒，每次喝醉了，還在那裡說自己命多麼不好，多麼懷才不遇，然後再罵罵吏部的官員。林清三人本來還很同情他，到了最後，只剩下滿滿的厭惡。

「太可惡了！」六皇子冷著臉說：「跟了本王就委屈他了？一個同進士，靠家裡有點後臺進了吏部，結果因為處理事務失當被調來做長史，還在那裡怨天尤人。王府的文書堆成山都不碰，還得本王和太傅兩個人親自批閱，也不知道要了這個長史除了喝酒會幹什麼？」

「殿下息怒！」楊雲趕忙勸說：「犯不著因為一個長史氣壞了身子。」

六皇子問林清說：「您說，我上書換個長史怎麼樣？」

林清想了想，答道：「上書換個長史不難，只怕再換一個也好不到哪裡去。現在大部分朝臣聞藩王屬臣色變，再說，王府的長史是正五品，想要一個長史，最低也得是京官中的從五品調過來。京官四品為分水嶺，從四品及以上就算大員，所有五品官削尖腦袋往上鑽，哪怕再換一個來，也必定是被貶的，未必不會出現張大人這樣的，畢竟能在困境中屹立的是少數，大多數人還是愛怨天尤人。」

「那……」六皇子皺了皺眉，「可是，這長史實在有些不像樣。」

林清說道：「他不像樣，殿下就把他養起來，不是還有不少屬官嗎？我看有幾個不錯，殿下不妨挑一挑，把長史那些平時的瑣事交給他們，至於其中的向朝廷定時彙報的奏章，我替他寫好，用他的名義送上去就行。平日的文書政令，這個就勞煩殿下親自過目了，殿下就當是處理公務，而王府的事，還是讓楊總管一肩挑好了。」

六皇子無奈地說：「那就這樣吧，勞煩先生和大伴能者多勞了。」

林清和六皇子商議定後，六皇子通過觀察，果然從屬官中挑了幾個做事幹練的，當成長史的副手，再把本該長史打理的事務分給這幾個屬官。這些屬官本來就是衙門一些不受重視的小官，雖然跟著來屬國也有些不情願，但落差倒不是很大，等得知有了實職，那一點不情願頓時消散了，立刻幹勁十足地開始分擔長史的工作。

等這些屬臣的工作漸漸步入正軌，林清、六皇子和楊雲也鬆快不少，林清看著不忙了，就向六皇子提出要回家一趟。六皇子欣然應允，直接給林清一個月的假期，並且許他以後不忙的時候可以經常回家看看。

林清便讓妻子收拾了些東西，帶著孩子，往沂州府趕。

進了沂洲府的城門，看著有些熟悉又不太熟悉的街道，林清嘆了一口氣，「當年妳懷老三的時候，我本來說等妳生了，過一年孩子大了就回來看看，可不曾想到，孩子剛一歲多，妳又懷上了老四，再加上後來京城局勢越來越緊張，我擔心六皇子出事，也不敢輕易離開，一直到現在，才終於回來。」

「是啊！」王嫣也道：「咱們有十多年沒回來了，這街道我都快記不得什麼樣子了。」

「賀老有一首詩做得好：少小離家老大回，鄉音無改鬢毛衰，兒童相見不相識，笑問客從何處來。只怕等咱們回去，家裡那些小輩也都不認得咱們了。」林清看著路邊的小攤物是人非，深深感慨地道。

王嫣安慰說：「孩子不認識咱們是肯定的，不過二郎，你的頭髮可沒白啊！」

林清：……

這個好像確實是值得慶幸的事！

伍之章

集中管訓當嚴師

林清回來得急，沒來得及通知家裡，等他到了之後，就看到緊閉的林府大門。

林清先下了馬車，然後扶王嫣下來。林桓隨後跳下，再轉身將姊姊林扶下來，至於林橋和林樺兩個小傢伙，車一停就自己跳下來了，奶娘抱著最小的么兒跟在後面。

王嫣看著林府大門，笑著說：「二郎光忙著走，也不提前捎個信，你這一回來，只怕爹和娘等會兒也得驚著。」

「有驚才有喜嘛！」林清說道，又對車夫說：「去叫門。」

車夫應道：「是，老爺。」接著跑上臺階，握住門環，開始砰砰砰地敲門。

「誰啊？」大門嘎吱打開一條縫，一個小廝從裡面探出頭來，看到馬夫，微微一愣，客氣地問道：「這是林府，這位大哥找哪位？」

馬夫說：「我是替我家老爺叫門的，我家老爺不找誰，我家老爺就是府裡的二老爺。」

小廝聽了一驚，連忙向外面望去，果然看到臺階下停著一輛大馬車，馬車前面站著幾個衣著華麗的人。小廝看了看，雖然不認識，可也知道在沂洲府，除了他家二老爺，沒人敢冒充，趕緊打開大門，然後撒腿就往裡跑，一邊跑著一邊大喊：「二老爺回來了，二老爺回來了！老太爺、老夫人，二老爺回來了！」

王嫣無奈，「我就說會被驚到。」

林清笑笑，「好久沒回來，正好看看林府變成什麼樣了。」

王嫣問道：「夫君是擔心？」

林清點點頭，「我爹和我哥兩人的性子我知道，不用擔心，不過咱們家升得太快了，我擔心下人們會輕浮，如今看來，大哥管得不錯，剛才去敲門的時候，小廝光看見車夫，卻能待之以禮，說明家裡下人並沒有自恃身分看不起人。」

王嫣贊同道：「確實如此。宰相門前七品官，這七品官最能反映出一個家族的家風。」

林清和王嫣正說著，就聽到遠處傳來慌亂的腳步聲，然後當頭一個人率先跑出來，正是林清的大哥林澤。

林澤用力抱住林清，「來了也不傳個信，小廝跑到正院，我還以為小廝認錯人了！」

林清回抱著林澤說：「上次來信不是說我快回來了？」

「上次你從京城來信，說郯王殿下要就藩，你會跟著回來，爹娘還以為你馬上就能回來了，誰知一等也不來二等也不來，後來在城裡聽說郯城來了位王爺，我就猜到應該是你們，本來想去找你的，可爹娘死活不讓，說你在幹正事，怕耽擱了你。」林澤說道。

「讓爹娘著急，是我的不是。」林清有些愧疚地說：「本來我想跟著郯王殿下一來到郯城，忙兩天就直接回家的，畢竟我是太傅，沒什麼太多的活兒，也就沒想著再送信，誰知這一耽擱就是兩個多月。」

林清不好說王府裡的事，林澤也知道輕重，知道有些事不能在大庭廣眾之下說，「回來了就好，回來了就好，對了，這次能待幾天？」

「這次能待一個月。現在方便了，沂洲府的府城離郯城坐馬車不過大半天的路程，過些日子我就可以又回來一趟。」林清笑說。

「那可是好了。」林澤高興地說：「你不在眼前，爹娘天天盼得慌，如今可放心了。」

林澤的話音剛落，林清就看著林父和李氏被丫鬟扶著往外走，林清連忙迎上去，到了林父和李氏面前，一掀袍子，就要跪下。

林父拉著林清說：「跟親爹親娘還行什麼禮？快讓爹爹看看這幾年長什麼樣了。」

李氏也從看見林清的那一刻，眼睛就一錯不錯地看著林清，生怕他突然消失似的。

林清眼睛微酸，「兒子不孝，多年不能承歡膝下，還讓爹娘掛念。」

林父和李氏前幾年倒是去過金陵兩趟，可隨著林父年紀大了，林澤就不敢讓林父和李氏出遠門了，再加上林清覺得自己過幾年就能回來，也擔心林父的身體，不敢讓林父去了，林父到現在，差不多有七八年沒看過小兒子了。

林父將林清從上到下仔細看了又看，這才摸著林清的頭說：「我家二郎還是和小時候，一點都沒有變。」

李氏也拿著帕子給林清擦額頭上不存在的汗水，歡喜得忍不住掉眼淚，「可不是？和當初一個模樣。」

林清忙拿過李氏的帕子給她擦眼淚，「娘別哭，兒子這不是回來了嗎？」

「娘是高興。」李氏笑著說。

林澤看著林清身後的一群人，忙說：「爹、娘，二弟帶著一家老小都回來了，咱們先進去，讓大侄女和侄子們都歇歇。」

林桓和林榕趕緊上前，林桓扶著林父，林榕扶著李氏。林父和李氏一看見大孫子、大孫女，注意力果然被轉移了，開始心疼孫子孫女累著，忙招呼著大家往裡走。

林清無語地看著被一群孫子孫女簇擁著的林父和李氏，對林澤說：「我是失寵了嗎？」

林澤拍了拍弟弟的肩，同病相憐地說：「這就是隔輩親，天生的。你這還好，自從你嫂子生的幾個臭小子能跑以後，爹和娘就沒再拿正眼看過我。」

到了正院，林清就看見林榕和林桓帶著弟弟們坐在林父、李氏的旁邊，林父及李氏正高興地一會兒摸摸這個的頭，一會兒問問那個的學業。

林清笑著對林澤說：「幸虧我才有五個，要不，爹爹和娘豈不是忙壞了？對了，大嫂和侄子侄女們呢，怎麼沒看見？」

「今兒個你大嫂一個關係不錯的朋友生孩子洗三，你大嫂一早領著孩子們去了。」林澤看了看天色，說道：「應該過一會兒就回來了。」

林清點點頭，拉著王嫣走到林父和李氏旁邊，說道：「爹、娘，你們光顧著疼孫子和孫女，都看不見兒子和媳婦了。」

李氏抿嘴笑說：「你這孩子，連自己孩子的醋都吃。」

林父和李氏這會兒也緩過來了，就讓林清和王嫣坐在跟前，問林清這幾年的事情。

林父聽了，驚喜地說：「也就是你可以經常回來了？王爺那邊不要緊嗎？」

「郯王府那邊現在沒有太多的事，我有空就可以回來。殿下也知道，已經應許了。」林清接著說：「對了，爹、娘，殿下還給您二老備了份禮。」

林清說著，就讓丫鬟去取。

「那哪使得？」林父受寵若驚地說。

林清說道：「不是什麼貴重的東西，就是殿下的一點心意。」

等丫鬟把箱子搬進來，林清打開箱子，林父和李氏好奇地上前看。林清拿起上面的一個紫檀拐杖遞給林父，「爹，這是給你的。」

林父欣喜地接過紫檀木的拐杖，把自己原來那個其實不比紫顫木便宜多少的拐杖一丟，喜孜孜地抱著紫檀木的拐杖，還在地上走了幾步試了試。

李氏打趣道：「死老頭子，看你得意的。」

林清對李氏說：「娘，也有您的。」

他從箱子裡拿出幾匹布遞給李氏，「這幾匹是上貢的錦緞。」

「這這……宮裡的東西，娘哪能穿？」李氏忙說。

「放心，娘，這個是殿下特地挑了不違制的。再說，您是五品宜人，怎麼穿不得？」

李氏想到林清當初替她請封的誥命，這才放心下來，看著上面的花色，欣喜地說：「這宮裡的東西果然不一樣。」

這倒是實話，凡是上貢的東西都有限制，民間可沒有敢冒著危險仿製的。

林清又把一些宮花和筆墨紙硯拿給林澤，「這是給大侄子和大侄女們。」

「他們也有？」林澤有些驚喜。

「這倒不是殿下挑的，殿下只是吩咐了一聲，楊總管準備的。」林清實話實說。

「那也是便宜他們了。」林澤高興地說。能讓殿下提一句，也是給他們面子。

林清分派完了禮物，又陪著林父和李氏說了會兒話，小李氏就帶著一幫孩子回來了。見到林清，十分驚喜。兩群孩子湊在一起，頓時又是一陣熱鬧。

小李氏讓孩子們先向林清行禮，林清看了看大哥家的孩子，又看了看自己家的孩子，突然發現了一個奇怪的現象：他們老林家好像有點陽盛陰衰啊！

晚上林府華燈高照，眾人齊聚在花廳，李氏特地讓小李氏弄了一個大圓桌，讓一家子人都可以圍坐在一起。

林父和李氏坐在最上首，右邊坐著林澤和林清兄弟倆，左邊坐著小李氏和王嫣，對面坐著大半圈的孩子。

上首的幾個人邊吃邊聊天，下面的孩子雖然很多才第一次見，可天生的血緣關係，再加上正是活潑好動的年紀，沒多久就玩熟了。

林清看著幾個孩子在下面小動作不斷，對旁邊的林澤說：「十來年不在一起，咱們家的孩子突然多了。」

林澤看了一巴掌數不過來的孩子，頓時笑了，「可不是？平時單看還不覺得，這孩子都湊到一起，看起來還真不算少。」

「難不成你還嫌少？」林清瞥了他一眼。

「也不多啊！」林澤理所當然地道：「咱們二叔家，兩個巴掌都數不過來了。」

林清嘴角抽了抽，「人家是四個兒子。」

「所以咱們哥倆也得努力啊！」

「別！」林清趕忙擺手，「我家都五個了，再多我可受不了。」

林澤不認同地說：「弟媳還年輕，再說……」

林清忙打斷林澤的話，他可不想都生了五個還繼續，就說道：「我看了，無論你家幾個還是我家幾個，都是陽盛陰衰啊！」

「這倒是。」林澤笑說：「除了小芝麻，下邊居然連著三個都是小子，本來還想要個閨女的，現在我和你嫂子年紀大了，也不抱期望了。」

「你還小芝麻小芝麻地叫，我家那幾個孩子，現在都不許我叫小名了。」林清嘆道。

「叫小名怎麼了？」林澤不在意地說：「我當爹的，難道還天天叫他們大名不成？」

「不過孩子大了，你也得適當地改改口了。畢竟你家老大都娶媳婦了，等有了孫子，你還能當著孫子的面叫兒子的小名？」林清說道。

林澤聽了覺得有道理，「也是，以後我注意些。」

說到名字，林清突然想起當初他哥覺得他學問最好，就讓他給家裡的孩子取名字。本來他都翻好書，選了一串好名字，結果他娘帶著他大嫂、他媳婦去寺廟裡轉了一圈，回來就說他家下一輩孩子命中缺木，最好每個名字都帶木，不由對著林澤吐槽道：「哥，等大侄子媳婦有了玄孫，你起名可悠著點，可別再叫咱們娘和大嫂閒著沒事去寺廟。什麼下一代缺木，咱們林本來就帶兩個木了，怎麼可能缺木？你看咱家這一代孩子的名字，你家是桐、桃、楓、棉、楊，我家的是榕、桓、橋、樺、楠，一水的樹，我每次看著都牙疼。」

「林桐和林榕的名字確實是寺廟起的，可後面的不都是你起的嗎？」林澤說道。

「是我起的，可前邊他們的名字都用上了，還上了族譜，我後面不跟著起有什麼辦法？我又不能讓咱家的孩子顯得不一樣。」林清頗為無奈。

「行，那下次我大孫子出來，你提前想好名字，省得你天天跟著名字較勁。」林澤不在意地說。在他眼裡，名字不就是叫的嗎？那些叫阿貓阿狗的也沒什麼，反而賤名好養活。

林清看著林澤應下，終於鬆了一口氣，他以後的孫子孫女，終於不用像他們爹一樣，是一片樹林了。

林清看著下面林桐和林桓兩人正在說話，對林澤說：「這兩孩子這麼多年不見，倒也沒見到生疏。」

「可不是？剛才你家豆豆還特地跟他姊換位置，跑去和小小說話。」林澤說道。

林清想起林澤上次在信中提起的事，頭側了側，在林澤耳邊問：「大哥上次在信中提到的事，決定了？」

林澤認真地點頭，「嗯，我這幾個孩子中，老大最隨我，自小不愛讀書，喜愛經商，平時做事也周到，讓他接手鹽號我最放心，而且我也問過他了，他對讀書一點興趣都沒有，小時候更是一看書就想睡。我說也說了，揍也揍了，還是沒用，所以等我年紀大了，還是讓他接手鹽號吧。」

林清點頭，無論是能力，還是身分，林桐身為長孫，確實是接手鹽號最合適。

「那大哥對剩下幾個孩子是怎麼打算的？」林清又問。

林澤說道：「要是二弟你沒中進士做官，其實剩下那幾個小子，我就直接讓他們像咱們這一輩一樣，有能力的在家族中幫忙，沒能力的直接分一筆財產，讓他們好好過日子，不過有了你這個例子，我現在就想要不要讓他們也去試試，不求他們能中進士，也不求他們能中舉，就希望他們能中個秀才，以後子孫也可以免稅，不必出勞役。」

林清知道林澤想必對這件事考慮了很久，其實他自己也有這樣的思量，不過他離得遠，幫不上忙。林澤雖然在家裡大力整頓了一次族學，可效果並不明顯。

林清說：「其實我也在考慮這件事，咱們家我雖然中了進士，做了官，可林家的底蘊畢竟不行，如果咱們下一輩出不了進士，不用多久，就會重新打回原形，甚至會被落井下石，最好的方法，就是讓下面也輩輩出人才，可是現在就算北方，科舉也越來越難，哪怕桓兒，我也不一定能有把握他一定能中進士，所以現在多讓家族的弟子多讀書，說不定就能多出一個，以後林家多一份保障。」

林澤點點頭，「我也是這麼想的，可是我聽你的建議，整頓了族學，效果也不好，近十年林家還是連一個中秀才的都沒有，最好的就是三叔家的大侄子，也不過過了府試，都三年了，還卡在最後一步院試上。」

林清皺了皺眉，覺得不應該啊，林家這一代，少說也得好幾十個，就算不算小的，進學的也得十多個，聽他哥的話，居然連府試都才有一個通過。他的兒子林橋雖然才九歲，天天調皮搗蛋的，可上次他出了一張府試的卷子給他，居然還做得八九不離十。林家的族人又不笨，怎麼十多年就連一個秀才都沒出呢？他家可是要才有才，要書有書。

「大哥，上回我送來的那些書，你給孩子們看了嗎？」林清問道。

林澤聽了面露難色。

林清奇怪地問道：「怎麼了？」

「二弟，你送來的書，孩子們都不太能看懂，太深了。」林澤遲疑地說道。

「深？怎麼可能？那是我特地挑的關於四書五經，對著科考的。再說，書上的內容深，不會讓夫子講嗎？夫子呢？」林清詫異地又問。

「夫子也看不懂。」林澤說：「華夫子那水準你又不是不知道。」

「什麼？」林清瞪大眼睛，「現在族學還是華夫子教，華夫子當初四十八才中秀才，還是走了狗屎運才中的，我不是讓你修整族學嗎？你難道沒請個好一點的夫子來？」

「我也得能請得來。舉人人家本來就是老爺，就算咱家出了一個進士，人家也不會自降身分來咱們族學，至於秀才，我倒是想請個好些的秀才，可是好的秀才，年輕的都在府學讀書，年紀大些的，不是有自己的私塾，就是在一些舉人家教書，以期能夠得到舉人老爺的指點，最後搏一搏。還有一些嫌棄咱家銅臭味重的，不願意來。我倒是花重金找了幾個夫子，可也沒什麼效果，最後幾個夫子走的走，散的散，也就還剩下華夫子了。華夫子年紀大了，又在咱們家這麼久，打算在這裡養老了。」林澤深感無力。

林清聽了不由頭疼，學而優則仕，凡是才學好的，都拚命自己參加科考了，哪有心思去做夫子，所以做夫子的，都是科舉無望的，而他自己科舉都無望，豈能指望他教出多好的學生？當然也有一兩個天資聰慧的例外，可林家這些只是常人，又哪裡能行？

讓林清更為無奈的是，能談上師資好的，只有縣學、府學，但縣學和府學，只有過了縣試，名次非常靠前的人才能進縣學，而府學得最低是秀才才能進。當然，府試和院試極佳的也可經推薦進去，可林家壓根兒沒一個符合條件的。

「你就沒把他們往周邊有名的私塾裡送嗎？」林清最後問道。

「咱們周邊確實有幾個有名的私塾，可進去的門檻也高，人家要真才實學的。其實三叔家的大孫子就是在那裡讀的，才過了府試，後來府試不過，才回到家學，至於咱們族中剩下的那些小子，我確實用錢給塞進去了，可沒幾天就受不了都回來了，打死也不肯再去，我也沒辦法了。這些年，能想的辦法我都想了，就是一點用也沒用。」林澤嘆氣。

林清……

敢情這唯一的苗子，還不是他家家學教出來的？

林清思索良久，最後說道：「大哥，你把咱們族中凡是願意向學的孩子都叫到族學來，我親自教導。」

「你親自教？」林澤吃驚地說：「這怎麼行？你怎麼有空？」

林清說：「我是郯王太傅，郯王殿下現在已經大了，我該教的都教完了，其實按理說我現在已經可以榮養，不過郯王府還有些事情，所以我才不得不經常去，但我也不忙，教導孩子們的時間還是有的。」

林澤疑惑地問：「真的不會影響你？你可別因為孩子耽擱自己，你才是林家的頂樑柱，千萬不可因小失大。」

「放心，我既然這麼說，就肯定不會有影響，我知道事情的輕重。」

林澤這才放下心來，隨即又興奮地道：「有你一個進士教，這幫臭小子要再敢不好好學習，我就抽死他們。」

林清擺擺手，「也別說得這麼絕對，我去看看他們的資質再說吧！」

要真是那種爛泥扶不上牆的，別說進士，就是天皇老子來了都沒用。

第二日，等林清安頓好了，林清就陪著林澤去了一趟族學。

林家本來也有族學，可只是教林家弟子識些字，為以後打理生意做準備。自從林清中了進士以後，林澤為了家族往後著想，就在林家外面的空地特地建了一個大院子當作族學，希望家中子弟能上進，可惜收效甚微。

林清跟著林澤進去的時候，族中弟子正在讀書。

林清拉著林澤小聲說：「咱們先悄悄看看。」

林澤點點頭，跟著林清到旁邊不顯眼的牆角。

林清聽了一會兒，發現華夫子雖然教的沒什麼新意，也只是讓死記硬背，可也沒什麼大錯，要是按這進度，只要肯下功夫，四五年去考個縣試還是不成問題的，畢竟縣試題就是考的死記硬背。

今天來的時候，林清又向林澤詳細問了一下族中弟子的情況，除了他三叔的大孫子，剩下的居然連縣試都沒半個通過，這就不能不讓人深思了。

華夫子上完早課，就讓學生接著背誦，自己起身到旁邊的耳房去喝茶。

林清拉了拉林澤，跟著進了耳房。

華夫子正拿著紫砂壺要泡茶，看到林澤來了，忙放下說：「家主，您來了。」

林澤說道：「老先生不必客氣。」

華夫子看著林澤身後跟著一個人，剛要問是誰，突然覺得眼熟，仔細看了看。這一看，頓時一驚，叫道：「清哥兒！」

「華夫子。」林清客氣地回禮道。雖然他經常吐槽華夫子那水得不行的秀才水準，可說句實話，華夫子這人還是很不錯的，所以當初他讓林澤整頓族學的時候，特地寫信給他哥，讓華夫子光管族學就行，千萬別教學生。

「真的是你啊！」華夫子樂呵呵地說。

林清扶著華夫子坐下，幫他泡上茶。

華夫子擺手說：「使不得，使不得，讓你一個進士給我這個窮酸秀才倒茶。」

林清泡好茶，先倒了一杯，雙手端給華夫子，「怎麼使不得？我小時候還是您教的，您可是我的啟蒙恩師。」

「當不得，當不得！」華夫子笑著說，眼中透著一絲清明，「你可不是我教出來的。」

林清笑著說：「那我不是您教出來的，是誰教出來的？」

華夫子眼中露出一絲狡黠，「你這孩子是文曲星下凡，不用人教。」

「嘻！」林清撇撇嘴，對林澤說：「大哥，你先去屋裡看著，我在這裡和華夫子聊一下族中弟子的情況。」

林澤知道自己在這裡也幫不上忙，就起身去旁邊的屋子，裡面的背書聲瞬間大了一倍。

「華老頭，這幫孩子到底怎麼了？」林澤一走，林清就原形畢露了。

華夫子笑說：「想不到你這些年，性子脾氣一點也沒變。」

「江山易改，本性難移，我早就改不了了。」林清擺擺手。

華夫子沉吟了一下，說道：「嬌氣、懶，一點都沒學習的勁頭。」

林清頓時樂了，「華老頭，你二十年前也這麼評價過我！」

華老頭睨了林清一眼，「難道當年我的評價不對？」

「對。」林清想了想當初的自己，這評價還真是準確。

「不過……」華夫子話鋒一轉，又道：「你雖然懶，雖然嬌氣不想學，可你是會了懶得學，而他們是壓根兒不會，還不思進取。」

林清問道：「你什麼時候知道你講的我都會？」

「你看閒書的時候。當初你兩天來上一次學，每次來上學不是趴在桌子上睡覺就是看閒書，我本來以為你和其他不想學的孩子一樣，可有一次我看你看的是《中庸》，而那個時候我才剛教完三字經。當然，最可氣的是，我每次一在上面講的不對，你就抬頭看看我，然後在下邊翻白眼。」華夫子氣憤地說。

林清翻了個白眼，「你每天在上面毀人不倦，我翻幾個白眼怎麼了？」

「我哪有每天？前面基礎的我都沒教錯過，只不過後面的典故，我有時會錯一兩個。」華夫子辯解道。

「一個月錯了五次耶！」林清嘆氣，他真不想翻白眼，可實在忍不住。

「你們那輩是我當初剛剛開始教了才沒幾年。」華夫子臉一紅，繼續反駁道。

林清心道，那你也不知道上課前先備備課？

不過，剛才聽華夫子講課，確實沒什麼錯誤了，林清也懶得吐槽，就問道：「孩子懶一點，嬌氣一點，這每個大家族都有，除了這個，應該還有別的原因吧？」

華夫子想了想，又說：「老夫覺得，這些孩子可能太有錢了。」

林清剛要反駁，突然想到什麼，思考了一下，說道：「這些孩子心思太雜了？」

華夫子點點頭，「他們連手指肚那點心思都沒用到學習上。」

林清聽完，陷入了沉思。這學習，嬌氣不怕，懶不怕，唯獨怕心不在學習上。心不在學習上，那別人再怎麼使力也白瞎。

林清想了一會兒，對華夫子說：「我去看看那群孩子。」

一個時辰後，林清和林澤一起走出來，林清對林澤說：「大哥，你去通知一下各位堂兄堂弟，去咱們家花廳，我有事要說。」

林澤看著林清鐵青的臉，小聲詢問：「你要做什麼？」

林清看著族學中掛著的孔子像，淡淡地說道：「當然是去教育教育這群孩子『養不教，父之過』的親爹們！」

林澤看林清氣成這樣，也不敢耽擱，趕忙把一眾堂兄堂弟都叫到花廳。

林家眾人昨天就知道林清回來了，在外面的族人也紛紛趕了回來，打算趁機見上林清一面，所以倒也不愁找不著人，林澤派小廝通知，不用半個時辰，眾人就在花廳聚齊。

林清的堂兄弟剛被叫來時，本來還以為林清好久不見自家兄弟想得慌，可等見了林清，看到林清那張鐵青的臉，眾位堂兄就知道壞事了。他們林家脾氣最好，性子最懶的人都氣成這樣，林家不會發生什麼大事了吧？

眾人一時心中惶惶然。

林清讓屋裡伺候的下人都退出去，又把他哥留下，然後說：「我昨日才回來，各位堂兄堂弟想必也知道了。本來咱們兄弟們好久不見，我還想著過兩天把各位哥哥弟弟叫來，大家熱鬧一下，卻不想今早發生了一件事，不得不提前叫各位過來。」

眾人你看看我，我看看你，心裡拚命想自己近來是不是幹了什麼錯事，不小心撞到這位堂兄弟手裡，可是想了半天，大家這段時間不是忙著在鹽號幹活，就是待在家裡，真沒幹什麼不好的事，不由面面相覷。

林二叔的長子林湖，身為林家第二代中最年長的，不得不硬著頭皮出聲：「那個，可是哥哥弟弟們做了什麼不妥當的事？這裡都不是外人，你直說就行。」

林清喝了口茶，放下杯子，說道：「各位哥哥弟弟都是老實本分的人，不曾做過什麼違法亂紀的事，只是……」

眾人聽了前半句，剛鬆了一口氣，聽到後半句，心又提起來了，心道：不是他們，難不成是他們的外家或親戚，打著林家的事鬧出亂子了？

「堂弟，有話你就直說吧，哥哥弟弟們都是大老粗，你只要指出來，我們照著改就是了。」林湖說道，其他人也連連點頭。

林清嘆了一口氣，問道：「大堂哥，你是咱們這一輩中最大的，你比大哥還大些，你家老大現在已經跟著你做生意了，想必你的擔子輕了不少，現在我就問一句：你家林柱、林板兩個孩子在學堂，你問過他們的學業嗎？你知道他們倆在族學幹什麼嗎？」

林湖被問得一愣，「我不是把他們送到族學了嗎？自然有夫子管教。」

林清聽了，冷笑道：「孩子以後給養老送終的親爹不管，指望著一年拿不到二十兩束脩的夫子管？呵呵，我怎麼不知道天下有這麼划算的生意？」

林湖一噎，確實無法反駁。

「你們的孩子如果有一天出息了，會封妻蔭子，可是你們聽說過有加封夫子的嗎？你們現在還覺得教育孩子的事，與你們無關嗎？養不教，父之過，而教不嚴，才是師之過。光養不教，要你們這些當爹的幹什麼，擺著好看？」林清氣得拍桌子。

林湖等人嚇了一跳，林湖忙說：「堂弟，你消消氣，你這麼一說，大家也知道不對了，回去我們就立刻教育一下那幫臭小子。」

林清說道：「現在想教？呵，就怕晚了。」

林湖有些不解地說：「孩子們不過是嬌氣了些，大家回去揍兩頓就是了，堂弟，你是不是有些太危言聳聽了？」

林湖的弟弟林海也說：「孩子是懶了一點，好好教教就是了。孩子都小，咱們小的時候不也這樣嗎？大了自然就好了。」

「嬌氣？懶了一點？」林清拿出一條水紅色帶著香氣的帕子遞給林湖，「大堂哥，你長年在外，這個東西想必不陌生吧？這是三侄子板哥兒那孩子不小心掉出來的，對了，板哥兒今年好像才十二歲吧？」

林湖臉色一黑，這是窯子裡窯姐才有的東西，不由氣道：「我去打斷那臭小子的腿！」

林清淡淡地說：「別急。看著板哥兒的這件東西，我覺得有些不好，就當著孩子的面，讓其他人把包裡的東西都掏出來給我看看，你猜我都看到了什麼？」

林清又拿出一個竹筒打開，裡面跳出一隻大蛐蛐，「這是二堂哥家二小子植哥兒的，這個還不算出格，畢竟只是逗蛐蛐兒。」然後對林澤說：「把那些裝不下的東西都拿來。」

林澤將一個包裹遞過來打開。

林清拿起一本《論語》遞給二叔家的三堂哥林濤，「你看看吧！」

林濤接過去翻開一看，立刻氣得摔在地上，居然是包了論語皮的春宮圖！

林清再拿起一個篩子，對幾位堂哥說：「本來上面那些東西雖然不太好，可孩子年幼，難免好奇，就算咱們當年也不是沒偷偷看過，但真正讓我發火的是我手中的這樣東西。看著這個篩子，各位堂哥堂弟可能以為孩子只是玩個篩子，可是……」

林清拿出幾張紙，丟到幾位堂兄弟面前，「看看這是什麼，是欠條，是城裡花家賭坊的欠條，這些孩子居然敢去賭錢，還欠了不下五百兩的銀子。」

林湖等人拿起欠條一看，各個氣得七竅生煙。身為商家子弟，沒人比他們更明白賭的危害，一旦迷上了，那就是傾家蕩產，有再多的家業也不夠敗的。

林湖猛地站起來，咬牙切齒地說：「那些敗家子呢？我現在就去打斷他們的狗腿！一個個學什麼不好，居然敢沾賭！」

其他人也打算回去揍孩子，不說揍斷腿，但絕對讓這群孩子一個月下不了床。

林清卻擺擺手說：「先別急，反正孩子們跑不了，不急於一時，我話還沒說完。」

林湖是個急性子，直接說：「還沒完？」

林清點點頭，「這十多年來，為了家裡的族學，大哥前後重金請了四次夫子，第一次請的是城南的王夫子，大家都聽過王夫子的名氣，不但學問不錯，而且素來嚴正，當時要不是他母親生病急用錢，哥哥還請不動人家，可是人家王夫子來了沒一年就被氣走了，哥哥出三倍的束脩都留不住人家。」

「哥哥無奈，又分別重金請了城北的田秀才，挖了城中私塾的夫子劉秀才、城東的方秀才，但沒一個能在林家撐上一年，到後來哥哥再去請人時，哪怕拿出別的私塾十倍的束脩，都請不到一個夫子。人家一聽到林家族學的名頭，就開始推脫說能力不足。」

「這群孩子真是無法無天了！」林海氣憤難當。

林清看著眾人，問道：「你們打算怎麼辦？」

「當然是回去給這些小子來頓家法。」林湖氣道。

「之後呢？」林清又問。

林湖等人一時愣住，確實，揍了之後呢？

林清這才說道：「既然你們沒法子，那就交給我吧！」

眾人不約而同看著林清。

林清說道：「反正你們帶回去也是揍上一頓，讓他們在床上躺一個月，還不如交給我，看看能不能掰過來。不過，只要交給我，這一個月你們就不能見孩子，一個月後，再來我這裡領孩子。」

「你打算……」林浪問道。

林清看向林浪，「你有別的辦法？」

林浪趕忙閉嘴。

林湖幾個人一想，覺得也沒問題，反正他們不會教孩子，不如把孩子給堂兄弟，林清畢竟是進士，聽說還是郯王太傅，說不定真有辦法，再說林清又是孩子們的親堂叔（伯），還能不想著孩子們好？

於是，眾人就把孩子丟給林清了，還特地囑咐不聽話使勁兒揍，千萬不用心疼。

林清讓林澤把大家送出去，並且告罪這次忙著管教孩子，下次有空再聚聚。

林澤把堂兄弟們送走，回來坐在林清對面，問道：「二弟？」

林清嘆了一口氣，「我本來只是想去族學挑幾個好苗子，正好這個月有空，教導一下看看資質，要是有真好的，就帶在身邊平時有空的時候順便指導，誰知家裡的後輩居然如此，吃喝嫖賭，一樣沒落下，如今也不用想挑苗子的事了，還是先把這些歪苗扳正，否則富不過三代就是咱們林家的命運。」

「那你打算怎麼辦？」林澤問道。

林清用手敲了敲桌子，說道：「咱們在沂州城外不是有個大莊子嗎？裡面有個別院，你從莊子上調二十個身強力壯的小廝來，再在別院裡弄個小廚房，把族學的孩子都放進去，剩下的你就不用管了，記得每天派人到莊子送吃的和孩子們的衣物。」

「你要幹什麼？」林澤突然有一種不好的預感。

林清看著林澤，心道：有一種脫胎換骨的教育，叫做軍訓！

……

林清把族學的一票孩子拉到沂洲府城外的別院後，就直接在別院的大門上了鎖，自己收著鑰匙，這才對正從馬車上下來的孩子們說：「十歲以下的，圍著院子跑一圈。十歲到十二歲的跑兩圈，十二歲到十四歲的跑三圈。」

林家的孩子，讀書差的，十五就回家等著成親，所以族學中最大的，就是十四歲。

孩子們面面相覷，不過昨晚這些孩子已經被各自的爹爹收拾一頓，還被拎著耳朵要求必須聽話，所以沒有人敢反駁，只能開始圍著院子跑。好在這些孩子野慣了，跑起來不吃力。

林清對旁邊跟著的下人說：「去看著各位少爺，不許少跑，也不許走走停停。」

幾個下人知道這裡是林清說了算，立刻應聲道：「是。」然後齊齊跟過去。

林清看著孩子們跑起來，就來到旁邊的石凳上坐下。

林桓下了馬車，也過來坐著。

林清看了他一眼，「你不在家溫書，非要跟著來，現在覺得好玩嗎？」

林桓笑說：「反正今年的縣試時間已經過去了，得等明年，早溫了書說不定也忘了，不差這一時。」郯王就藩的聖旨是二月才下的，等他們收拾完，到了郯城，已經快三月了，自然趕不上二月初的縣試。

林清用手戳了戳兒子的腦門，「你這個臭小子，還真是什麼時候都不急。現在已經五月了，明年雖然是二月考，可臘月正月都要用來過年，你那時候能有心思複習？」

林桓淡定地說：「就算現在不複習，縣試我也穩過。」

林清挑眉，「那後面的府試和院試呢？你能有把握一次過嗎？明年可是院試之年。」

林桓知道就是因為明年才院試，他爹才今年沒急著讓他回來，要是今年就是院試之年，他爹肯定提前送他回來。

林桓說道：「這點把握兒子還是有的。」

「別吹牛，多準備。要是你一時失手，可要等兩年。」

「爹爹放心，兒子都曉得。」林桓笑說：「兒子這次帶書來了，不會耽誤溫書的。」

林清這才點點頭。考試最忌驕傲，他兒子從小太過順遂，雖然希望兒子能受挫，滅滅傲氣，卻不希望是在科舉上，畢竟科舉考試太磨人了，能少一次是一次。

林桓看著正在跑步的堂弟們，驚訝地說道：「大伯居然也把兩個堂弟送來了，大伯家的兩個孩子不是沒犯錯嗎？」

「林楓和林棉兩個小子雖然你大伯看得嚴，可畢竟不是長子，你大伯沒怎麼狠抓，所以惡習沒有，小毛病一點沒少。」

林桓皺了皺眉，「林家三代怎麼弄成這樣？」

林桓有些不解，他的幾個大伯、堂伯、堂叔看起來不錯，怎麼就不會教育孩子？

「這不是他們的問題，原因在我。」林清解釋道：「林家原來是商家，和世家不同。世家子弟，無論嫡庶，無論長幼，讀書都是第一要務，所以孩子從一懂事起，就奉行兩耳不聞窗外事，一心唯讀聖賢書。咱們家，你和你弟弟們都是這樣教出來的，因此你兩個弟弟雖然調皮搗蛋，可對於讀書從來不抗拒，甚至努力做好功課，就為了讓我誇一句。」

「可林家老家就不同了，雖然我中進士，可實際上林家還是實實在在的鹽商，林家的子弟，看問題還是從商人的角度出發，而對於商家，為了防止家中內鬥，爭奪財產，從來都是精心培養長子或某個兒子以繼承家業，剩下的都是放養，大了給一份產業或者進入家族當長子的幫手。你看看你大伯家的林桐，還有你各堂伯堂叔家的長子，你覺得差嗎？」

林桓恍然大悟，「難怪如此。」

「這個對於商家其實是最好的栽培方法，畢竟大多數的商家都是敗落在內鬥上，可是我現在是想把林家往世家上轉，畢竟只有千年的世家，沒有千年的王朝。要想讓林家長久，光做鹽商是不行的。」林清仔細分析道。

「所以爹爹就想從這裡面挑些苗子，讓他們能參加科舉，給林家加加底蘊？」

林清點頭，「不過得把他們先擰回來，要擰不回來也是白搭。其實我沒對他們有太高的要求，只要他們當中能有一兩個人中秀才，以後家中的族學就不愁夫子了，這樣再下一代也不愁有人教了。再好好培養下一代，到時林家經過幾代蛻變，說不定真的能成為一個世家。不過，我現在也只是想想。」

「爹爹好像沒考慮到我和弟弟們。」林桓挑眉說。

林清笑道：「沂洲府這個地方太小了，我希望你和你弟弟們能去更廣闊的地方，而不是做個普通的鄉紳。」

林桓也笑了，「爹爹自己不求上進，居然對我們期望這麼大？」

「你難道沒聽過『望子成龍』，你爹爹我也不例外！」林清自得地說。

林桓聽了，搖頭不止。

林清和林桓說了一會兒話，那些孩子就陸續跑完了，林清按高矮個頭把他們排成一排，然後讓他們開始紮馬步。

孩子們有些不情願，林柱身為林湖的次子，是這群孩子之中年紀最大的，膽子也是最大的，就對林清說：「二堂叔，為什麼我們又要跑步又要紮馬步？」

林清淡然說道：「你們去賭坊賭博，難道是對的？」

一群孩子被抓了把柄，頓時不說話了，林清又說：「不想待在這裡也可以，我立刻把你們送回去，不過，回去之後，自己去祠堂領家法。」

林柱聽到家法兩個字，立刻不吱聲了。

一旦受了家法，一個月別想下床，還不如在這裡待著。

於是，一群孩子認命地開始紮馬步。

林清在一旁親自看著，體力不支的，就讓他下來，對於那些偷懶，或者裝的，林清直接讓他多紮一炷香。

等孩子們紮完馬步，林清看著日頭高了，天也熱了，就讓大家進屋。

這些孩子本來以為終於能歇歇了，正歡呼一下，打算進屋涼快，卻看到林清悠悠地拿出三本書，對他們說：「八歲到十歲的坐東邊，十一歲到十二歲的坐中間，十三歲到十四歲的坐西邊。我先教最東邊《三字經》，再教中間的《千字文》，最後教右面的《論語》。我教多少，你們背多少，不會背的，午膳就不用吃了。」

孩子們聽了，當場一陣哀嚎。

……

午後，林柱躺在床上翻來覆去睡不著，偷偷睜開眼，看了看，就悄悄地下床，摸到旁邊他哥的床上，小聲叫道：「哥。」

林杜睜開一隻眼看他，「你不快睡覺，等會兒小心被二堂叔抓到，又要抄書。」

林棭聽到「抄書」兩個字，頓時一哆嗦，然後委屈地說：「可我真的睡不著。」

「睡不著就閉目養神，下午還要背書，你現在不睡，下午肯定打盹，到時二堂叔又要罰你。」林柱說道。

林棭聽到下午還要背書，又是一陣頭大，「二哥，我不想讀書，我想回家。」

「你想回家？」林柱睨了他一眼，「你哥我還想回家呢，可有二堂叔看著，誰能回去？上次林植想偷偷跑回去，結果才開始爬牆頭，就被僕役發現，給逮了回來，紮了半個時辰的馬步。林權倒是比林植聰明一點，賄賂加威逼利誘雜役，結果被發現了，不僅那個雜役被攆回去了，林權那小子還被罰抄《論語》十遍。」

「那我們就一直待在這裡？」林棭簡直想哭了。

林柱見林棭真的想哭了，忙哄道：「二堂叔不是說就讓咱們在這裡待一個月嗎？待完了咱們肯定就能走了。」

林棭紅著眼問：「真的？」

林柱點點頭，「二堂叔還當官呢，哪能一直在這裡陪著咱們？再說，其實這幾天靜下心來讀書，我突然發現我居然也能讀得進去，而且二堂叔教得很細，我差不多也能聽懂。」

林柱突然翻身，趴在床上，看著林棭，「你說，如果你哥我現在好好讀，能不能像三爺爺家的杉堂哥那樣，也中個童生？」

「杉堂哥自小讀書好，家裡都說杉堂哥最像二堂叔，杉堂哥可是家族裡唯一過府試的，你能行嗎？」林棭不太相信。

「也是，唉……」林柱又翻身在床上躺下。

林清在外面聽了一會兒，默默走開。他本來是來查崗的，看孩子們有沒有按時睡覺。

聽到林柱能有一絲上進心，林清決定不進去逮這兩個不睡午覺的小傢伙了。

想起這十多天的封閉式訓練，他嘆了一口氣，好歹看出一點效果了。

這幫孩子從一開始偷懶磨滑，至看到無法偷懶就開始想辦法逃走，再到逃不掉就賄賂看守的僕人，到最後實在沒辦法死了心。他陪著這幫孩子真是天天鬥智鬥勇，好在魔高一尺道高一丈，這幫孩子鬧騰了半個月，終於消停了。

如今孩子們開始沉下心來，林清就決定進行下一步，給孩子們樹立信心。

下午，林清看著都在座位上坐好的孩子們，一反常態地沒讓孩子們開始背書，「今天下午咱們先不讀書，我問你們一個問題，你們以後長大了打算做什麼？」

林清把最大的林柱叫起來，「你以後想幹什麼？」

林柱看了林清一眼，猶豫地說：「我可能會跟著我大哥去鹽號裡幫忙。」

林清讓他坐下，又問了後面幾個，回答大多數是：跟著大哥在鹽號幫忙，或者不想進鹽號，想做些生意。還有幾個小的，一問三不知，直接搖頭說不知道。

林清聽完，說道：「你們大多數都想著等大了到鹽號幫忙，或者等成了親分家後，拿著一部分錢去做生意，所以覺得學習沒什麼用，是吧？」

一群孩子都不說話，不過看著表情就知道心裡都是這麼想的。

「我今天就來說說進學有什麼用。」林清喝了一口水，說道：「本朝有規定，凡是秀才可以免四丁勞役，可以見縣官不跪，可以外出不用路引。想想，如果你們是秀才，無論以後幹什麼，豈不是都方便多了？」

「可是，我們考不上啊，那有什麼用？」林柱咕噥道。

林清聽了不但沒生氣，反而笑道：「你們為什麼覺得你們考不上？」

「秀才那麼難考，我們怎麼可能考得上？」林板看他哥說的時候林清沒有生氣，也大著膽子說了一句。

林清笑說：「只要你們今年按我說的學，明年縣試我保證你們之中有人能考得過。」

「縣試？」孩子們一聽到這兩個字，抽了一口冷氣。

「對，縣試，只要誰能考上，我就送誰二百畝良田，說到做到。」林清又說。

底下的孩子一陣騷動，對於每個月只能拿一點月銀的他們，這確實是一筆鉅款。

「二堂叔，我們按照您要求的學，真能通過縣試嗎？」林柱問道。

「當然。」林清忽悠道：「今天咱們就回去，回去你們可以去問問你們的爹娘，問問當初你堂叔我用了多少時間準備縣試。我以前和你們一樣，也天天吊兒郎當的，後來才用功讀了兩個月，我就考過縣試了。」

一群孩子聽了，有些躍躍欲試。

當然也有幾個大的不是那麼容易忽悠的，例如林植，他問道：「可是，堂叔，我聽到外面人都說考縣試很難，很少有人考得過。」

「那是他們不知道學習的訣竅才考不過。」林清信誓旦旦地說：「你堂叔我知道訣竅，偷偷教你們，你們怎麼會考不過？」

「有訣竅？」林植問道。

「當然，不過這個是你堂叔的祕密，不能輕易傳給外人。」

林清說完，沒等孩子們接著議論，就讓他們去收拾東西，準備回去。

孩子們聽到可以回家，也不問了，一窩蜂往外跑。

林桓看著孩子跑沒了，對林清說：「爹，兒子怎麼不知道您有什麼學習的訣竅？」

林清瞥了他一眼，「我忽悠他們的，你也信？」

林桓……

他知道他爹八成是忽悠人的，可是，爹，您這樣直接說出來好嗎？

林清帶著一幫孩子從別院回來，下了馬車，先囑咐孩子們幾句，讓他們各自回家，接著就去族學找華夫子，給了他一份詳細的授課計畫表，讓華夫子根據計畫表按時上課。

雖然打算親自教導這些孩子，可林清現在畢竟還有別的事，得經常回去，所以他在別院的大半個月，特地設計了一份詳細的授課計畫，這樣他不在的時候，華夫子就可以按計畫表上的規定的內容上課，不會讓孩子落下課程。

華夫子看著授課表，上面寫著密密麻麻的教學要求，又想到要和林清一起教書，頓時感覺壓力極大，「這個，老夫我……」

「夫子不用擔心，您上課的時候，只要讓他們把書都會讀，會背，字練好，後面的經義講解、典故出處，還有文章和考題都由我來教。」林清忙安撫道。

華夫子放下心來，說道：「這個沒問題，包在老夫身上。」

林清想到孩子們的那字，又特意叮囑道：「我不在的時候，一定要多用時間緊著他們練字，不求他們寫得多好，但一定要字跡工整，不允許缺胳膊少腿。」

華夫子點點頭，「老夫會注意。」

林清又叮囑了一些細節，這才告別華夫子。

回到家，就看到家裡早已被王嫣布置了一新，看著多出的家具，林清奇怪地問道：「新家具這麼快就打好了？」

王嫣抱著孩子迎上來，「哪裡是我打的，是咱們不在，娘看咱家裡空蕩蕩的，怕咱們回來沒家具用，特地早早給添上了，因為一直沒用，所以才看起來和剛打的一樣。」

「讓娘操心了，」林清說道，然後從王嫣懷裡接過老么，問道：「那兩個臭小子呢？又出去玩了？」

「這次夫君可猜錯了，橋兒和樺兒都在書房做功課呢！」

「咦，這兩孩子回來居然沒瘋玩？」

「就是前幾日瘋玩，沒做功課，估摸你快回來了，這兩個孩子怕被你罰抄書，這幾日都沒敢出去，天天在書房補功課。」王嫣說道。

「原來如此。」林清笑道：「我還當這兩個孩子改性子了。」

林清也不急著去書房了，打算等晚上過去，順便檢查兩個孩子抱佛腳的成果。

王嫣倒了一杯茶給林清，問道：「二郎收拾完那些孩子了？」

「先壓一壓，再慢慢調教，不急，後面還有半個月。」林清打算用這一個月的假期，先給孩子們定定型，省得他走了孩子們又懶散了。

林清想起下午的事，就把他說只要誰考上縣試就送二百畝田的事跟王嫣說了。

王嫣倒沒有在意這點地，反正以他們家現在的身家，就算這群孩子都考上了，也費不了多少，反而問道：「二郎覺得這些孩子學這不到一年的時間，真的能通過縣試？」

她可是知道這些孩子的底細，要不是他們太無法無天，丈夫也不會親自出手收拾。

林清說道：「林家族學是八歲入學，這些孩子哪怕最小的幾個也十歲了，在族學待了兩年了，大的幾個待的時間更長，雖然平時不用功，不過字什麼孩子認識的，一些簡單的三字經、百家姓也沒問題，畢竟華夫子教了這麼多遍，我和華夫子再給打兩個月的基礎，然後使勁練題，多訓練，孩子們只要能用上心，過個縣試還是不成問題的。」

王嫣聽了，頓時笑道：「聽二郎說科考，就像吃棵蔥那麼簡單，不知道外面那些天天考秀才落第的，聽了有什麼感受？」

林清搖搖頭，「這個不一樣，我是說縣試，可沒說中秀才。縣試只考最基本的四書文、試帖詩和五經文，只要下苦功記，考試時仔細些別答錯，一般都沒問題。那些考不過的，純粹就是學得不扎實，準備不足，而且縣試一年一次，每次取五十人，實在不行，多考兩次，一般也就過了。妳看看南方那些大家族，孩子六歲啟蒙，不少七八歲就能過縣試。超過十二三歲還不過縣試的，父母在族中都丟臉得抬不起頭。」

「可秀才就不一樣了，秀才不僅要經過縣試、府試，還要經過院試，尤其是院試加了策論，九成的童生都栽在策論上，很多人甚至一輩子對策論都不開竅，所以許多童生考到老，都不一定能考中秀才，這就是『老童生』的來歷。」

「那這些孩子當中有能中秀才的嗎？」王嫣問道。

「這我哪知道，他們連最基本的四書五經都沒讀完，我哪裡會教策論。對於策論，有人天生一點就透，有人怎麼教都教不會，這個要看悟性，誰也說不準。」

王嫣忽然說道：「前幾天你不在，三嬸來過一次。」

林清疑惑地問：「三嬸來幹什麼？」

「三嬸的大孫子林杉，在外面私塾讀書的那個，還記得嗎？」

「當然記得，咱們堂兄弟家的幾個老大，都是在咱們進京前出生的，又是頭一個男丁，哪能不記得？」林清說道：「不像現在每家一群，那時一家才一兩個，稀罕得很呢！三嬸是為了杉哥兒？」

王嫣點點頭，「可不是？杉哥兒十二就過了府試，比你還早，本來林家都覺得杉哥兒能像你一樣，一路考上進士，不但三叔三嬸重視，連爹和孩子他大伯都萬分重視，結果當年考院試，杉哥兒沒中，開始大家還覺得杉哥兒只是火候不到，有些急了，覺得再多讀兩年應該就成，可十四歲那年考的時候，杉哥兒居然還是沒中，三叔三嬸和爹娘都急了，還特地給私塾的夫子多送了禮，希望能多照顧他一下，誰想到去年院試，杉哥兒仍然沒中。杉哥兒三次不中，大受打擊，聽說連私塾都不願去了，說去了被人家笑話，現在天天窩在家裡書房苦讀，三嬸怕他讀出事來，聽說你來了，就想找你討個辦法。」

林清聽了，頓時一陣頭疼。讀書這點小事，他家怎麼淨出問題？不認真讀的出問題，認真讀的怎麼也出問題？

不過，林杉好歹算是林家二房和三房中最有出息的一個，不能不管。

林清吩咐說：「等會兒讓人給三叔家遞個話，要是杉哥兒有空，叫他來一趟。」

王嫣聽了，直接對身後的丫鬟一點頭，丫鬟立刻出去傳話了。

林清和王嫣說完事，王嫣就去準備晚飯，林清則陪著小兒子玩。半個月不見，他的小兒子都快不記得他這個爹了。林清正讓小兒子在地上學習走路，就聽到外面丫鬟來傳話，說三老太爺一家來了。

一家？他不是只叫了杉哥兒一個嗎？

林清把小兒子交給奶娘，迎了出來。

一出來，果然看著他三叔一家人，甚至連女眷都來了。

林清驚訝地問道：「三叔、三嬸，你們大晚上的怎麼來了？來來來，快進來！梅香、蘭香，快點上茶！」

「不用客氣，不用客氣！二侄子，你可回來了！」林三叔一把拉住林清，懇切道：「你可要幫幫你大侄子！」

林清扶著林三叔到屋裡坐好，「杉兒是我侄子，我怎麼可能不管？這不，我一回來，聽您侄媳婦說了，就讓人叫他過來。」

林三叔拉著林清的手說：「難為你了，實在是你三叔我現在都快愁得睡不著覺了。」

「怎麼會如此？」林清問道。

「唉，你也知道，你大侄子考了三次院試，居然都沒有過。」林三叔嘆氣。

「這個我知道，大哥以前給我的信中有提到，今天您侄媳婦也跟我說了一遍。不過，三叔您也不必太擔心，這科考本就沒有一帆風順的，誰不是落榜幾次才考上？」林清安慰道。他真不覺得落榜是什麼大事，凡是考科舉的，誰不重來幾次？真正一次就通過的，他至今沒見到幾個。

「我雖然也知道這個理，可這孩子打小聰明，比你還聰明，你都十六七才考縣試，還一次就過了。他十歲中了縣試，雖然名次沒進前十，沒能進縣學，可小小年紀就能中，也算天縱奇才，為啥每次就過不了院試？」林三叔不解地說。

林清聽得滿頭黑線。十歲中了縣試，沒進前十，還算天縱奇才？他三叔到底對天縱奇才有什麼誤解？這充其量只能算是個好學生吧？

他這一世雖然是十六歲才參加科考，可那是他懶得考，想上一世，他十歲都中秀才了，而且當年還參加了鄉試，雖然最後沒能中舉。可就是這樣，在當時也最多算「天資聰慧」，談不上天縱奇才。

這話林清不好說，只好接著問三叔孩子的情況。問完三叔，林清又問了三嬸一些事，然後問了他堂哥林濟，甚至問了堂嫂，最後拉著杉哥兒去旁邊的屋裡聊聊。

聊完，林清嘆了一口氣：他又見到一個揠苗助長差點把苗拔死的了！

林三叔見林清都問完了，期待地問：「二侄子，杉哥兒這是怎麼了？」

林清卻沒回答林三叔的問題，而是問他：「當初杉哥兒考完府試，是誰直接讓他去考院試的？他的夫子嗎？」

林三叔不明白林清說什麼，還是實話實說：「杉兒他考完府試，當年就是院試，於是就讓他去考了。」

「我是問，是他夫子讓他去考的嗎？」林清又問了一遍。

林三叔有些尷尬，「不是，他夫子說他火候還不到，讓他壓兩年再考，可是我們覺得再壓兩年多浪費，就讓他先去試試。」

「浪費？呵呵，現在再壓他兩年都不浪費！」林清冷笑道。

林三叔聽了一驚，「二侄子，你啥意思？」

「他策論到現在都沒入門，你們居然讓他去考院試，他能考上才怪！」林清氣道。

「策論？」林三叔愣愣地看著林清，完全不知道林清在說什麼。

「杉哥兒策論還沒入門？」蔡氏一驚，連忙拉過孫子問：「你不會策論？」

林杉低著頭，小聲地說：「策論好難，孫兒不怎麼會破題。」

蔡氏頓時眼前一黑，雖然她身為女子，不會去學男子科舉用的策論，可也知道策論的重要性，尤其是在院試中的重要。

蔡氏直接對林杉說：「那奶奶每次問你在私塾學得可好，你為什麼從來不說？」

林杉臉憋得通紅，一句話都不說。

「那是因為你們天天誇他聰明，覺得他是天縱奇才，他又怎麼敢表現出一點不好，讓你們失望，讓你們丟臉，讓他自己丟臉？」林清淡淡地說。

林清轉頭看著蔡氏，問道：「三嬸，杉哥兒未入學前，您給他啟蒙過吧？」

蔡氏還在剛才的打擊中沒恢復過來，無力地點點頭，隨口說：「你堂嫂懷椿哥兒時懷相不好，一直臥床休養，所以杉哥兒五歲就養在我跟前。杉哥兒從小聽話懂事，也聰明，我就按照世家的規矩，從六歲給他啟蒙。」

「林家的子弟八歲才進族學讀書，外面的私塾也差不多，大多數都是八歲入學，為的是避開男孩子的八歲糊塗，所以等杉哥兒入學的時候，其實他早就學了兩年，在這種情況下，他當然比族中弟子看起來聰明多了。因為無論在族學還是私塾，前兩年教的，他已經學會，或者說學了個差不多。」林清說道。

蔡氏聽得一顫。

林清接著說：「當然這也是有好處的，就是他前期的基礎打得很牢，所以在縣試、府試中，他一次就過了，可是等到院試，那就不同了。院試除了考背的東西，還加上了策論。三嬸，您應該沒學過策論吧？」

「策論只有科考的學子才學，我又不用考科舉，怎麼會學？」蔡氏苦笑道。

林清點點頭，確實這樣，不考科舉，確實沒人吃飽了撐著去學策論。就像他第一世，不考公務員，也沒人吃飽了撐著去練申論一樣。

「所以，等杉哥兒考完府試，開始學策論的時候，幾乎和別的孩子一樣，都是從頭開始的，而凡是學過策論的都知道，策論沒一兩年沉下心去揣摩去體悟，是入不了門的。這個時候，你們不但沒讓他靜下心來學，反而將他送院試考棚去。最過分的是，這院試還就考了策論。學都沒學會，你們讓他去考什麼，到考場上瞎編嗎？」林清直接說道。

林三叔傻眼了，林濟夫婦也傻眼了，蔡氏也一臉懊悔，喃喃地說：「我一直覺得杉兒從小乖巧懂事，學東西也快，我以為他很快就能學會策論，怎麼會這樣……」

「小時候學東西學得快，那是因為您教的簡單，您教的都是《三字經》、《百家姓》，這些本來就琅琅上口，也好背，可策論能一樣嗎？那是需要動腦子的。人家夫子為什麼不讓他去，就是人家自己考過秀才，又教書多年，這策論會不會，夠不夠火候，人家一眼就能看得出來，你們倒好，生怕耽誤了孩子，在孩子什麼都不會的時候就把孩子送上去，你們這和揠苗助長有什麼不同？」

林清說完，又跟林三叔、蔡氏、林濟夫婦詳細說了一遍從縣試到府試再到院試科考的內容、難易程度以及錄取比例。

林三叔聽了，驚嘆道：「想不到考個秀才這麼難，我當初看你沒用幾個月就考出來，還以為挺容易的。」

林清暗暗翻了個白眼，「要真容易，秀才就不值錢了，您當朝廷那免四丁是白給的？」

「也是。」林三叔點點頭，「可能當年看你考秀才那麼容易，才覺得秀才容易，想當年還在村裡的時候，確實一村都不一定能出一個秀才。」

林清見林三叔回過味來，鬆了一口氣，打算去說說他大侄子，卻被蔡氏拉住。蔡氏猶豫了一下，還是問道：「那杉哥兒後來不又讀了好幾年嗎？為什麼還不中？」

林三叔和林濟夫婦也看過來。

對啊，林杉後來還讀了四年，為什麼還是沒中？

林清嘆了一口氣，說道：「因為他心亂了。等他考完院試回去，已經耽誤了一個多月的課，他傷心自己沒過，再加上覺得丟了臉，等他緩過來，好幾個月過去，這時和他一起過府試的同窗，把策論學得差不多了，他又怎麼能趕得上別人的進度？學習就是這樣的，一步落下，步步落下，最終越積越多，他到最後就完全跟不上了，所以等下一次考策論的時候，其實他壓根兒還是迷迷糊糊的。」

「所以，第二次沒中一點也不奇怪。如果這時他能痛定思過，沉下心來補弱，其實下一次中應該沒問題，可惜從這時他心就亂了，因為在這次院試中，有本來不如他的，人家都中了，他卻沒中，再加上你們平時一直捧著他，此時卻因為他兩次沒中而無意間露出失望的神色，他只感覺自己丟臉，難過、傷心，又哪有什麼心思學習？後面再不中也就沒什麼意外，因為他的心早就亂了，早就不在學業上了。」

林清看著林杉嘆氣。

這孩子被捧得太高，才摔得如此狠，以致於一蹶不振。

林三叔夫婦和林濟夫婦聽了林清的話，再想到當初林杉考完院試後的表現，頓時如一盆涼水潑下，從頭涼到腳。

林濟身為親爹，自然最是心焦，忙問道：「那該怎麼辦？那該怎麼辦？」

林清看著林杉，問道：「杉哥兒，你打算怎麼辦？」

林杉低著頭不說話。

「你是打算接著讀書考科舉，還是打算跟著你爹回去賣鹽？」林清又問。

「讀書！」林杉想也不想，脫口而出。

「科舉這條路很辛苦，幾乎沒有人走得一帆風順。你要想清楚，如果你接著讀，你可能還是會落榜。」林清把林杉最不想面對的事說出來。

林杉的手無意識地握緊，想了想，還是說：「我想讀書。」

林清看了他一會兒，然後說道：「明天你帶著東西來我這裡讀書吧。我有點事，先失陪一下。」接著施施然出去了。

林杉見林清走了，忙轉頭看著他的父母、他的爺爺奶奶。

蔡氏首先反應過來，驚喜地說：「二郎這是要親自教導杉哥兒讀書了？」

林三叔也鬆了一口氣，「既然叫杉哥兒過來，那就是了。」

林濟夫婦一聽也驚喜得不行，林清可是進士，讓他指導，杉哥兒的院試肯定不成問題。

蔡氏把林杉拉到跟前叮囑：「爺爺奶奶天天想著你好，卻不曾想是害了你，如今你堂叔願意教導你，你可要跟著好好學，千萬別辜負了你堂叔的一片心意。」

蔡氏又對兒子林濟說：「我原先就說二郎是你們當中學問最好的，也最念舊情的，你還說娘偏疼他，看看，如今杉哥兒有事，人家二郎可曾說一個不字？」

林濟聽了，忙點頭說是，心裡卻無奈地想：您就是天生喜歡會讀書的！

蔡氏又吩咐了林杉幾句，就打算先帶林杉離開，好等明天再送來。

她看了看外面，奇怪地說：「清兒剛才有什麼事，怎麼還沒回來？」

林三叔猜測道：「八成是有什麼公事吧！」

蔡氏點點頭，「對，二郎做官，平日肯定有不少事要忙。唉，咱們還送孩子過來麻煩二郎，實在是過意不去。」

「可不是？」林濟說：「要不，咱們送點東西給堂弟？不過堂弟會不會不稀罕？」

蔡氏瞪了他一眼，「稀不稀罕是人家的事，送不送是咱們的心意，當然得送。」

此時的林清急急跑到後院，如廁後，邊洗手邊感慨道：忙了一晚，連個上廁所的時間都沒有，憋死我了！

林清更衣回來，看到正打算離開的林三叔一家，他本來想留林三叔一家吃晚飯，可他三叔一家忙著回去，留不住，林清只好親自送他們出去。

林清送完人回來，看到王嫣已經在屋裡擺飯，王嫣還詫異地問：「三叔他們怎麼不留下用飯？妾身特地重新準備了一桌。」

林清擺擺手說：「三叔說他拖家帶口的不方便，就先回去了。」

王嫣便讓人去書房把兩個正努力補功課的兒子叫來，林桓也從外面趕著飯點回來。吃過晚飯，林清先去檢查兩個兒子的功課，解決了兩個兒子遇到的問題，又回來哄了一會兒怎麼都不肯睡覺的小兒子，這才和王嫣一起上床睡覺。

林清感嘆了一句：「果然孩子多了，就是麻煩啊！」

王嫣笑著說：「我這些日子看二郎天天圍著一群孩子轉，還以為二郎樂在其中呢！」

「唉，這不是沒辦法嗎？」林清雙手枕在枕頭上說：「這幫孩子都是三代以內的孩子，近得不能再近了，如果他們只是碌碌無為還沒事，要是出了什麼么蛾子傳出去，我就等著御使彈劾吧，多少官員都毀在這一條上。」

王嫣也說：「可不是？當年咱們還住翰林院那一帶的時候，同一條街的張翰林，不就因為家中子侄強占民田，被御使彈劾，結果不但丟了官，一家還被流放。」

「一榮俱榮，一損俱損，從來不是空話。」林清嘆道。

王嫣用一隻手支起頭，側著身子問林清：「二郎這些日子一直忙著教導族中弟子讀書，是打算讓族中弟子走科舉嗎？」

林清搖搖頭，「科考一途本就是獨木橋，萬千人馬往上擠，哪是那麼容易的？那些世家大族也只是緊著家中子弟在年少的時候讀書，等孩子成年了，也是讓有希望科考的接著讀，沒希望的就讓做些別的營生，何況咱們這種沒什麼底蘊的家族？」

「我這些日子壓著這些孩子讀書，不過是看著他們這些年被慣得太厲害了，治治他們這股歪風邪氣，省得他們以後長大了闖禍。再說，咱們家族的孩子，多是在族學學到十五歲，然後家裡給娶了媳婦，算是長大了，才跟著父兄進入鹽號幫忙。也就是說，他們在族學這幾年，壓根兒沒什麼事，既然這樣，還不如讓他們多讀些書，多明些道理。」

「我還當二郎想讓他們給你考個進士呢！」王嫣打趣說。

「還進士？他們能給我考出個舉人，我就覺得林家祖墳冒青煙了。」

「二郎你親自教導也不行嗎？」王嫣問道。

林清知道王嫣一路陪著他科舉，總對他有一種盲目的信心，「縣試、府試考的不過是基礎，這個只要刻苦，想過不難。院試雖然加了策論，可畢竟考的只是最簡單的策論，如果有個好的老師教導，就算天資不高，背上千篇策論，院試也能作出一篇混過去，所以想要中秀才，只要有財力和努力就成了，可等到舉人就不同了。鄉試三年才一次，一省的秀才都會去考，不是有真才實學，想都不要想，而且有真才實學的，運氣差些，也不一定能過。」

「那咱們家族的那些孩子……」

「我盡心教導一陣子，他們想學的就學，不想學的，等他們年滿十五就讓他們回家，家裡自然給他們娶媳婦讓他們進鹽號幫忙。」

「他們學不好，二郎不覺得白教了？」

林清搖搖頭，「這教書哪有值不值的問題？哪個老師也不一定能保證自己的學生就一定成才，再說，我現在不正好在家有空嗎？」

林清想到什麼，又說：「明天把桓兒旁邊的院子收拾出來，讓杉哥兒住進去。」

王嫣知道今天林三叔拖家帶口地來，肯定就是為了林杉的事，也不奇怪，「明天一早妾身就讓人收拾出來。」

第二日一早，王嫣讓人收拾好院子，林杉就帶著大包小包過來了。

林清讓林桓帶著林杉先去安頓好，就開始檢查林杉的功課。

林清在檢查林杉的功課時，發現林杉的基礎果然非常好，四書五經無論原文、注釋還是典故，張口即來，檢查到策論，策論的格式他也會，文采也不錯，用典用詞也毫無問題，可等看到他寫出的策論，林清就恨不得直接在上面畫個大大的叉。

他這才知道為什麼他三嬸這麼多年都沒發現問題，這孩子不是不聰明，也不是不用功，更不是腦子笨，這孩子是邏輯不通啊！

策論雖然是科考中的一種考題，可它的本意是向朝廷獻策的文章，也就是一種以論點為中心，典故例子為論據的文章，所以一篇策論，目的是有理有據地表明自己對這件事的觀點。如果說不出自己的觀點，那還寫什麼策論？

可是，林杉的文章，初看起來用詞華麗，認真一看，就能發現內容鬆散，不僅裡面的典故和要陳述的沒什麼關係，整體看來也邏輯不清，前言不搭後語。

林清想了想，找出一個箱子，從裡面翻出一疊卷子遞給林杉，「你用半個月的時間，把這疊考卷上的每一篇策論總結一下，然後每篇概括出這篇文章寫什麼。」

林杉看了一眼，發現這是山省多年積下來的鄉試考卷，雖然是謄抄的，還是慎重地接過去，忙點頭說是。

林清教完林杉，又去指點了林桓的策論，這才去族學給那群孩子授課。

林清在家裡教了孩子們半個月，他一個月的假就用得差不多了，考慮到沂州府到郯城坐馬車不過大半天的時間，來回方便，林清就沒有帶家眷，自己先回郯王府了。

回到郯王府，林清先去找六皇子銷假，剛走到六皇子的宮殿，就看到外面的楊雲。

楊雲急急走過來說：「您可回來了，快去勸勸殿下，殿下正生氣呢！」

「殿下不開心？怎麼回事？」林清有些吃驚。

在郯城，郯王就是老大，誰會讓他不開心？

「還不是前陣子皇上的千秋節的事。」楊雲嘆氣。

這個林清知道，五月是皇上的千秋節，今年又是皇上的六十大壽，六皇子身為親子，哪怕就藩，按理說也得親自去向他爹祝壽，不過身為藩王，沒有聖旨不可以輕易離開封地，所以林清當時還特地寫了份奏章送上去，問郯王可不可以離開封地去祝壽，後來內閣傳來詔令說，郯王殿下剛剛就藩，不宜輕動，沒讓他們去。

楊雲接著說：「殿下沒能親自去，就送了些賀禮去京城，今兒傳來消息，說三位殿下在千秋節上，擠兌咱們家殿下送的賀禮寒酸。殿下聽了就有些不高興，今日的午膳都沒吃。」

「殿下送了什麼？」林清問楊雲，郯王府錢財送禮什麼的，向來是楊雲在管。

楊雲從袖子裡抽出一張禮單，「就是這些。」

林清仔細看了一眼，說道：「這禮不輕啊！」

楊雲點點頭，「今年是皇上的整壽，殿下又就藩了，自然不能薄了，殿下還特地讓把禮厚了三分，如今被說寒酸，殿下才生氣。」

林清聽了覺得也是，任誰精心準備了禮物，卻被別人貶得一文不值也會生氣。

林清想了想，突然說：「楊總管，去準備筆墨紙硯和空摺子。」

楊雲雖然不知道林清要幹什麼，還是讓旁邊的小太監去拿。

林清等小太監磨好墨，就拿著筆沾了墨汁，在空摺子上寫了一份奏摺。

林清寫完奏摺，吹了吹，等墨乾了，就把摺子遞給楊雲，說道：「把這摺子給殿下看，他就不生氣了。」

旁邊突然伸出一隻手，接過摺子，問說：「什麼摺子？」

林清轉頭一看，原來六皇子出來了，就笑著說：「殿下出來了。」

郯王在旁邊坐下，說道：「本來在屋裡看到先生來了，還想著先生進來陪我說說話，誰知先生倒和大伴聊起來了，就剩我自己在屋裡生悶氣，這不就出來了？」

林清笑道：「殿下何必為這點小事生氣，要是氣壞了身體，豈不是不值當？殿下看看這份奏章，看看有沒有消氣。」

郯王翻開奏章，看到奏章前面是很俗套的請罪，大意就是惶恐送的東西不夠好，惹皇上生氣，後面卻比請罪的奏章多了一大塊，詳細寫了郯王府的家底和封地的稅收，表示自己準備這些賀禮絕對是盡心了，然後最後懷疑了一下，三位皇子是如何在相同的俸祿還沒就藩下，準備更多的賀禮。

郯王眼睛一亮，笑著說：「先生這本奏章，可是能狠狠地坑我三位哥哥一次。」

林清無辜地說：「本朝親王的俸祿是一樣的，殿下就藩，還可以多得一份封地的稅收，本來應該殿下在四位殿下中最富，如今卻像殿下最窮，郯王府難道不該上奏章問問嗎？」

郯王撫掌笑說：「此話有理。」

經過郯王的同意，林清又把奏章好好潤色了一下，就八百里加急送到了京城。等奏章到了皇上手裡，皇上果然將三位皇子訓斥了一番。

消息傳來，郯王聽得暗爽，不過還是跟林清抱怨道：「三位皇兄都已把圈錢擺在明面上了，父皇卻只是訓斥他們鋪張浪費。」

林清喝著茶說：「就是因為許多事已經擺在明面上，反而不好管，再說，朝堂上三股勢力糾纏已久，動哪個都能牽出一堆，皇上年紀已經大了，能睜一隻眼閉一隻眼過去的，就讓過去了，哪裡還願意大動干戈？」

「是啊，父皇年紀大了。」郯王嘆道。

郯王突然問林清：「先生，您說，萬一父皇……誰最有可能……」

林清皺著眉想了想，回說：「這個我真看不出來。」

如果說一開始大家都在猜測皇上是因為偏愛文貴妃，偏愛代王，才遲遲不肯立太子，可這麼多年過去，大家也看明白了，皇上就是不想立太子，代王不過是皇上的一個藉口。

郯王也知道這個大概除了他父皇本人知道，別人誰都猜不準，就問林清：「那你說萬一我那三個哥哥中的一個登基，我該怎麼辦？」

林清想都不用想，直接答道：「如果其中一位殿下登基，殿下應該立刻寫一份賀表，親自去恭賀新君。」

「為什麼？」郯王問道。

「當然是去露臉啊！殿下想想，那三位殿下現在已經鬥得快老死不相往來了，其中一位登基，另外兩位肯定心中有怨氣，殿下這時候去誠心誠意祝賀，新帝哪怕為了手足情深的好名聲，也會對殿下大加讚揚，然後多給賞賜。」林清理所當然地說道。

郯王笑了，「先生總是這麼實在。」

「天下熙熙皆為利來，天下攘攘皆為利往，只要能有實際的好處，管他誰登基呢？」

「也對，反正我已經就藩，也輪不到我。」郯王感慨道：「不過，還是希望父皇能長壽些，在父皇手底下，總比在某個皇兄手底下強。」

林清點點頭，這倒是真的。親爹再怎麼差，都比兄弟要自在。

林清處理完賀禮的事，就開始幫郯王處理府中的公務。林清發現郯王對處理政務還是很有天賦的，他走的這一個月，郯王不僅把封地上的事情處理得井井有條，抽空還出去體察一下民情，看看自己分的三千戶食邑怎麼樣了。

「殿下想買耕牛？」林清問道。

郯王說：「從宋朝起，南方就實行精耕細作，所以糧食收成極好，後來北方也推行。我看了前朝的典籍，那時北方的收成要比現在多三成。」

林清贊同道：「確實如此，當時北方人口多，勞力充足，田地卻有數，所以百姓大多精耕細作，以便多產糧食，可前朝末年，外族入侵，北方男丁十不存一，哪怕經過這些年休養生息，也還是田多人少，故而現在北方大多不會精耕細作，畢竟同樣的時間多種幾畝，遠比精耕細作划算。」

「不錯，就是這樣，因為人手不足，所以北方大多不會精耕細作，而且還有不少貧瘠的田地被荒置。」郯王說道：「我的封地不小，可是食邑才三千戶，更是人手短缺得厲害，才會想著用府中的錢買一些耕牛，租給治下的農戶。」

林清想了想，覺得這個主意確實不錯，有耕牛的話，幹農活絕對快得多，並且更省力，不過還是提醒道：「要是買了耕牛，肯定不可能一戶一頭，殿下最好和楊總管先考慮好租借或者分派的辦法，省得引起不必要的糾紛。」

「這是自然。」郯王點頭說：「這個確實要提前想好，要不，豈不是好心辦壞事？」

林清見郯王心裡有數，也不再多說。

鄭王又和林清商討了一會兒這些日子遇到的事，鄭王說完，林清笑著說：「一個月不見殿下，感覺殿下變穩重了許多。」

鄭王說道：「別人都是士別三日，刮目相看，先生走了一個月，居然還覺得我和以前一樣，那我豈不是落後了？」

「也對。」林清笑道。

「只是，說句實話，以前先生教我如何處理事務，我也只是記在腦子裡，如今用到時，才覺得受益匪淺，難怪當年先生教導我和林桓的時候，教的東西不一樣。」鄭王說道。

「桓兒以後要科舉，自然得學四書五經那一套，您是王爺，又不用參加科舉，何必學那些？您只要學會如何處理政務就好了。」

「就是如此，可惜小的時候看先生不肯教我那套，還覺得先生偏心。」鄭王笑道。

林清也笑道：「您當時非要學八股文，我不肯教，您就在地上耍賴不起來，後來我只好教您，您如今可覺得浪費時間？」

鄭王臉一紅，「先生記憶力這麼好，那麼久的事也記得？」

林清心道：你小時候那些糟心事，哪件我不記得？

既然鄭王可以撐起鄭王府，林清也就不再多指手畫腳，每日清閒下來。

閒著沒事的林清，就經常四五天回家一次，在老家待上兩三天再回來。

這邊陪鄭王商量政務，那邊教導孩子，日子倒是過得平淡充實。

然而，這種平淡的日子一直到了秋天，林清突然各種不爽起來，至於不爽的理由，很簡單，他的寶貝閨女要出閣了。

看著沈楓提前派人送來的聘禮，再看著自己長得亭亭玉立的大女兒，想著自己的閨女馬上就是別人家的了，以後想見都不容易。

林清突然有一種自己家辛苦種的白菜被豬拱了的感覺。

陸之章

教學有成出成績

沈楓的長子沈辰，今年十八歲，長得算是一表人才，學識也不錯，小小年紀就已經是舉人，怎麼看都是佳婿一枚。

可是，在林清眼裡，這就是個要搶走他閨女的大混蛋，怎麼看怎麼不順眼。

尤其是在定親的時候，林清看著跟著沈楓來的沈辰，突然覺得他長得比自己年輕時差多了，不由有些失望，在沈楓和沈辰走後，就拉著妻子王嫣的手，開始絮絮叨叨地抱怨女婿長得不怎麼樣。

氣得王嫣一巴掌拍過去，「二郎，你幹麼拿你自己和女婿比？咱們閨女長得隨你，女婿長得沒你好，不正說明咱們女兒長得比女婿好嗎？你有什麼不滿意的？」

林清一聽，覺得有理，心裡的不滿才少些，不過還是有些怏怏不樂。

王嫣知道林清這純粹是看到女兒要出嫁心裡不痛快，也懶得搭理他，她正忙著給女兒檢查嫁妝和傳授成親後的經驗。

於是，心情不好，又閒著沒事的林清，除了每天陪陪女兒，剩下的時間就是去管教自己的那群孩子。一時間，孩子們的功課瞬間翻倍，族學內一片怨聲載道。

十一月八日，宜納彩、訂盟、嫁娶。

這日一大早，林家就忙碌起來，或者說其實從昨天晚上林家就沒有幾個入睡的。

林清看著喜娘給他的女兒穿上一層層嫁衣，眼中突然有些澀意，偷偷拿袖子擦了擦，等擦完了，轉頭看著旁邊的妻子，王嫣的眼睛也紅紅的。

等到喜娘幫林榕梳好妝，過來行禮，按照風俗讓林清和王嫣說兩句。

王嫣抱著林榕，有些哽咽地說：「嫁過去之後一定要孝順公婆，千萬莫使小性子，要好好地相夫教子。」

林榕的眼圈也紅了，卻努力不讓自己哭出來，咬著嘴唇，輕聲說：「女兒記住了。」

王嫣不捨地抱著林榕拍了拍，然後轉頭看林清，示意林清也說兩句。

林清摸摸林榕的頭，「嫁過去之後，要是那個臭小子敢欺負妳，或者誰欺負妳，妳告訴爹，爹直接上門替妳做主。」

旁邊的人聽了一驚，喜娘更是說：「林大人，這不合規矩。」

「什麼規矩不規矩？」林清對喜娘瞪眼，喜娘立刻不敢說話，林清又對林榕說：「好閨女，記住，無論妳出不出嫁，無論什麼時候，妳都是爹的掌上明珠，有什麼事，爹都會替妳頂著，任何時候都不要委屈自己，記住了嗎？」

林榕眼淚再也忍不住了，瞬間掉了下來，「爹，女兒記住了。」

「好孩子，別哭，哭花了妝就做不成好看的新娘子了！」林清忙拿帕子給女兒擦淚。

外面的丫鬟跑進來，喊著「花轎上門了」，林清和王嫣才給林榕整整妝，然後喜娘給蓋上蓋頭。外面一直忙著招呼親戚的林桓跑進來，和林榕說了一會兒話，等花轎進了前院，才一把背起林榕，對林清和王嫣說：「爹、娘，我送姊姊上花轎了。」

林清點點頭，不忍心去看，就對林桓擺擺手說：「去吧！」

林桓背著林榕一步一步走出去。

王嫣忍不住，趴在林清的懷裡哭了。

林清拍了拍她，也覺得心裡空落落的。

……

自從林榕出嫁後，林清和王嫣身邊冷清了不少，雖然還有四個小子，可兒子和女兒畢竟不一樣，林清這才明白後世為什麼把女兒叫做小棉襖。

好在很快到了過年，按照山省的習俗，出嫁的女兒在年前得親自送一次年禮，年後得回娘家一次，倒是讓林清沒隔多久就能看到閨女，稍解思念之情。

過完年，出了正月，林清就忙了起來，因為他家的一群孩子都要上考場了。

不但族學的那一群孩子要去，他家的林桓，甚至連林橋、林樺也得去。林橋過了年就十歲，正是考縣試最好的時候，至於林樺，今年雖然才八歲，可也學了兩年，林清就讓他去試試，省得他一直收不住貪玩的性子。

縣試那天，林家找了七輛馬車，把孩子全都送到縣衙的考棚，煞是壯觀，也因此引起了許多學子家議論紛紛，甚至連整個沂州府的城區都在議論這件事。

郯王看著悠閒地坐在院中邊喝茶邊看迎春花的林清，笑著說：「別人都賞梅賞菊，先生這是賞迎春花嗎？」

「有何不可？」林清說道：「梅花是花，菊花是花，迎春花難道就不是花嗎？」

「哈哈！」郯王笑道：「確實是這個道理。」

「再說，迎春花乃春天開得最早的花，寓意冬去春來，不賞可惜。」林清又說。

「確實。不過，先生今日居然有空賞花，我本來還以為先生這幾日會回老家呢！」

「回老家幹麼？」

「這次幾位師弟和先生族中的弟子都要考縣試，先生不在家照看嗎？」

林清搖搖頭說：「我好不容易才把他們送上考場，正打算趁這個時間好好歇歇，再說，該說的前些日子我都耳提面命地強調好幾遍了，何必再回去多囉嗦一遍？」

「先生倒是放心。」郯王也拿過茶壺給自己倒了一杯，「只是，我聽說府城那邊有不少家族在議論這事。」

「我也聽說了，不過是這次林家參加縣試的人數比較多，許多家族在背後想看笑話。」

林家家學十年不曾有一個過縣試，如今卻一下子有這麼多族中弟子參加縣試，哪怕有他這個進士親自教導，大多數人也是秉著看好戲的態度，甚至還有不少人在背後說他狂妄，覺得自己中了進士，就可以把一個商賈之家變為書香世家。

當然，這些人只敢在背後說說，絕對不敢當著林清的面說，誰讓他現在不但是進士，還是正五品官員。

郯王也只是給林清提個醒，又說：「看先生的樣子，像是穩操勝券？」

林清笑笑，「穩操勝券算不上，那些人想看林家一個不中卻也難。」

「也對，這次桓師弟也參加，他過縣試絕對沒問題。」郯王自幼和林桓一起讀書，對林桓的學問再了解不過。

林清搖搖頭說：「可不止如此，族中的那些弟子，說不定也會有驚喜。」

成績這個東西，向來是用來打臉的！

林清一直在郯王府悠閒地待到縣試結束，才告別郯王回林家。

剛回到林家，就被考完試的林家弟子圍了上來。

「堂叔，您終於回來了。」林柱急切地說。

林清剛從馬車上露出頭，就看到馬車外黑壓壓的一片，頓時頭疼地說：「你們剛考完，不在家好好歇著，都出來幹麼？」

林柱回答道：「侄子們昨天就考完了，晚上已經歇了一晚，今天大家本來相約到族學對答案的，正好聽說堂叔回來了，就來迎堂叔。」

「不是不讓你們對答案嗎？」林清說道。

由於有林杉那個前車之鑒，林清怕林家過分重視會讓孩子們緊張，所以在考前特地將各家大人都叫來，叮囑平時怎麼樣，考試期間就怎麼樣，考試期間禁止提任何關於縣試的話。為了讓孩子們不緊張，更是考前特地給孩子們來了兩次模擬考，並且重點提醒禁止縣試期間任何人對答案。

「堂叔，您放心，在縣試期間我們都忍住了沒對答案，是昨天考完了，大家才約在今天對答案的。」林柱忙說道：「桓大哥也說要來的。」

林清不由笑了，看來這考後忙著對答案，無論什麼時代的孩子都是一樣的急啊！

林清正說著，果然看到林桓帶著林橋和林樺也過來了，林清乾脆不先回家，直接帶著一群孩子去族學。到了族學，他讓孩子們默了縣試的考題，雖然孩子們考完稍有遺忘，不過人多力量大，沒一會兒，十多個孩子就拼出一份完整的縣試考題。

林清接過考題看了一遍，開始逐道題給孩子們講解，並且告訴他們考題的出處。講解完，林清也沒有當面問考得怎麼樣，只是囑咐他們好好訂正，就起身回去了。

林清回到家裡，王嫣正在炕上帶著老么林楠玩，看到林清進來，笑著說：「你這幾日倒是會躲閒，好多人來找你你都不在。」

「是我那些堂兄弟吧？」林清早就想到這些人會坐不住，所以才早早躲出去。

「不止，幾位嫂子弟媳也來過，看你不在，坐坐就走了。」

「他們也就是心裡沒底，考完了也就沒事了。」

王嫣抱著林楠往林清這裡挪了挪，小聲問道：「二郎可知道孩子們考得怎麼樣？」

林清知道王嫣肯定也著急，畢竟他家也有三個參加考試，「我沒問孩子們，不過今天我去族學給他們對答案，看桓兒和橋兒的表情，應該考得不錯，至於樺兒，那孩子還在偷偷吃點心呢，說不定連縣試到底意味著什麼的都不知道，誰知道他考得怎麼樣。」

王嫣鬆了一口氣，說：「樺兒才八歲，還小呢！」

「嗯，反正我也只是讓他去收收性子，能中最好，不能中也見識一下縣試什麼樣。」

王嫣點點頭，很認同林清的觀點，又問道：「那族中的弟子呢？」

「應該有一兩個能過的，不過也說不準，等發案吧！」

其後幾天，林家上下都在等縣試成績，一直到了二月十五發案的日子。

這天一大早，林清本來打算派家裡幾個身強力壯的僕人去看發案，他自己在家聽結果，結果林家的孩子太急著想是否上榜，一大早都跑林清家裡，非要拉著他親自去。

「你們就算去了，以你們的小身板也擠不上，還不如在家等著。」林清一大早就被吵起來，沒好氣地說。

「可是，堂叔，官衙會派識字的衙役在旁邊大聲唱名，咱們去那裡等，可以直接聽到。讓下人去，還得等下人跑回來才知道。」林杜說道。

「你就差這一點時間嗎？外面這麼冷，你想出去喝冷風，堂叔可不想去。」林清斷然拒絕，這可是二月的天，雖然中午暖和了些，可早上仍然冷很很。

林杜賴在林清身邊討好說：「堂叔不用擔心冷，我們昨天就讓下人去縣衙對面的茶樓訂了二樓的雅間，那裡面有火盆，堂叔喝著熱茶，肯定不會冷的。」

「既然都準備好了，你們想去就去，非拉著你堂叔我幹麼？我這一把老骨頭了，哪和你們年輕人一樣？」林清腳下紋絲不動，堅決不肯在大早上頂著寒風出門。

「堂叔，」林杜晃了晃林清說：「侄子們這不是心中沒底嗎？」

「你們都考完了，我去也沒用啊！」林清說道。

林柱看著叫不動林清，對他堂叔的懶認識又上了一層。林柱對一幫堂弟使了個眼色，一幫堂弟立刻圍上來，抬胳膊的抬胳膊，抬腿的抬腿，把林清往外抬。

「你們這群臭小子！」林清氣得罵了一句，「放我下來，我換身衣服！」

林柱等人忙又把林清放下。

林清咕噥道：「翻天了你們！」不過也知道這些孩子確實非常想他去，就去內室換了一身衣服，又披了狐裘，這才帶著一幫孩子坐了馬車浩浩蕩蕩地出門。

等到了茶樓，剛下馬車，就看到縣衙外面擠滿了人，有考試的學子，也有跟著來的親戚僕人，甚至茶樓的一樓都坐得滿滿的。

林柱往茶樓一瞅，看到那麼多人，有些得意地說：「我就猜到今天人很多，所以提前訂了一個最大的雅間。」

「你有先見之明。」林清在他頭上敲了一下。他二叔家的大堂兄素來是個老實人，也不知怎麼養出這麼古靈精怪的孩子。

林桓下了馬車，又把兩個弟弟抱下來，看了看周圍，對林清說：「爹，外面人多，咱們帶的孩子也多，還是先去裡面吧！」

林清說道：「走，進去吧！」

小二本來看到林清一行人下車，就已經在門外恭候，不過林清在說話，不好上前，看到林清要進來，忙過來說：「林大人，您快請。」

林清扔給他一個銀豆，和氣地說：「勞你剛才一直在外面等著，賞你的。」

「多謝大人。」小二恭敬地說道。

林清帶著一群孩子剛進了門，大堂中不少人知道他的就忙跪下向他行禮。不知道的人，聽到他是朝廷官員，也忙跟著行禮。

林清趕忙叫大家起來，安撫了兩句，就跟著小二匆匆上二樓，邊上樓邊小聲對身後的孩子們說：「現在知道你堂叔為什麼不想出門了吧？」

林柱等一群孩子正覺得非常有面子，聽到林清這麼說，有些不解地問：「被人家跪不好嗎？多榮耀啊！」

林清淡淡地說：「記住，榮耀是靠自己賺出來的，不是讓別人跪出來的！」

後面的孩子一時面面相覷。

林清帶著孩子們上了二樓，二樓都是雅間。這個茶樓本就是為了對面的縣衙開的，能上二樓大多是一些官吏和有功名的讀書人，見到林清倒不用跪，可大多還是過來跟林清打個招呼。林清和他們客套幾句，就帶著孩子們進了雅間。

進了雅間，林清立刻覺得一股熱氣撲面而來，順手把狐裘解下來，放到旁邊的架子上，接著對小二說：「上壺好茶，再弄些點心，要是有熱的紅豆沙，給每人來一碗。」

「是。」小二應下，又問道：「不知大人可要瓜子蜜餞？」

林清雖然愛吃點心，唯獨對蜜餞這種膩的不喜歡，對瓜子也無愛，只是想到許多孩子愛吃，還是點點頭說：「上兩盤瓜子、一盤蜜餞給這些孩子打發時間。」

林清要的都是茶樓常備的，小二很快就把林清要的東西端上來。

林清舀著紅豆沙吃了一口，發現還不錯，就讓小二下去了。等吃完，看了看天色，快到發案的時間，便對林桓說：「把窗戶打開，這窗戶正對著對面的縣衙，下面衙役一念榜，上面聽得正好清楚。」

林柱也說：「對對對，桓大哥，我特意訂這個屋就是因為它對著縣衙。」

林桓把窗戶打開，孩子們一窩蜂從窗戶往外看。

林清也過去瞅了瞅，果然要發案的地方已經擠滿了人，看樣子馬上要開始了。

沒等一刻鐘的時間，縣衙中就傳來一陣敲鑼打鼓聲，幾個穿著紅色喜慶衣服的衙役，抬著一個大圓案出來。

人們紛紛避讓，頭還是使勁兒往前伸，想要提前看看。

等衙役把圓案貼到縣衙的牆上，一個衙役就站在前面開始唱名，名字是從後往前念。

衙役大聲念道：「第五十名，府城林家，林樺！」

屋裡的林家子弟立刻轉頭看著林清旁邊的林樺，連林清都轉過頭，詫異地看著他的三兒子，他兒子居然這麼好運，正好踩著線進去了。

林樺正抱著一個蜜餞啃，林清平日怕他吃壞了牙，不許他多吃，看到大家看過來，尤其是林清，林樺忙把手中的蜜餞藏在身後，大眼睛看著林清說：「爹爹，我只吃了一個。」

林清摸摸他的頭，「你前幾日的縣試過了。」

林樺還記得前幾天他考了一次試，也知道今天出結果。雖然考前他爹跟他強調過這次一定要認真考，不過他覺得除了換了個地方，人多點，和他平時在家裡做功課沒區別，只是想到那天有很多人，林樺和所有孩子一樣，還是很在意自己考第幾名，就期待地問：「爹爹，我考了第幾啊？」

沒等林清回答，林桓也摸摸他說：「你考了最後一名，正好通過了。」

林樺聽到自己考最後一名，愣愣地看著他哥，突然開始掉金豆，哇一聲趴在林清懷裡哭了，邊在林清懷裡打滾，邊哭道：「我不要考倒數第一，我不要考倒數第一，嗚嗚……」

眾人……

林清扶額，突然覺得心好累啊！

他抱著林樺哄道：「不是倒數第一，是第五十名，樺兒得了第五十名。」

「不是倒數第一？」林樺從林清懷裡抬起頭，看著他爹，眼裡的金豆還沒停，「五十？我以前在家裡都是第三名的，嗚嗚嗚……」

林清嘴角抽了抽，在家裡第三名？他家除了老么那個剛斷奶的，就三個孩子讀書，第三名才是名副其實的倒數第一好不好？

林清頭疼地看著寶貝兒子，想著該如何跟他解釋縣試和自己家的考試不一樣，就見林桓端起旁邊的蜜餞，放到林樺面前哄道：「不哭了，大哥給你吃蜜餞。」

林樺眼睛一亮，也不哭了，眼巴巴地瞅著林清。等林清點頭，林樺立刻拿起蜜餞，開心地啃了起來。

林清：……

其實對於一個孩子來說，縣試可能還沒一盤蜜餞重要！

林清心中正吐槽，就看到窗邊的林柱突然跳起來，興奮地說：「哈哈哈，我中了，我中了，第三十九名！」

林柱跑到林清身邊，大聲說道：「先生，我中了！」

林清早就知道他八成能考上，畢竟自從對了答案後，這小子就上竄下跳的，一看就是考得不錯，林清拍拍他頭，讚道：「不錯！」

「先生，那個？」林柱眼睛發亮地看著林清。

「說話算數，回去送你二百畝田。」

「哈哈，我有地嘍！」林柱雀躍地又是一蹦。

其他堂兄弟也圍過來恭喜他，順便起鬨讓他請客。

林杜大手一揮，說道：「今晚我請客，醉香樓，大家都去。」然後轉頭問林清：「堂叔，您要去嗎？」

林清擺擺手，「你們小孩子去樂呵，我跟著幹麼？不過記得多帶些僕人，注意安全。」

林杜聽說林清不去，有些失落，但是想到晚上的慶功宴，還是很開心地跟弟弟和堂兄弟們一起討論了起來。

林清看著一群孩子商量晚上怎麼宰林杜，笑了笑。

還是年輕啊，才這麼有活力！

就在這時，林清突然聽到一個靦腆的聲音說：「先生，我也中了！」

林杜轉頭一看，驚訝地說：「椿哥兒，你也中了？」

林椿用力點頭，走到林清面前，開心地說：「先生，我中了，第二十七名。」

林清摸著他的頭，笑說：「不錯不錯，回去也送你一份。」

林椿靦腆地笑笑，「謝謝堂叔。」

旁邊的堂兄弟也圍了上去，大家都對林椿能中感到非常驚訝，圍著問他怎麼考的。

林桓看著大家都驚訝林椿的成績，他爹好像卻沒什麼意外，就小聲問道：「爹對椿哥兒中好像不意外？」

林清點點頭，「椿哥兒因為當年你堂嫂早產，所以身子一直不太好，再加上性子靦腆，所以平日在族學並不顯眼，不過前幾次我查功課就看出來，這孩子其實是族學裡功課最扎實的，所以他中並不奇怪。」

林清還有一點沒說，就是椿哥兒的奶奶是他三嬸蔡氏，有他三嬸親自啟蒙，林椿的基礎怎麼會差？所以娶妻娶賢是有道理的。

林清一邊和林桓說話，一邊分心聽著下面的唱名，到了第十五還沒聽到林橋的名字，林清皺皺眉，林橋和林樺兩個孩子一起考，如果林樺中了，林橋卻不中，只怕對孩子是一種打擊。等聽到第九個，林清才終於聽到林橋的名字，頓時鬆了一口氣。

林柱和林椿等人也驚訝地看著林橋，林柱更是說：「橋堂弟好厲害，居然是前十名，不愧是堂叔的兒子。」

一群孩子也紛紛對林橋說恭喜，不過大多只是驚訝他考進前十，對他中倒是沒什麼奇怪的，畢竟林樺八歲都能吊車尾中了，在他們眼裡林橋還大兩歲，自然肯定能中。

林橋委屈地撲在林清懷裡，「就因為我是爹爹的兒子，堂哥們一點都不驚喜！」

林清頓時笑了，戳戳他的鼻子，「這說明大家都知道你很厲害。」

林橋嘟嘟嘴，顯得很不高興。

林清拍拍他，聽到最後，終於聽到下面高聲喊：「本次案首，府城林家，林桓！」

林桓手中的摺扇一頓，轉頭看向林清。

林清笑著點頭，「還不錯！」

「爹爹，您也不多誇兒子兩句？」林桓嬉皮笑臉地說。

「你今年都十六了，和一幫小孩子一起考再考不過，爹會手癢得想揍你。」

「爹，我是您親生的嗎？」林桓嘟嘴說道。

「哈哈！」林清笑道：「你沒聽說過愛之深責之切嗎？」

林桓很無語，感覺自己被爹爹嚴重忽視了，只是看到圍過來向他道賀的堂弟們，立刻又被治癒了，和他們熱火朝天地討論今天晚上去醉香樓要怎麼慶祝。

林清看著屋裡熱熱鬧鬧的孩子，點點頭，雖然沒中的孩子有些失落，不過看到其他人有中的，想必這些孩子也不會再對縣試畏之如虎。

門外傳來一陣敲門聲，屋裡的說話聲一頓。

林清正喝著茶，淡淡地問：「哪位？」

「在下城南薛家薛蒙，特來恭喜林大人。」外面傳來恭敬的聲音。

林清這才反應過來，這應該是剛才在二樓跟他打招呼的那些人中的一個，好像別人都稱呼他為薛秀才，就放下茶杯說：「薛秀才請進。」

薛蒙帶著一個十四五歲的孩子進來，對林清行禮說：「學生見過大人，聽聞大人此次族中弟子多有中者，特來恭賀。」

「薛秀才客氣。」林清點點頭，示意薛蒙坐下。

薛蒙坐下，把自己的兒子從身後拉出來，「這是犬子，薛雲。」然後對薛雲說：「還不快見過林大人？」

薛雲這孩子倒是聽話懂事，立刻向林清磕了個頭。

林清趕忙讓林桓把他扶起來，從袖子裡掏了個扇墜送他，笑著對薛蒙誇獎道：「令郎倒是乖巧懂事。」

薛蒙忙說：「林大人謬讚，犬子一向頑劣，讓大人見笑了。」

林清知道這是人家謙虛，「不知薛秀才為何事而來？」

「在下聽聞林大人帶族中弟子參加縣試，一次中了五人，特來道賀。」薛蒙說道。

林清擺擺手，「哪裡，他們自己去考的，我可沒帶他們考。」

薛蒙恭維道：「大人謙遜了，現在外面誰不傳林家族中弟子參加縣試，縣試取五十名，林家不單獨占五名，更是攬下案首，這都是林大人教導有方。」

林清笑道：「外面瞎傳罷了，我不過平日指導他們一下，哪裡就算得上教導有方？」

薛蒙搖搖頭說：「令公子最小的才八歲，就能榜上有名，可見林大人教得好。」

林清看著在一旁正吃得滿臉黏糊糊的林樺，心裡嘆了一口氣，能把這個一天到晚不是吃就是玩的寶貝兒子教會，他確實挺有才的！

薛蒙恭維了幾句，就把話題轉到自己的孩子身上，林清這才知道對方為什麼主動拜訪，因為他兒子這次縣試又沒中，並且已經考了三次，薛蒙情急之下，就想上他這來取取經。

林清看著他也為孩子如此著急，同為父親，有些於心不忍，就拉過孩子問了問功課，發現孩子的學習方法確實有些小毛病，就指點了幾句。

薛蒙聽了，茅塞頓開，忙對林清連聲道謝。

林清原來當老師的時候，跟家長天天聊學習方法聊習慣了，也沒在意，就又客氣幾句，然後讓林桓把他們父子送出。

林清看時間不早了，便帶著一幫孩子又浩浩蕩蕩回去了。

他給孩子們放了兩天假，讓他們鬆快鬆快，然後叮囑他們兩天後回族學接著上課，畢竟考上的還有後面的考試，而考不上的還得接著考。

林清給學生放了假，自己也清閒了，郯王府這幾日也沒事，他不急著回去，就在家打算睡兩天懶覺。結果，睡懶覺的第一天，王嫣就匆匆抱著一疊拜帖進來了。

林清有些奇怪地問：「這是有什麼好日子嗎？這麼多人請客？」

「二郎，你還睡？」王嫣把拜帖遞給林清，「哪是什麼好日子，昨兒發案，咱們族中不是中了五人嗎？林家族學十多年都未出一個，夫君你一教就教出了五個，桓兒還是案首，你又是郯王太傅，外面都傳二郎你極會教導弟子，而且你指導了薛家的孩子，薛家孩子的父親對你感激不已，逢人就說你的好話，這不，凡是和咱家能搭上邊的都送來帖子，希望帶著孩子來拜訪你。」

林清：……

他是吃飽了撐的，嘴賤個什麼？

看著王嫣手中的一疊帖子，林清頓時覺得頭大。這些要都是官員的帖子，他還能用避嫌的藉口躲躲，可這些都是沾親帶故的，要是直接拒了，那以後見面就太尷尬了。

不拒也不行，這疊帖子少說也有二三十張，而且每家孩子還不一定一個，這要每個都見上一面，一個月就過了，再者最主要的是他也不可能處理每個孩子的問題，要是他真有這本事，第一世他就不是個普通的高中物理老師，而是教育專家了。

林清麻溜地從床上爬起來，穿好衣服，對王嫣說：「外面人來找，就說我聽完縣試的結果，就有事回郯王府了。對了，等桓兒回來，讓他帶著幾個縣試過了的，包括杉兒，去郯王府找我，再去族學給華夫子傳話，讓他按進度教孩子。」

林清說完，就腳底抹油跑了。

正在處理公務的郯王驚訝地看著林清，問道：「先生不是說這幾日忙不來了嗎？」

「忙完了，就回來看看。」林清走到旁邊的榻上坐下。

郯王點點頭，接著一邊處理公務一邊說：「聽說昨兒發案，林家子弟考得不錯，桓師弟更是攬了案首，還沒恭喜先生。」

「考得還行。」林清無所謂地說道：「不過，等桓兒來了，你可別誇他，他那性子，你一誇他，他就想上天。」

鄒王笑著說：「桓師弟只不過性子活潑了些。這次林家縣試考得這麼好，想必外面那些說閒話的都會閉嘴了。」

「說閒話的倒是閉嘴了，可麻煩來了。」林清嘆了一口氣。

「麻煩？」鄒王好奇。

林清說道：「林家族學十年都不曾有人中過縣試，還曾氣跑好幾個夫子，如今一次中了五個，外面都傳我教導有方，昨天我還一時嘴沒把門，指點了一下府城薛家的秀才如何教導兒子，結果今兒就有下帖子想和我探討如何教導孩子的，唉……」

鄒王笑道：「我說先生怎麼突然回來了，原來是跑來避難啊！」

「可不是？誰讓你這裡一般人不敢登門。」林清大方承認。

「不過，說先生教導有方，也算這些人有眼光。」

「哪裡是什麼教導有方？」林清搖頭說：「這些人光看著我只教了大半年，林家一次就考了五個，覺得我厲害，他們就不曾想想，這五個之中，其中有三個是我兒子，都是我從小手把手啟蒙的，我為了教他們費了多少心思。這些人要是費我一半的心思，孩子只要不笨，肯定也早過縣試了。至於族中兩個，一個年紀本來就比較大，另一個原先基礎不錯，我才能幫他們使使勁過了。要是本來不行，就算我再怎麼教都沒用。」

鄒王天天和林清在一起，倒是知道林清對孩子教育的認真程度，「這有什麼好奇怪的？世人本來就是這樣，偏愛走捷徑，豈不知道天道酬勤？有些事，真沒什麼捷徑。」

「就是這個道理。」林清說道：「所以如果只是點小問題，像薛秀才家的孩子那樣，我還能指點，可要是本身就是父母不上心，孩子自己再不上進，就算我說得天花亂墜也沒有辦法，倒是萬一沒幫助，說不定還會被埋怨，所以三十六計走為上計，我只能躲回來了。」

「既然先生躲到我這裡，我正好有一件事拿不定主意，先生來幫我參詳一下。」

「何事？」林清問道。

鄭王將一份文書遞給林清，「先生看看這份文書，這是沂洲府知府昨天送來的，上面說從去年冬沂洲府就不曾降過一點雪，前幾日驚蟄過後，卻還是不見春雨，只怕今年沂洲府會有春旱，百姓的收成會受影響。」

林清快速看了一遍，然後說道：「沂洲府百姓主要口糧就是冬麥，一旦春天受旱，輕則麥子減產，重則顆粒無收。」

「看來咱們得通知封地上的百姓提前抗旱。」

林清搖搖頭，「百姓種地多年，看到現在還不下雨，早就已經開始抗旱了，所以這個倒不用提醒，現在更嚴峻的問題是，今年春天到現在還不曾下雨，地裡的溝河只怕水也不多。大家抗旱，都是用桶從溝河裡挑水澆地，平時還好，如今一窩蜂挑水，溝河的水很快就會被挑乾淨，到時再不下雨，那才麻煩呢！」

鄭王點點頭，這個事情確實更嚴重。

「更有甚者，如果旱得久了，為了能吃上一口飯，還會出現爭水的情況，每到旱年，村與村之間，族與族之間爭水的鬥爭就會屢禁不止。」林清補充道。

鄭王想了一下，問道：「以前沂洲府大旱是怎麼解決的？」

「這個就要說起沂洲府的兩條河，沂河和沭河。這兩條河都是東流入海的，水量也大，沂洲府雖然過幾年旱一次，這兩條河卻從沒有完全乾過，所以一旦遇到旱情，沂洲府的官員就會徵勞役疏通管道，引沂河和沭河的水緩解旱情。因此，沂洲府雖然經常遇旱災，卻不曾發生民亂。這份文書是沂洲府的知府送來的，想必是提醒殿下，盡快派人修理管道，用來備旱，沂水和沭水也是經過郯城。」

「原來如此，我還當這沂洲府知府是讓我提醒治下的百姓抗旱，要不是先生說，差點誤了大事。」郯王恍然大悟。

「殿下從小長在宮裡，又不曾親自種過地，哪裡知道這些道理？我要不是手裡有田產，每年要收租子，大概也不知道這些事。」

「不過，這沂洲府知府送來的文書也太隱晦了，通篇都是旱情，卻一點也沒提讓修理管道的事。」郯王有些不滿。

林清說道：「這沂洲府的知府是個老油條，他是怕如果提醒殿下修理管道，殿下卻不願意，豈不是打了殿下的臉？畢竟大多數藩王到封地上只是吃喝玩樂，從來不理正事，像殿下這種親力親為的，才是少數。」

「豈能因為怕得罪人，就置百姓安慰於不顧？」郯王氣道，不過也知道這是官場常情，所以氣歸氣，還是接著和林清商量事情：「那我等會兒就下令讓治下的百姓開始疏通管道，只是現在百姓也忙著抗旱，如果抽調太多只怕不好，不如我再抽些護衛去幫忙？」

林清附和說：「這個甚好，如此一來，百姓可輕鬆不少。郯城素來安穩，殿下的護衛平時也沒太多的事，正好人盡其用。」

郯王和林清商量了一下，就立刻下了手令，從自己的護衛中抽了一千，又徵了封地上的一些百姓，讓郯王府的屬官帶著下去修整管道。

林清和郯王又聊了一會兒沂洲府的地誌，這才告退。

過了兩日，林桓果然帶著兩個弟弟和林杉、林柱、林椿來找林清。林清就領著他們在自己的住處讀書，以便應付下面的府試。

「桓兒，你打算參加這次的府試嗎？」林清問道。

「雖然縣試的案首可以不用參加府試，爹當年也沒參加，可兒子仍然想去試試。」

「你是看中了那個小三元吧？」林清笑說。

林桓點點頭，「反正今年的院試是在五月末，府試是四月，又不撞在一起，如果不考，就太可惜了。」

「雖然不在一個月，但院試是徐州、沂洲府，兗州府三府合考，今年的院試輪到兗州府了，可不是在沂洲府考，你考完府試，就得立刻往兗州府趕，這樣會很辛苦，而且中間你都沒有時間再複習功課，只怕會影響院試的發揮。」林清勸道。

「爹爹不必擔心，兒子早就把功課複習了好幾遍，策論也沒問題，肯定不會影響院試的。」林桓很有自信地說。

林清見林桓主意已定，不好違了孩子的意願，「既然你願意，就去考吧！」

「謝謝爹！」林桓開心地說。

林清擺擺手說：「回書房讀書吧！」

林桓向林清行了一禮，就回書房去了。

林清看著林桓的背影，眼中露出一絲擔憂。這孩子還是因為縣試考得太好，有些自信過度了，豈不知驕兵易敗？這院試可比縣試難得不是一點，卻如此掉以輕心，只怕院試要吃虧。不過想到兒子的性子，林清嘆了一口氣。算了，讓他去試試也好，要不只怕他心中會留有遺憾。哪怕他這次出了岔子，也能吃一塹長一智，未必是壞事。

林清匆匆趕到正殿見郯王，問道：「聽聞天使來了。」

郯王點點頭，將香案上的聖旨遞給林清，「是父皇親自的下的聖旨，讓我回去，說讓我在他千秋節前完婚。」

林清打開聖旨看了一遍，奇怪地說：「當初禮部雖然將殿下的婚事定在今年，可不是選在秋天，怎麼現在突然改成春天了，而且之前一點動靜都沒有？」

郯王也很疑惑，「我也正納悶，當初禮部告訴我的日子確實是八月初五，說這個日子吉利，誰知突然改成四月初八了。」

楊雲剛送走天使回來，也說道：「是啊，這個老奴也記得，怎麼突然就改了？如今已經三月了，可怎麼準備得及？」

林清這幾日天天忙著輔導幾個孩子的功課，倒也沒太關注外面的事，就問郯王說：「殿下可曾聽到什麼風聲？」

郯王搖搖頭，「我自從就藩後，對京城的事掌握就大不如前，倒真沒聽到什麼風聲。」

林清知道郯王在京城沒有什麼勢力，聽不到風聲也正常，「不管怎樣，既然聖旨已下，那殿下就應該盡快啟程，畢竟今兒已經三月初五，離大婚的日子也就一個月。」

「可郯王府這邊還沒收拾好。」楊雲面帶難色。

林清說道：「反正是在京城成親，既然禮部重挑了日子，那肯定就得在大婚之前準備好東西，等殿下大婚，帶新王妃回來，正好讓新王妃按自己喜歡的收拾。」

楊雲知道也只能這樣了，就對郯王說：「那老奴先去收拾殿下進京的東西。」

林清想著郯王大婚這麼重要的事，他肯定得跟著，就也先下去整理行李。

回到住處，林清叫來林桓，「過兩日我要隨殿下進京，明天你帶他們回去，回去之後好好複習功課，不可懈怠。」

「爹要進京？」林桓驚訝地問。

「嗯，皇上下旨，要殿下四月初八大婚，所以為父得和殿下快點趕到京城。」

「殿下不是秋天才成親嗎？」林桓詫異。

林清搖搖頭，「這個我也不清楚，不過既然改了日子，想必有什麼緣故吧！」

林桓知道皇家的事不是他該問的，「本來還想爹爹能陪著我們考府試和院試的。」

「這些日子該教的我都教了，該囑咐的我也說了，只要你們用心鞏固，肯定沒問題。」

「爹放心去吧，我會帶好杉大哥和弟弟們，說不定等爹回來，兒子能給你一個驚喜。」

林清拍拍林桓，「只要你們能安安穩穩過了就好，院試在外地，注意多帶些人，路上和考試的時候都要注意身子。」

「兒子曉得。」

林清又囑咐了幾句，這才讓林桓離開。

過了兩日，郯王一行人收拾妥當，就帶了護衛，直奔京城。

抵達京城後，郯王先進宮面聖，林清和楊雲則留守在京城的郯王府。

林清想到郯王的事，有些不放心，就藉口問郯王大婚的流程，去了一趟禮部。

沈茹看到林清來了，說道：「聽說郯王殿下回來了，我就知道你肯定也跟來，怎麼樣，一年多還舒坦吧？」

「當然舒坦，平時除了寫幾份奏章，就是帶帶孩子。」林清笑說。

「那你可真是稱心如意了。」

林清見屋裡沒人，就小聲問道：「郯王殿下的婚事怎麼突然提前了？」

沈茹說道：「就知道你這麼急著來是問這事的，不過這也不是什麼祕密，郯王殿下進宮也知道了。皇上今年開春時不小心受了風寒，一直沒大好，宮裡的秦道長給聖上算了算，說宮裡最好辦場大喜事沖一沖。」

「秦道長？」林清困惑。

沈茹在林清耳邊低聲說：「皇上從去年秋天身子就不爽利，御醫開了不少方子，可一直沒什麼效果，皇上不知聽了誰的提議，請了皇城外白雲觀的秦觀主來，結果居然治好了。皇上現在就很信任秦道長，還特地在外宮騰了一間宮室讓秦道長住，方便隨時召喚。」

林清皺眉，「皇上迷信方士？」

沈茹搖搖頭，「這倒沒有，要真這樣，我們這些大臣早就死諫了，畢竟歷來朝廷忌諱這個。不過，聖上對太醫院的御醫都不信任，只要身子不舒服，就喜歡找秦道長。」

林清想到皇上今年六十一了，早年又跟著先帝征戰沙場，如今到了晚年，身子不好也正常，至於御醫們沒辦法，對於年老多病，放在現代都沒辦法，何況古代，而那個秦道長有辦法，林清想到以前看的那些書中說的道家的一些丹藥，只怕未必是什麼好事。

不過，那是皇家的事，他一個個小小的郯王太傅管不著，所以只是隱晦地跟沈茹說了一下，省得他不小心沾上。

誰知沈茹笑說：「不用擔心，你說的這個我早就知道。」

「你知道？」林清問道。

沈茹說：「雖然從來沒有大夫說丹藥有毒，可是看看那些煉丹的，能飛升的我從來沒聽過，突然暴斃的卻不在少數，我哪裡會想不到那丹藥有問題？」

林清聽沈茹這麼說，也就不再多說此事，就問關於郯王大婚的事。

沈茹說：「這個你放心好了，雖然時間倉促，可禮部畢竟已經主持過兩位皇子大婚，無論流程還是物件，都是現成的。前些日子皇上一下旨，禮部就開始加派人手準備，肯定不會耽擱殿下大婚。」

「那王家可是能準備得及？」林清突然想到女方那邊也得準備。

沈茹笑著說：「這是皇子大婚，大頭都是禮部和國庫出，王家除了一些細軟，連嫁妝都是工部的工匠按規定打的，哪裡會有什麼準備不及的事？」

林清聽了，這才放心下來。

出了禮部，林清走在路上，想到郯王馬上就要大婚，他身為太傅，是不是應該送點賀禮給他這個唯一的弟子，畢竟成親是大事。

想到這裡，林清就沒有直接回去，而是拐到京城最繁華的一條街上，打算看看有什麼好東西，選一樣好的送給郯王做大婚的賀禮。

林清一邊走，一邊想著要送什麼。

送玉器？這個想必郯王大婚時會收很多。

送金銀？這個有些俗氣。

送字畫？這個郯王府有一堆，而且郯王對字畫並沒有什麼興趣，不過是用來充門面。

林清一邊走一邊看著四周的店鋪，思考著到底買點什麼好，結果在經過天香樓，京城最有名的妓院時，林清停住了腳。

他猛然想到了一個問題，好像因為他比較清心寡欲，對郯王教導又比較嚴，再加上郯王的母妃不得寵，皇后有自己的兒子，也不太關注郯王，所以郯王現在都十七了，房裡還不曾有過服侍的人。

林清看了看眼前的天香樓，頓了一下，還是進去了。
回到郯王府，郯王已從宮裡回來，林清就先去找郯王，把今天問到的事情說了一遍。
郯王說：「和我聽到的差不多，看來我這次大婚提前，就是為了給父皇沖喜。」
「既然知道緣由，咱們心中也不用七上八下的，只要認真準備就是了。」
「正是如此，雖然有些倉促，不過早點完婚也好，省得後宅無人打理。」
林清頓時笑道：「殿下娶王妃，可不僅僅是為了打理後宅，還要……」
林清對郯王擠擠眼。
郯王畢竟年紀還小，看到林清調侃，頓時臉紅地說：「先生就會說笑。」
「哪裡是說笑？」林清說道：「我說的可是要緊事。今兒我才想起來，我教導你這麼多年，唯獨把這事忘了，索性你現在還未大婚，亡羊補牢，為時不晚。」
林清說著，把進來一直拿著的匣子遞給郯王，「先生我特地挑了一件禮物送給你，算作你大婚的賀禮。」
林清說完，就瀟灑地離開了。
郯王一頭霧水地看著手中的匣子，好奇地打開，發現居然是一個精緻的畫卷。
他拿出來一看，臉瞬間紅了。
這居然是春宮圖！
春宮圖上還用毛筆寫了四個大字：注意節制。
郯王：……
他家先生真是用心良苦啊！
林清第二日去見郯王時，發現郯王有一絲尷尬，林清笑著拍拍他，「你也不小了，該知道的就應該知道，這不是什麼丟人的事。按理說，宮裡應該賜下教導的宮女，不過可能一時忙忘了，所以你提前看看書，到時臨場發揮，想必也沒問題。不過，你年紀還小，要注意節制，省得傷了身子。」

郯王被林清說得滿臉通紅，藉口還要進宮，匆匆地跑了，林清在後面偷笑。

其後幾日，禮部來人，先把郯王府裝飾一新，工部緊接著也派人送來打好的嫁妝，皇后娘娘最後讓人送來喜娘和一大群的宮女太監。

楊雲指揮著宮女太監把郯王府收拾得妥妥當當的，就等著新王妃嫁過來。

四月初八，或許那位道長算日子真有兩手，這天萬里無雲，十分適合迎親這樣的喜事。

郯王一早就被禮官叫起來，按照禮儀一步步做該做的事。

林清在旁邊看著，想到當初自己成親時，居然想不開地要了解整個成親的流程，不禁暗自慶幸。幸虧他當初只是平民百姓，規矩少，要是按殿下娶親這禮儀，聽完吉時也過了。

禮官算著時間，恭請郯王去迎新人。

林清悠悠地回到府裡自己的住處，打算先睡一覺，畢竟郯王接了親要直接先去宮裡，拜見皇上和皇后，再去太廟祭祖，一番折騰下來，肯定已經到了晚上。

林清一覺睡到下午，看著時間不早了，吃了些東西就跑到前院，看到楊雲正在指揮著人擺放座位，好晚上宴請賓客用。

看到林清，楊雲調侃道：「先生不會又去補覺了吧？今天這麼忙，先生還能忙裡偷閒。」

「還不是因為有楊大總管在，我才能偷空，再說我又不懂這些，待在這裡，除了給你幫倒忙也幹不上別的。」林清爽快地說。

楊雲也知道以林清那打理事情的能力，說幫倒忙還是輕的，瞎指揮才是真的，就給了林清一疊禮單，「反正先生也沒事，不如幫我把這些禮單都抄到一個本子上。這是今天殿下大婚收的賀禮，留個存根，以後也好回禮。」

「這事我拿手。」林清抱著一疊禮單，走到旁邊一個不礙事的地方開始抄起來。

林清一邊抄，一邊看著禮單上的各種珍品，再想到成親的一切費用都是國庫出的，突然對旁邊的楊雲說：「殿下成一次親，也能賺不少。」

楊雲笑道：「雖然話不能這麼說，不過每位殿下大婚，確實都能大賺一筆，畢竟這其中大部分都是不用回禮的。」

林清點點頭，確實這樣。郯王大婚，京城的官員都要送禮，可等以後，除了三位王爺、幾位朝中重臣，別人郯王肯定不會紆尊降貴去回禮。

「要多來幾次，咱們殿下豈不是賺得盆滿缽滿？」

「別的殿下確實能多來幾次，如娶側妃、生世子啥的，不過咱們殿下別想了，咱們殿下不在京城。」楊雲嘆了一口氣，小聲地說。

林清也嘆氣。

郯王還不知道他家裡那兩個守財奴因為不能再收賀禮而感慨，他迎了王家小姐後，就帶著自己的新王妃先去宮裡見父皇和母后。

郯王帶著郯王妃向皇上和皇后娘娘行完大禮，皇上和皇后例行賞賜了些東西，說了幾句話，皇上突然畫風一轉，說道：「你如今也成親了，不日就和你的王妃回封地了，帶著你的王妃去後宮見見你母妃吧！」

皇后聽了一驚，不過想到今日這個特殊的日子，郯王確實理應和郯王妃一起去拜見自己的親生母妃，故也笑著說：「可不是？今兒是郯王大喜的日子，妹妹想必也想見見自己的兒媳。郯王等一下就去吧，省得妹妹在後面等久了。」

郯王拉著新王妃跪下說：「多謝父皇、母后。」

皇上點點頭，「去吧！」

郯王強壓著激動，拉著王妃王氏退下，然後往楊妃的宮裡走去。

郯王帶著郯王妃走到一個有些偏僻的宮殿，看著緊閉的宮門，也沒用身邊的小太監，親自上前敲了敲。

「嘎吱！」陳舊的大門被推開一條縫隙，一個老太監從裡面伸出頭來，看了一眼，當下睜大眼睛，驚喜地說：「殿下來了！」

老太監和小太監一起用力把門打開，對郯王說：「殿下來了，娘娘在佛堂禮佛呢，老奴這就去叫！」

郯王擺擺手，「不用了，我帶王妃去拜見母妃。」

老太監聽了，忙轉頭往郯王旁邊看去，欣喜地說：「殿下大婚了？這位想必是王妃。」說著就跪下向郯王妃請安。

郯王妃忙叫起。

這個老太監一看就是楊妃娘娘身邊的老人，連郯王都對他和顏悅色，何況是她？

老太監行完禮，就帶著郯王和郯王妃往小佛堂走。

楊妃當年受楊大將軍的事牽連失寵，雖然懷有龍胎，沒有被降位分，再加上生下聖上不多的幾個兒子之一的郯王，後宮眾人倒也不敢明目張膽地欺負她，不過楊妃一夕之間親族盡被誅殺，動手的還是枕邊人，哀莫大於心死，從那以後，楊妃就閉了宮門，在偏殿建了一個佛堂，吃齋念佛，再不外出。

郯王領著郯王妃進了小佛堂，看見正在敲著木魚的母親。看著母親在做早課，郯王靜靜地站著，一直等到楊妃敲完木魚，才叫了一聲：「母妃！」

楊妃聽到郯王的聲音，睜開眼睛，空洞的眼神終於有了一絲波動，「郯兒？」

郯王拉著王妃到楊妃面前跪下，說道：「兒臣不孝，帶王妃來看您了。」

楊妃已經有一年多沒有見到兒子，滿眼都是兒子，聽到「王妃」兩個字，才看到旁邊還有一個人，木然的臉上終於露出一絲驚喜，「我兒這是娶親了？」

郯王用力點頭，和王妃一起把楊妃從蒲團上扶起來，扶到旁邊的椅子上坐下。

王氏輕輕幫楊妃揉著跪得有些麻的腿，楊妃滿意地點頭，「郯兒娶了個好媳婦。」

郯王看王氏的目光也柔和了三分，看得王氏臉紅地低下了頭。

楊妃看著兒子和兒媳的小動作，臉上終於露出一絲笑意，對兒子說：「你們倆能如此，我在宮裡也就安心了。」

楊妃說完，讓老太監帶著郯王妃去她的庫裡挑幾件喜歡的首飾，算是賜給她的見面禮。王氏推脫不過，跟著去了。

楊妃又讓屋裡的人都下去，看著兒子，歡喜地問道：「你上次就藩走的時候，不是說秋天才大婚嗎？母妃每天都在佛堂算著日子，想不到居然提前了。」

郯王把前因後果說了一遍，然後問楊妃：「母妃，我這些日子看著父皇面色還是沒有什麼起色，您說父皇會不會因此立太子？」

楊妃冷笑道：「立太子？你父皇只要還能動彈的一天，就不會立太子！」

她看著郯王又說：「大婚完了，你就帶著你的王妃立刻回封地，不要在京城逗留。」

郯王點點頭，「兒臣曉得，兒臣還是在封地舒坦，只是心裡掛念母妃。」

「何必掛念母妃？你如今大了，只要你平平安安的，母妃就放心了。」

郯王和楊妃說了一會兒話，郯王妃就拿著首飾回來，楊妃又囑咐他們幾句，看時間不早了，想著皇子不宜在後宮久留，便讓他們出去了。

楊妃又回到了小佛堂，跪在佛前慢慢地敲木魚。

過了一會兒，送郯王和郯王妃離開的老太監回來，走到楊妃旁邊低聲說：「娘娘！」

「別叫我娘娘！」楊妃淡淡地說。

「大小姐。」老太監改口道。

「楊叔，」楊妃睜開眼說：「當年你在戰場上傷了身子，就跟著我進了宮，想不到如今就剩下咱們兩個了。」

楊叔看著楊妃眼中的痛苦，安慰道：「小姐再忍忍，他很快就不行了。」

「是啊，他很快就不行了，不過，只有他一個不行，怎麼能解我心頭之恨？」楊妃眼中露出徹骨的仇恨，「我楊家上百口，一門忠烈，含冤而死，哪是他一個人能抵的？」

楊妃看著上面的佛祖，冷笑著說：「不是說善惡到頭終有報嗎？怎麼著，也得讓當年那些相關的人都死得乾淨，才能讓人相信舉頭三尺有神明！」

◆　◆　◆

郯王大婚，宮裡宮外熱鬧了三日，不知是沖喜起了作用，還是別的，聖上的身子竟然真的慢慢好了起來。

皇上大喜，本來今年不打算辦的千秋節又被提了起來。

皇上要過千秋節了，郯王在京城剛剛大婚，自然不能一走了之。本來打算大婚完就回封地的郯王，一直等到給皇上過完千秋節，才帶著新王妃和一眾人回封地。

回到封地，已經六月中旬，此時林桓他們不僅考完院試，甚至連院試的結果也出了。

林清一回到封地，就跟郯王請假，回了老家一趟。

王嫣抱著林楠迎了出來，笑著說：「二郎可回來了。」

林清接過林楠，有些歉疚地說：「我當時走得匆忙，也沒來得及親自回來跟妳說一聲，讓妳在家擔心。」

「桓兒回來說了。」王嫣說著，讓丫鬟婆子去給林清準備洗漱的水和換的衣服。

「桓兒呢？」林清問道。

「這幾日天氣越發熱了，華夫子前兩日貪涼多吃了些冰，肚子有些不舒服，桓兒就去族學幫忙代課了。」

「這孩子倒是主動給自己升級當夫子了。」林清笑道：「對了，這些孩子這次府試和院試的結果怎麼樣？我讓他們考完給我送個信，居然到現在也沒動靜。」

「他們一個個對結果不滿意，覺得對不住你的教導，哪敢送信給你？」

「考得很差？」林清皺眉。

「樺哥兒、柱哥兒府試沒過，椿哥兒府試吊車尾過了，院試沒過。杉哥兒這次院試二十七，終於過了，三嬸高興得不得了，至於咱們家，橋哥兒府試過了，考了第十七，院試則沒過。桓兒府試又得了案首，院試是第五，妾身覺得還不錯，但他好像有些失落。」

林清頓時鬆了一口氣，他還以為考砸了，這個結果絕對算是正常發揮。

這時外面的丫鬟進來稟報，說沐浴的水已經準備好了，王嫣忙說：「二郎先去沐浴吧，這幾日如此炎熱，二郎趕了大半天的路，想必身上也不爽利。」

林清覺得身上出汗黏乎乎的，就先去沐浴了。

沐浴完了出來，一進屋，發現多了不少人，他就笑著說：「你們不在族學上課，都跑我這裡來幹麼？」

林桓正拿著扇子扇風，聽到林清的聲音，忙起身迎過來，「爹。」旁邊幾個正喝茶扇扇子的也起來喚道：「堂叔。」

林清拍了拍林杉，說道：「不錯，終於過了。」

林杉一改原來的頹廢，對林清拜倒道：「多謝堂叔的指點。」

林清扶起他說：「都是自家人，何必行此大禮？」然後又問道：「既然你現在已經是秀才了，對以後有什麼打算？」

林杉經過幾次受挫，成熟了不少，想了一下，說道：「侄兒想先讀書，家父現在正值壯年，不大用得上侄兒幫忙。侄兒再讀幾年，考幾次鄉試，要是能中最好，實在中不了，就回家幫著父親打理家業。」

林清點頭道：「你既然拿定主意，就這樣吧。平日有不會的，可以隨時來找我。」

林杉也知道他如今中了秀才，馬上要說親了，再住在林清家裡肯定不合適，就又行了一禮，「以後打擾堂叔了。」

林清應下，轉頭看著他的弟弟林椿。

林椿忙低頭說：「堂叔，侄兒……」

林清摸摸他的頭，「你考得很好。」

「可是……」林椿咬著嘴，小聲說：「我府試吊車尾。」

「吊車尾怎麼了？那也是過了。」林清說道：「縣試和府試雖然題目難度差不多，可縣試只是一個縣的學子考，府試卻是一個府全部的學子考。你當初縣試二十多，府試還能過，這已經是你很努力了。」

林椿聽得眼睛一亮，拉著林清的袖子，有些不好意思地說：「堂叔，那我多讀幾年，能和大哥一樣中個秀才嗎？」

「能。」林清拍拍他，鼓勵道：「你才十二，策論才剛學了皮毛，院試過不了很正常，等你研究兩年策論，吃透了再考，你會發現院試沒你想的那麼難。」

林椿使勁兒點頭，「侄兒一定努力讀書！」

林清看著林椿，心道：果然靦腆的孩子就應該多鼓勵，這樣才能更有自信！

林清說完林椿，又看著林柱。比起上次林柱的活躍，這次他就有些沉默了。

「怎麼不說話了？」林清溫和地問。

林柱低著頭說：「侄兒府試都沒過，白讓堂叔操心了。」

「怎麼能這麼說？沒聽剛才堂叔說，府試本來就是整個沂州府的學子考，比縣試難。你以前沒太用功，這大半年才開始拚命，底子弱，府試過不了很正常。不過你現在既然知道學了，再學些日子，自然就行了。」林清說道。

「堂叔，我想讀書，可是……我今年已經十五了。」林柱突然說道。

林清一愣，這才反應過來，林柱一直悶悶不樂，雖然有一部分原因是這次府試沒過，更大的原因是他今年十五了。

林家子弟十五，如無意外，就會進入鹽號幫忙。

林柱不是林杉，林杉是三房的長孫，無論他多大進入鹽號，他都是三房的少東家，他的份額一點都不會少，可林柱不同，林柱是次子，他在鹽號以後占多少，不僅要看他父母分多少，還要看他對鹽號出了多少力。

林清嘆了一口氣，這就是長子和次子的區別，「那你怎麼想的？」

林柱猶豫地說：「侄兒想讀書，以前侄兒不懂事，不知道讀書的好，如今跟著堂叔讀了大半年，有一種豁然開朗的感覺。這次府試的題目，侄兒也都做出來了，只不過錯了兩道。如果讓侄兒現在就去鹽號，侄兒覺得有些不甘心，可是不去鹽號，侄兒哪怕一直讀，也不一定能中秀才。」

林清也知道科舉是個風險極大的事，這事他不好做決定，萬一以後林柱真就一直不中，豈不是要怨他，於是建議道：「你不如去和你的父母商量。其實你不用考慮這麼遠，你可以學學杉哥兒，再多考一兩年試試，反正十五六歲進鹽號也只是跟著跑腿，一般要二十歲才正式參與打理。你性子又活，倒真不必在裡面跑五年的腿，只是這事你還是回去找你爹娘商量一下最好。」

林柱若有所思，點頭說：「堂叔，我曉得了，我今晚就去問問我爹。」

林清跟三個孩子說完，三個孩子看天色不早，趕著回家吃飯，就行禮告辭了。

林清看著自己的三個兒子。

先看看林樺，這孩子正吃他娘準備的冰粥吃得開心，看來府試對他一點影響都沒有。

林清拍了拍林樺，說道：「少吃一點，省得等會兒肚子疼。」雖然王嫣只是加了一點點冰，林清還是讓丫鬟給他換了個桃子，讓他接著啃。

他又看向林橋，林橋狀態也不錯，還笑嘻嘻地說：「爹爹，府試我可是過了，第十七，至於院試不過可不能怪我，策論兒子才剛學，給兒子再學兩年，兒子肯定能過。」

「你呀！」林清在他頭上一敲，「好好，爹爹可等你兩年後中秀才！」

林橋摸摸頭，偷偷看看林清，見林清沒有責備他的意思，就跑去和林樺一起吃桃子。

林清擺弄完自己家兩個沒心沒肺的皮小子，就對林桓說：「去書房。」

林清帶著林桓到了書房，說道：「坐吧，聽你娘說，你回來有些不高興。」

林桓是林清帶大的，林清又不是那種板著臉的嚴父，林桓對林清從來是有什麼說什麼。

林桓在他爹對面找了個凳子坐下，實話實說：「兒子這次本來以為能中小三元的，誰知最後一場只是第五名。也沒有不高興，只是有些不甘心。」

林清笑著說：「你覺得你有這個實力，第一就非你莫屬？這你就錯了，有這個實力，只是說你能去爭取，卻不是一定能得到。須知，運氣也是實力的一種。你沒看到兵書上說，天時地利人和，有時有些事差一點就不行。再說，人外有人天外有天，院試是三府連考，你怎麼就知道別人一定不如你，畢竟你讀書別人也讀書。」

林桓這些日子也想了很多，聽了林清的話，點點頭說：「爹說的是，兒子以前確實有些太傲了，如今考了幾次，也明白了。天下之大，比我聰明的，比我用功的，不在少數，不只有我讀得好讀得用功。」

林清很欣慰兒子終於開始正視別人，也不想因為這次的事打擊到兒子，就說道：「你可知爹爹當年為什麼沒考府試？」

「因為爹爹考的那年，府試和院試恰好撞了日子。」林桓一直很為他爹可惜，畢竟他爹院試可是第一，要是參加府試，拿個小三元絕對不是問題，這也是他一直想考小三元的另一個原因，他想補上他爹這個遺憾。

林清搖搖頭，「就算不撞，我當初也沒打算去考。」

「為什麼？」林桓問道。

「小三元對於考秀才的人來說，確實是榮耀，可再榮耀，也只是個秀才。而對於舉人來說，小三元和普通秀才，也只是名字好聽點。至於進士，呵呵，誰會在意一個小三元？」林清笑著說：「你爹當年想要的是舉人甚至是進士，又哪裡會注意一個小三元呢？」

林清拍了拍林桓，「太計較眼下的得失，容易把自己絆住，只有把眼光放遠，才知道到底想要什麼。你想想，如果你把眼光放到舉人、進士上，還會計較一個小三元嗎？」

林桓認真地想了想，猶豫地說：「爹，我感覺我還是會，我真的很想中個小三元，我覺得小三元特有面子。」

林清：……

這孩子怎麼這麼隨他爺爺？

林清看著林桓認真的表情，有些納悶，這一個個都這麼重視小三元幹麼？它再好聽，不也就是一個秀才嗎？又不能免鄉試。

就像小學時的全校第一，哪怕再厲害，等上了大學，也沒人好意思提。

林清心裡正吐槽著，突然一頓，不對啊，小學時的全校第一，對大學確實沒有意義，可對於正在上小學的孩子，意義就不同了，那絕對是天大的榮耀。

他當初看不上小三元，那是因為他前世已經是舉人了，可如今林桓才是秀才，對於他來說，小三元自然是秀才中最榮耀的。

所以說，林桓現在的想法很正常，而且還很有上進心。

想到這裡，林清有一絲內疚，他是不是有些理所當然地把自己這種過來人的觀念強加在孩子身上了？

既然察覺到是自己想的不妥，林清也不是那種明知自己錯了還不承認的人，就說：「你想的也對，對於你來說，小三元確實秀才中最好的，你想要也是應該的。」

林桓聽到他爹認同他的想法，有些開心，隨即想到自己沒有中小三元，又有些失落。

「好了，反正你秀才考完了，再失落也沒用，倒不如多用功，爭取鄉試考個好名次。」林清笑著說：「你要想爭，鄉試不是還有解元嗎？」

「爹爹，」林桓頓時一陣哀嚎：「您這期望也太大了吧？」

「哈哈哈！」林清聽了大笑，拍拍他，「好了，不逗你了，盡力而為就好。只要能中，爹爹就很開心了。」

「那要是不能中呢？」林桓經過這次院試，已經明白人外有人的道理，再也不會自傲地把話說得滿了。

林清欣慰林桓能正視鄉試的難度，便說：「不中也沒事，只要你肯努力，你還年輕，再多磨一次就是了。」

「爹，您還真好說話。」

「不是好說話，只是學習是你自己的事，關乎著你以後的前程，這個是掌握在你自己手中，而不應該是我逼著你。」

林清在家裡待了幾日，陪陪父母、老婆孩子，又去族學上了兩天課，重新調整了一下教的內容，就回郯王府了。

一回到郯王府，林清就發現整個郯王府喜氣洋洋的，不由納罕，忙拉過一個小太監問了問，這才知道郯王妃今天早晨查出有了身孕。

林清聽了也滿心歡喜，去正殿找郯王道喜。

郯王正在處理公務，他就說道：「殿下這時候還在處理公務，也不回去陪陪王妃。」

郯王看到林清，笑說：「先生回來了。正打算親自和先生說，想不到先生已知道了。」

「一進門看整個王府喜氣洋洋的，哪裡會不好奇問問？」林清又說：「恭喜殿下！」

郯王顯然很是高興，「今兒早晨用早膳的時候，王妃有些不舒服，就讓王府的太醫瞧了瞧，誰想到這麼快就有了。」

「幾個月了？」林清問道。

「不到兩個月。」

林清算了下時間，看來在京城大婚後沒幾天就懷上了，「殿下倒是心急！」

郯王臉微紅，「真沒想到這麼快！」

「哈哈！」林清笑道：「殿下都成親了，說起來還臉紅？」

「先生！」郯王瞪眼，「您就會拿我尋開心！」

「好了好了，不說了。」林清見郯王要惱了，忙哄道。

林清說完，想到郯王妃這是第一次懷孕，年紀又小，就提醒道：「王妃如今是第一胎，殿下可找妥當的人照看？」

郯王說道：「我正為這事發愁，王妃身邊倒是帶了一個年紀大的陪嫁嬤嬤，可這位嬤嬤並未生養過，剩下的陪嫁丫鬟更不用說。」

「殿下當初帶的宮人中，也不曾有有經驗的宮女？」林清問道，雖然宮女肯定都沒生養過，可有不少照顧過宮裡妃子生產的，也有些經驗。

「當時挑宮女的時候，不曾考慮過這個問題，大伴挑的大多是年輕手腳麻利的。」郯王無奈地說。

「這倒是個問題。」林清皺了皺眉頭，生孩子，尤其是第一次生孩子，如果沒個有經驗的人照顧，確實不是很放心。

郯王問道：「師娘在家可還有空？」

「有空。」林清說完，突然反應過來，「你不會打算讓她照顧吧？」

郯王點頭說：「我和大伴商量這事時，就想到了師娘。師娘已經生過五個，經驗肯定是有的，而且聽聞先生和岳父關係不錯，兩家女眷常常走動，想必師娘和王妃早就認識。」

「這倒是認識。」林清想到他媳婦和王妃的親娘關係還不錯，當初他大女兒林榕和郯王妃年紀相仿，也算是手帕之交，再加上郯王周圍，就他夫人生養過。他們原來還住郯王府，確實不好推辭，不過這照顧孕婦是個精細活兒，林清有些事還是要說的：「叫你師娘來照顧也不是不行，不過你也知道楠兒如今才兩歲，正是離不開人的時候，到時你師娘帶著孩子，難免有些不方便。」

「先生多慮了，郯王府這麼多宮女太監，哪裡能讓師娘親自動手？到時師娘只要帶著楠兒，每天過來看兩次，看到不妥當的提提醒就行了。」郯王說道。

林清這才放心下來，「那我給你師娘捎個信，看她能不能應下。」

林清回去後，讓下人送信給王嫣，問她覺得合不合適，如果感覺不妥，就不要勉強。王嫣倒不覺得這是什麼大事，她和林清在郯王府住了十多年，早就熟了，如今郯王妃有身孕，她來照顧一下也在情理之中，於是王嫣收拾好東西，就帶著幾個孩子跑來了。

王嫣把三個大的交給林清，帶著小兒子林楠，去了郯王的後宅。郯王妃和王嫣本來就認識，王嫣特地來照顧她，她心裡很是感激，又看到虎頭虎腦的林楠，更為高興，把他摟在懷裡抱了抱，希望自己也能生個小世子出來。

林清沒想到王嫣和郯王妃兩人這麼好，也放心下來。既然王嫣這段時間要在這裡住，林清自然就不會來回跑，平時閒著沒事，就教教三個孩子或者幫郯王處理公務。

郯王見林清天天這麼悠閒，想到自己這段時間既要處理公務，又要照看懷孕的王妃，頓時心裡不平衡了，直接找了個藉口，把公務都推給林清，跑到後院陪懷孕的王妃了。

林清：……

搶了他老婆，還讓他幫忙理事，郯王這傢伙什麼時候也學會偷懶了？

柒之章

三王故去風雲變

林清在王府裡幫了兩個月的忙，等郯王妃胎坐滿三個月，就撂了挑子，藉口老家有事，帶著三個大的兒子跑回老家。

郯王看得直搖頭，不過也知道以林清的性子，能幫這麼久已經是極限，所以還是認命回來處理公務，誰叫他才是郯王呢！

林清帶著三個兒子回到老家，就去了族學。他說老家有事，倒也不全是藉口，確實是華夫子找人傳信給他說族學有些事不好處理。

林清趁著華夫子教完課，到旁邊耳房休息時，跟著進去，問道：「可是有什麼事？」

華夫子剛煮好茶，倒了一杯給林清，這才說：「現在秋收剛結束，族中各家都把孩子送來了，有幾家甚至不足八歲的也送來，你最近又不在，族學人手不足。」

林清想起他剛才找華夫子時族學多的那群小孩，看來就是林家各房今年滿八歲的孩子，至於其中幾個小一點的，想必應該就是不足八歲的。

「今年的孩子怎麼這麼多？」林清疑惑地道。族學雖然每年也進孩子，可只是兩三個，去年才進了一個，今年怎麼好像有十多個。

「這還不是因為你。你在族學中只待了大半年，結果林柱過了縣試，林椿過了府試，林杉還成了秀才，你家族中的那些人怎麼能不心動？再說這孩子這麼小，待在家中除了瘋玩也幹不了什麼，送到這裡來，早學一點，在族學多待兩年，說不定真能混個秀才。哪怕真混不上，在族學被你教導一下，他們也會覺得孩子受益匪淺。」華夫子說道：「而且你別忘了，以前那些孩子，都是你堂兄弟的，如今這批孩子，不僅有你堂兄弟的，還有你那幾個年紀較大的堂侄的。」

林清這才想起來他幾個侄子家的長子今年也都七八歲了，由於隔著輩分，他又不常在家，雖然知道每家有幾個孩子，但是平時也沒多注意，想不到一轉眼，孩子都這麼大了，到了啟蒙的年紀了。

林清不由扶額，他家的大兒子連親都還沒訂，他幾個堂哥、大哥家的孩子都滿地跑了，現在更是能啟蒙了。

他爹那一輩才三個兄弟，他這一輩堂兄弟總共七個，而下一輩就已經不低於三十，還在不斷增加，再下一輩……

林清突然明白為什麼一個家族只要能持續幾十年，同一輩的人數就能達到上百，實在是在沒有計劃生育的情況下，人口繁殖得太快了。

想到族學現在的規模，再想到馬上到來的下一批孩子，林清有些頭疼。現在族學的夫子根本不夠用，難怪華夫子會火急火燎地把他叫回來。

林清喝著華夫子遞過來的茶，一邊喝一邊想著對策，想了一會兒，腦海中突然蹦出一個名詞：班級授課制。

以前家學的孩子不多，每年新入學的就兩三個，有時一兩個，甚至還沒有。別說分班，連分組都不夠，林清就沒有想過分班的事，畢竟所有的孩子加起來，放在一個屋裡都不多，而他和華夫子教孩子，一般都是先教教大的，再教教小的。教這批孩子的時候，讓另一批孩子自習，教另一批孩子就讓這批孩子自習。

如今孩子多了，再在一個屋子教就不妥當，林清就想到了更方便的班級授課制。

林清對華夫子說：「既然孩子多了，以後會更多，不如就分班吧！」

華夫子聽了一愣，「你是打算像書院和縣學府學那樣，設置甲班、乙班？」

林清點點頭，「不錯，書院縣學府學甚至國子監，裡面的學子眾多，學的也參差不齊，所以按照學子的不同水準，根據考試成績，分入甲乙丙丁。如今林家族中弟子越來越多，如果再按照原來的教法，不但夫子不夠用，教起來也吃力，不如把孩子們根據平時成績，分開分別教授。」

「你說的有道理，這樣確實可以省不少事，你打算怎麼分？」華夫子問道。

林清想了想，說道：「不如這樣，設甲乙丙丁，凡是剛入學者，都分到丁班進行啟蒙。啟蒙兩年，教授基本的三字經、百家姓和四書五經。兩年後，進行兩次統一考試，考過的，升入丙班，不過的留在丁班複讀。丙班主要教授四書五經經義注釋和縣試府試要考的內容，這個就不設期限了，以能過府試為限。過了府試的，就升到乙班，開始教授策論，以便應對院試，至於甲班，則用來給通過院試的秀才備考舉人用。」

「這樣教起來確實方便，可如此一來，夫子也還是不夠用。」分四個班，雖然教起來輕鬆，可最低也得四個夫子，華夫子想到整個族學就他一個天天待在這裡，林清時來時不來，不由說道。

「可以讓甲班和乙班的孩子來幫著教丙、丁兩個班。」林清早有準備。

華夫子一想也是，甲班的都已經是秀才了，比他還強些，教書自然沒問題。乙班雖然不是秀才，可只要過了府試，基本的四書五經還是沒問題的，教教剛啟蒙的丁班肯定行。

「可是，這樣不怕耽誤甲班和乙班孩子的讀書嗎？」華夫子又問。

「兩天只讓他們教半天就可以了，再說，學了就是為了用，光是埋頭死學，學出來也是書呆子。」林清淡淡地說：「讓他們教教，也能知道自己學的哪裡不足，好查漏補缺。」

既然林清都這麼說了，華夫子自然沒什麼異議。

於是，林清對整個族學的孩子進行了一次摸底考試。按照學習情況，分成甲乙丙丁四個班，連自己的三個孩子，林清也送進了族學，希望他們能在學習中多幾個玩伴。

分完了班，林清就把事先擬定好的制度進行了公布，並讓林桓和林杉帶頭教導丙、丁兩班。林杉一開始是覺得耽擱時間，不太情願，等教了幾節課，發現教的時候不僅可以更好地發現自己的不足，還能加深對經義的理解，立刻就把那點不願意放下了，這才知道為什麼林清讓他們教孩子。

至於林桓，他前些日子教過，聽父親要讓他幫忙帶班，直接就應了下來。

由於林桓、林杉的加入，林清和華夫子的壓力瞬間小了不少，為了使他們更輕鬆，林清又根據每個人的時間，給每個班制定了一個詳細的課表，標上誰帶哪節。如此一來，林家族學的夫子緊缺問題，終於得到了解決。

看著眼前的族學已頗有後世學堂的雛形，林清想了想，乾脆大筆一揮，給林家族學起了一個名字，弄成匾額，放在族學的大門上。

掛匾額的那天，林桓看著林清找人新打出來的金絲楠木的匾額，再看著上面他爹親自留的落款，笑著說：「爹拿金絲楠木打匾額，這是想把這個匾額當傳家寶傳下去嗎？」

林清看著上面自己龍飛鳳舞的四個大字「林氏學堂」，隨口說道：「誰說匾額就不能當成傳家寶？說不定以後林氏學堂出名了，這個匾額千金不換呢！」

此時的林清沒想到，自己隨口的一句話，在千年之後，居然一語中的。

自從林清將族學整改成學堂，裡面果然規範了許多。

可是，林清很快又發現一個新問題，那就是甲乙丙班按照課表上課都非常好，甚至甲乙兩班哪怕沒課表沒夫子，都能認真學，可丁班就不行了，即使有一個夫子在那全天跟著，也一直亂哄哄的，要是沒夫子，那就炸鍋了。

林清想了一下就明白了，甲乙丙三個班，都是年紀比較大的孩子，本身就有一定的自律性，再加上他們面臨著科舉，所以不用人說，也知道努力上進。

丁班的孩子，大多是年紀小剛剛進學的，本身就坐不住，一心只想著玩。

這群剛入學丁班孩子，大的才八九歲，小的還有被父母早塞來七歲的，如果算周歲，還得平均小一歲。這麼小的孩子，想讓他們上課老老實實的根本不可能，而且過度嚴格，還有可能造成孩子對學習的逆反心理。

林清想了想，跟華夫子說道：「把課表上丁班下午的課都劃掉，改為自由活動課。」

「自由活動課？」華夫子聽著這個從來沒聽過的詞，問道。

林清點點頭，「當初我哥建族學的時候，不是把族學建成兩進的大院子嗎？後面還帶有後花園，把丁班的孩子都移到後面的那進，以後丁班上午上課，下午就讓他們在後花園自由活動，也就是讓他們想玩什麼玩什麼。」

「可是，這樣會耽誤課程。」華夫子有些不贊同。

「那你覺得他們上午上完課，下午不是打盹，就是屁股下面像放了釘子似的，就能學得進去嗎？」林清反問。雖然林清特地給林家的眾位家長特別強調，凡是學堂的孩子，中午吃完午膳必須在家午休，可實際執行的，也就甲乙丙三個班，至於丁班的孩子，每天下午看他們睏成那樣，就知道中午肯定不知道跑哪去瘋玩了。

「丁班的孩子下午確實不太能聽進去，可下午讓他們玩，不是浪費時間嗎？」

「也不算浪費時間，他們年紀還小，長時間在屋裡肯定坐不住，倒不如讓他們在院子裡活動一下，鍛煉身體，畢竟等以後科考，沒個好身體可不行。」林清解釋道。

華夫子一想也是，反正那些孩子也是學一天偷玩半天，不如只教半天。

林清又說：「不過，對孩子不能這麼說，要告訴他們，只要他們上午學得好，下午就可以在院子裡自己玩。如果上午學不好，下午就要在屋裡罰背書。」

華夫子眼睛一亮，撫著鬍子說：「妙！」

林清說完了丁班，又想到甲乙丙班，「把甲乙丙三個班課表上最後一節課也換成自由活動課吧，讓他們在前院活動。這些孩子天天忙著準備科考，也讓他們鬆快一下，省得坐在屋裡弄得弱不禁風的，要知道院試開始就得進號房。」

對於這個，華夫子頗為同意的，他考過秀才，也知道號房的辛苦，就說道：「不如請族長從家族護鹽的隊伍裡挑個功夫好的來，教教甲乙丙三班的孩子一些拳法，這樣不僅能鍛煉身體，以後出門在外也能防身。」

林清覺得這個主意不錯，就叫人去給林澤傳信。

林澤很快就從護鹽的隊伍中找了兩個年紀比較大的拳師送來。

林清查看了一下，雖然不是很厲害的那種，可是基本功很扎實，教孩子們練練拳腳倒是綽綽有餘，於是林清直接聘了這兩位做了學堂的武夫子。

至此，林氏學堂出現了第一種和科舉無關的課程：自由活動課。

◆　◆　◆

王嫣瞅著時辰，算著郯王應該去正院處理公務，就抱著林楠熟門熟路去後院找郯王妃。

郯王妃的貼身宮女看到王嫣來了，忙上前低聲說：「夫人可來了，王妃今日正好有些不舒服，正想找夫人呢！」

王嫣聽了一驚，郯王妃身子素來不錯，今天怎麼不舒服了，趕緊問道：「可是請了太醫了？太醫怎麼說？」

宮女面露難色，小聲說：「王妃不是身子不舒服，只是今日起了後，有些悶悶不樂。」

王嫣頓時明白郯王妃應該是心裡不舒服，「可是王妃和殿下怎麼了？」

宮女搖搖頭，「奴婢不知，夫人還是快跟奴婢進去勸勸王妃吧！」

王嫣無奈，只好抱著林楠進去。

進了裡間，就看到正在雕花床上還未梳洗的郯王妃，心裡咯噔一下，上前問道：「王妃這是怎麼了？」

郯王妃本來正愣愣地看著頭頂的金絲帷帳，聽到王嫣的聲音，這才回過神，看到王嫣，頓時像來了力氣一樣，拉住王嫣叫道：「師娘。」然後眼淚就下來了。

「這是怎麼了？」王嫣把林楠放到旁邊，拿出帕子給郯王妃擦了擦眼淚，「妳現在還懷著孩子，怎麼能哭呢？有什麼事說出來，可別悶在心裡，小心弄壞了身子。」

郯王妃剛要說，看到滿屋子的宮女，就先坐起來，淡淡地說：「妳們都先下去吧！」

宮女們行禮應「是」，退了出去。

郯王妃這才拉著王嫣的手，急切地說：「師娘，我問一件事。」

「什麼事？」王嫣摸不著頭緒。

郯王妃又說：「師娘可千萬不能說出去。」

王嫣被郯王妃弄得心驚膽戰，不知道她要問什麼重大的事情，不過還是點點頭。

郯王妃問道：「師娘，您當初懷孕的時候，有給先生找伺候的人嗎？」

王嫣愣了一下，這才反應過來。

原來郯王妃問的是當初她懷孕的時候，有沒有給她丈夫找通房丫鬟。

王嫣看著郯王妃蓋在被子下面已經微微顯懷的肚子，恍然大悟，終於明白為什麼郯王妃會心情不好了。

王嫣笑說：「找什麼通房丫鬟？妳家先生又不曾提。」

「不提就不用安排嗎？」郯王妃若有所思地說。

「當然。他又不曾說，難道我上趕著給他送一個？這不是自找麻煩嗎？」

「可是，如果不安排，會不會不夠賢慧？」郯王妃猶豫地問。

王嫣看著郯王妃，想起當初的自己，難免感同身受，就拉著郯王妃語重心長地說：「當初我懷第一個的時候，也跟妳有一樣的想法，也曾糾結自己有身孕不能服侍丈夫的時候，到底要不要給丈夫送兩個通房丫頭，不過聽了妳家先生說的話，我就再也沒提過這件事。」

「什麼話？」郯王妃連忙問道。雖然郯王妃和林清沒見過幾面，可對於這個向來潔身自好的太傅，還是非常有好感的，畢竟自己的丈夫有一個正人君子的老師，總比有一個愛尋花問柳的太傅要好多了。

「妳家先生只說了一句話：名聲只是一時好聽，為了名聲讓自己受委屈，那是傻子。」王嫣說道：「開始我還不懂這句話，等我生下老大就懂了。當初生了第一個，是個女兒，當時我真的萬分慶幸我不曾給丈夫納妾，否則萬一有丫鬟妾室跟著生下長子，我豈不是要被膈應一輩子？」

郯王妃聽了手一緊。

她想了想，問王嫣說：「那先生可曾怨過妳？」

「怨我？怨我什麼？」王嫣笑著問。

「先生不會嫌棄子嗣不旺嗎？」郯王妃猶豫了一下，才問道。

王嫣搖頭笑道：「妳家先生只會覺得生太多了。在他眼裡，一個最好，兩個正好，三個可以忍受，超過四個，哈哈，當初我懷這個小的時候，剛知道時，你家先生念叨了一晚『怎麼又有了，怎麼又有了』，氣得我一腳把他從床上踹了下來。」

郯王妃噗哧一聲，笑了，「先生真是個妙人！」

王嫣看著郯王妃臉色漸漸好了起來，就勸道：「妳現在懷著身子，不要想那麼多，什麼事都等生下孩子再說，千萬別為了一些小事氣壞身子，不值當的。」

郯王妃點頭，心裡卻想，看來得把身邊那幾個丫鬟放出去，心大了，連主子都算計了。

◆　◆　◆

林清在學堂忙了大半個月，終於把學堂的事安排妥當，正想回郯王府看看，突然想到自己這幾日光忙著學堂的事，也沒去老宅看看父母，連忙換了衣服，回了老宅。

林清先去前院看他爹，陪他爹說了會兒話，然後去後院找他娘。

李氏正坐在炕上拿著針做八角帽，看大小，應該是給他家老么林楠做的。

林清心疼地說：「娘，大冷天的，您做這麼麻煩的帽子幹麼？小心凍著手。」

李氏笑著說：「上次張夫人帶她孫子來串門，她孫子戴了一頂八角帽，楠兒看見了，眼巴巴地看了好久。這幾日天冷，我懶得出去，正好有空給他做個一樣的。」

八角帽是由八片布精心縫成了八角形的帽子，上面綴著繡花，最後在八個角上每個角上用彩線掛上一個銅錢，戴在頭上。走起路來，八個銅錢一起搖晃，甚是好看。

不過，越好看的東西做起來越麻煩。

林清說道：「楠兒那孩子正是好奇的時候，看著什麼漂亮的好玩的都眼巴巴看著，娘，您就慣著他。」

李氏笑說：「你小時候，娘不也慣著你嗎？」

她說著，把最後一個銅錢用彩線穿到帽角上縫好，打上結，用嘴咬斷線，然後把帽子拿在手上晃了晃，「怎麼樣，娘的手藝還沒落下吧？」

林清拿過去看看，誇道：「娘這手藝，外面的繡娘都比不上。」

李氏用手指戳了一下林清的額頭，「就會哄娘開心。」

「不哄娘開心，哄誰開心？」

李氏聽了高興，「等會兒你正好帶回去，對了，你媳婦還沒回來？」

林清說：「王妃這是第一胎，郯王府又沒有什麼有經驗的老人，嫣兒在那幫襯著。」

李氏點點頭，「也難為王妃了，才十六七歲，就要遠嫁到這裡，如今懷了身子，娘家隔得遠也幫不上。」

林清也嘆氣說：「可不是？還好殿下性子不錯，和王妃也合得來。」

李氏想到了大孫女，忙問：「小花生還沒有好消息嗎？」

「這才剛嫁過去多久，哪有這麼快？」林清說道。

李氏嘆了一口氣，「我知道你的性子，可小花生嫁的是長孫，上面有婆婆，還是早點懷比較好，省得以後操心。」

林清也知道是這個道理，不過他閨女現在沒懷上，他這個當爹的也沒辦法，這事又不是他能幫忙的。

都被別人挑沒了。」

李氏說完小花生，就想到了小黃豆，「豆豆也老大不小了，你可想著給他說親了。」

林清聽了冒汗，「娘，桓兒今年才十六。」

「這不是馬上就過年了，過了年就十七了。」李氏說道：「你不早下手，到時好姑娘就都被別人挑沒了。」

「雖然早確實可以多選選，可桓兒現在還沒中舉，現在選只能高不成低不就。」

李氏嘆氣，「也是這個事。」

林清問道：「娘怎麼突然想起這個了？」

「如今入了冬，大家也閒了，串門的也多了，這不是有人問起桓兒？」李氏說道：「還有幾家有這個想法的，你當官，她們不好上門，就問到我這兒，不過不知道你怎麼想的，娘也不敢亂應，就都推了。」

林清這才明白為什麼當年他那些同事每逢過年回家就被逼著相親，敢情是冬天閒的？

林清問道：「都有誰問？」

李氏想了一下說：「有不少問的，你爹那些生意上的朋友，咱們這一片的街坊，還有你舅舅家，你兩個嬸子的娘家，甚至王家也曾提過。」

林清點點頭，這些雖然都沒他家高，可沾親帶故，八成也是抱著撞運的想法問一問。

李氏也說：「這些家的姑娘都不錯，就是門楣低了些，如果豆豆不是長子還沒事，偏豆豆是長子，就像個杆子，他下面的弟弟以後娶媳婦都得比這低一點，就不妥當了。」

「可不是？所以兒子才想等桓兒中了舉再說。」林清應道。

林清陪著李氏說了一會兒話，看天色不早了，就和李氏告別，回家看孩子。

林桓果然自己帶著兩個弟弟回來了，看到林清，林桓說道：「今下午爹沒課，還以為爹早回來了呢！」

「我去老宅看你爺爺和奶奶了。」林清說道。

「爺爺奶奶可提到了兒子？」林桓想到昨天他帶弟弟去問安，不禁笑著問。

「提到了。」

「說兒子什麼？」林桓好奇。

林清拍了拍他，「給你娶個媳婦！」

「啥？」林桓大驚。

「你也老大不小了，是該找個媳婦了。」

林桓一臉懵逼，支支吾吾地問：「爹，怎麼以前沒聽您說過這事？」

「你奶奶也剛給我提，我也是剛聽到。」

林桓差點被他爹一句話噎死，他還以為他爹已經給他定下了。

林桓放鬆下來，還有心情開玩笑，「爹，您打算給兒子說門什麼樣的親事？」

「你個臭小子，居然也不知道害羞。」林清對著兒子腦門敲了一下。

林桓小聲嘀咕：「還不是爹您帶的。」

林清暗暗反思了一下自己上樑不正下樑歪的可能性，覺得有些道理，不過還是覺得不能順著這小子，「你難道不會出淤泥而不染，濯清漣而不妖嗎？你看人家荷花，長在泥裡，還能結出白藕，開出花，你怎麼能因為是我帶的，就拿你爹我當藉口呢？」

「好了，知道了。」林桓看著他爹不知要歪到哪裡去，忙拽了拽他爹的袖子。

林清這才說道：「爹也才剛打算，還沒想出誰家合適，要不，這樣吧，你平時多留意，看看哪家和咱們家門當戶對，你又喜歡人家姑娘，就跟爹說，爹上門幫你提親。」

林桓……

他上哪兒去認識人家大門不出二門不邁的大家閨秀？他爹這是要讓他打光棍嗎？

林清正和林桓說著給他娶媳婦的事，林橋和林樺伸過頭來，林橋好奇地問：「爹爹，大哥要娶媳婦嗎？」

林樺也瞪著大眼睛瞅著他們，認真地聽著。

林清笑了，摸著兩個孩子的頭，「你們兩個小傢伙，知道什麼是娶媳婦？」

林橋人小鬼大，忙說：「爹爹，我知道！」

「你知道？那你說說什麼是娶媳婦？」林清問道。

林橋用小手托著腮，想了一下，答道：「娶媳婦就是放鞭炮，吃好吃的，吹鑼打鼓，還有漂亮的新娘子！」

林清哈哈大笑，問林橋：「誰教你的？」

「不是別人教我的，杉哥哥娶媳婦的時候就是這樣，我看見的。」林橋仰著臉說。

林清恍然大悟，林杉中秀才後，林濟就給他定了門親事，由於林杉不小了，所以婚事也沒拖，前些日子就成了親，林清身為堂叔，自然帶著一幫孩子過去了，倒沒想到這孩子居然記性這麼好地記住了。

看來孩子大了，以後說話要注意，可不能再覺得孩子什麼都不懂。

林清看著下人把晚膳擺好，就讓丫鬟端來水給孩子們洗手。

由於林清平時吃飯的時候不曾要求食不言，所以林桓吃得差不多，就開始說學堂的事。

「你是說，希望在功課中再加一門珠算？」林清聽到林桓的提議，總結道。

「嗯，爹，咱們林家畢竟還是以鹽號為主，大多數堂弟堂侄，以後要進鹽號，可是以後堂弟堂侄的人數越來越多，鹽號用的人有限，所以不如讓他們學個算盤，再加上識字，就算進不了鹽號，以後再不濟也能做個帳房。」

林清沉吟了一下，覺得這個想法不錯，對於考不上，又逐漸成為旁支的子弟來說，這個確實可行，就說道：「這樣吧，你明天去找你大伯，讓你大伯從鹽號中挑個帳房給你，聘到學堂當珠算的夫子，讓他去教丁班的孩子數數和打算盤。丁班不是每天下午都自由活動嗎？可以兩天挑出一個時辰給孩子們加節珠算課。」

「那前三個班呢？」林桓問道。

「這個自願，他們想學就去聽聽，不想學就算。」

這三個班都忙著準備科考，不是實在考不上的，只怕不願意浪費時間去聽，所以林清也不勉強。加算盤只是為了給他們添個技能，不是非逼著他們會。

林桓心裡有底，「那我明天去跟大伯說，再和華夫子商量調整一下丁班的課表。」

林清點點頭，暗想，他現在把丁班弄得越來越像小學了。

好在丁班大多是八到十歲的孩子，本來就是剛入學的過渡時期，倒也不非得緊著功課，加點有用的東西也不錯。

用完飯，林清看林橋和林樺有些打盹，就打算弄兩個孩子回去睡覺。

林清剛叫來奶娘抱起孩子，就聽到外面傳來一陣急促的腳步聲，管家小林一路小跑地進來，身後還帶了個小太監。

小林稟道：「老爺，郯王殿下派人來了，這位是來傳信的公公。」

林清看著小太監，小太監連忙行禮說：「太傅大人，王爺急召您回府。」

林清聽到一個「急」字，不禁愣了一下。這麼多年，郯王可第一次晚上急著找他，忙問道：「發生了何事？殿下居然這麼急？」

「小的不知，是楊爺爺叫小的快點來叫大人，說讓您立刻回去。」小太監忙把自己知道的都說出來。

林清一聽小太監說楊爺爺，就知道這個小太監八成是楊雲那一群乾孫子中的一個。太監都喜歡安高輩分，楊雲也不例外，看來楊雲真的急著叫他回去。

林清對林桓說：「帶你弟弟們先去睡覺，我回鄭王府一趟。」

林桓看著應該是急事，便說：「兒子知道，兒子會在家看好兩個弟弟，爹爹放心。」

林清點點頭，帶著小林和幾個護衛，跟著小太監出去。

這才發現小太監不僅自己來了，還帶了幾個護衛，甚至還準備好了馬匹。

林清心中一驚，這是發生了什麼大事，竟然這麼急？

現在想也無用，還不如快點去看看，於是，林清直接帶著小林和護衛們翻身上馬，走大路向鄭城奔去。

由於騎的是鄭王府的駿馬，林清一眾人用了不到兩個時辰就趕到了鄭王府。

林清翻身下馬，把韁繩一扔，就跟著小太監往正殿趕。

還沒到正殿，就看見正殿燈火通明，林清心想，果然是出了什麼事，要不，這時辰鄭王早回後院陪鄭王妃了。

林清走到正殿，看到裡面人影幢幢，不知道是否有外人，覺得貿然進入不好，就對守在門上的小太監說：「還請進去通報一下。」

小太監忙說：「殿下說了，讓大人您來了就快進去。」

林清匆匆進殿，剛轉過屏風，就看到鄭王對面坐著兩個人，定眼一看，不由一驚。

這不是山省的巡撫和沂州府的知府嗎？

這兩個人大半夜的不在自己的家裡待著，跑到藩王的王府幹什麼？

林清滿心疑惑，卻沒有開口，而是走到郯王旁邊問：「殿下，何事如此倉促？」

「先生來了。這兩位都是本地的父母官，想必先生認識。」郯王指著山省的巡撫和沂州府的知府說道。

林清點點頭，這才和他們見禮。雖然他們是官員，可是一個隸屬朝廷，一個隸屬藩王，為了避嫌，他們都儘量少見面。

林清和巡撫、知府相互見禮後，林清就在郯王下首坐下。

他剛坐下，郯王就給他來了個響雷。

「剛才巡撫和知府兩位大人特地趕來，告訴本王一個消息，說我的那三位皇兄剛剛去了。」郯王說完，看著林清。

林清：……

啥，風太大，我沒聽清楚！殿下，您再說一遍！

「三位殿下都去了？」林清難以置信地瞪大眼睛。

郯王微微點頭，對旁邊的巡撫大人說：「有勞巡撫再說一遍。」

巡撫大人看了林清一眼，知道這一遍想必是跟眼前的人說的，不過皇子太傅向來是皇子的心腹，倒也不奇怪，就說道：「上個月皇上龍體欠安，在後宮修養，不曾上朝，讓代王監國，另外兩位王爺輔政，本來相安無事，誰曾想四日前的子時，恭王殿下突然帶兵逼宮，並且截殺了成王和代王兩位殿下。」

林清聽得一愣，隨即反應過來，忙問：「那恭王殿下呢？」

「恭王殿下在進宮的時候，不小心被流矢所傷，不治身亡。」

林清簡直不敢相信自己的耳朵，也就是說，恭王宰了成王和代王後，在去逼宮的路上，不知道被從哪兒來的飛箭射死了？

巡撫大人看著愣住的林清，其實不單林清震驚，就是今天他收到消息的時候，都驚得打翻了茶杯，不過在震驚後，他就想到了自己轄內的郯王。既然前三位皇子都去了，那身為皇上唯一僅存的兒子，郯王的希望是最大的，所以他立刻親自上門，來告訴郯王這個消息，就為了提前賣個好。

巡撫看著夜已經深了，再留下來就不妥當，便對郯王恭敬地說：「皇上如今悲痛異常，想必不日就會召殿下回京，望殿下早做打算。」

巡撫說完，就帶著沂洲府知府起身離開，林清親自送兩位出去。

等林清送了兩位回來，就看到郯王坐在原來的位置上端著茶杯發呆。

林清小聲叫道：「殿下？」

郯王手中的杯子一抖，這才回過神來，「那兩位都走了？」

林清點點頭，「都走了。」

郯王看著林清，問道：「這件事，先生怎麼看？」

林清想了一下，答說：「既然是巡撫大人親自來說的，那事情肯定是真的，畢竟要不是真的，巡撫大人不敢亂開這個口。」

郯王說：「這等犯忌諱的事，不發生，沒人敢說。」

「至於恭王殿下突然逼宮這事，雖然突然，可也不難理解。三位殿下爭鬥已久，皇上雖然偏著代王殿下，可也沒立代王為太子，所以平日三位殿下雖然爭得厲害，其實誰也沒占便宜，可如今皇上身體抱恙，居然讓代王監國，另外兩位殿下為輔。這監國，可是太子的活兒。」林清又說。

郯王說道：「不錯，要是在平時，我那兩個哥哥還能穩得住，如今父皇病了，這個節骨眼上，三哥監國，絕對戳了我那大哥和二哥的肺。」

林清想到幾位皇子的勢力，大皇子成王是先皇后所生，不過先皇后是當初先帝起兵之前就給聖上娶的，雖然當時也不錯，可對比後面兩位皇子的生母，那就只能算普通人家，所以大皇子沒有什麼外家勢力。只是，大皇子既是長子又是嫡子，這本來就是一種先天優勢，朝堂上有不少堅持正統的老頑固，一直堅定地站在大皇子身後。

二皇子恭王，身為當今皇后唯一的兒子，雖不是長子，也占了嫡子的名分，再加上皇后的父親隨先帝征戰多年，哪怕如今在家榮養，在軍中的威名也不減，而且當初跟隨先帝的那些勳貴，大多和皇后的父親是生死之交，所以恭王背後相當於站著整個勳貴。

而三皇子代王，代王的母妃文貴妃是文閣老的女兒，文閣老身為文臣之首，勢力不小。

林清想到這裡，對郯王說：「其實皇上在輟朝時讓代王監國也不是不能理解，畢竟代王是三個皇子中才幹最好的，代王的外祖父又是文閣老，讓代王監國，文閣老必定全力輔佐，這樣最不容易出岔子。」

「理是這個理，可三哥一旦監國，朝中文臣的地位必然上抬，那些跟著先帝打天下的勳貴又怎麼甘心？二哥這次能如此輕易逼宮，背後要是沒有那些勳貴幫忙，誰信？」

林清點頭，三位皇子之爭，其實不過是文武之爭，新舊之爭罷了。

「想必皇上也沒想到恭王殿下居然真有勇氣孤注一擲。」林清感慨道。

「可不是？二哥性子雖不好，實際上並不是個果決的，他這次能逼宮，簡直讓人難以相信。」其實郯王到現在都還不敢相信他二哥那個向來色厲內荏的人，竟然也會幹出如此石破天驚的大事。

「大概是急了吧？」林清也不清楚，隨口說道：「不過，恭王殿下真是時運不濟。」

郯王絕對贊同這句話，他二哥這件事做得看起來荒唐，可如果大哥和三哥死了，哪怕父皇再怎麼生氣，為了朝堂安穩，只怕也得立他做太子，誰知道他在進宮的時候會不小心被不知哪來的箭射死，郯王也只能感慨一句：「他大概是沒這個命吧！」

郯王說完又想到了自己，忙對林清說：「先生，你說我……」

林清知道郯王想什麼，摸了摸下巴，「皇上總共有六位皇子，大皇子、二皇子和三皇子如今已經去了，四皇子早年就因為風寒歿了，五皇子被過繼給先帝早夭的弟弟桂王，如今皇上膝下就剩下殿下了。」

郯王聽了一陣激動，不過還是冷靜下來，提醒林清說：「桂王？」

林清搖搖頭，「桂王雖然是皇上的親子，可自小被過繼出去，已上了桂王一支的玉牒，無論誰提起，他都只能是先桂王的兒子，是皇上的親侄子。」

郯王這才鬆了一口氣，又問：「那咱們現在應該幹什麼？」

「什麼都不幹，等！」林清直接說道。

郯王驚訝地看著林清。

林清認真地說：「對，就是等！」

「可是？」郯王有些焦急地說。

林清拍了拍郯王，安撫道：「我知道現在對於殿下來說是個千載難逢的機會，可是殿下可曾注意到一件事，三位殿下雖然去了，但皇孫可沒事。」

郯王皺眉說：「無論前朝還是本朝，除非是太子的兒子，否則從來沒有皇孫越過皇子繼位的。我那三位哥哥，可從來不曾被立為太子。」

「是沒有除皇太孫的皇孫越過皇子繼位的先例，可前提是殿下健在，如果殿下不在了，那那些皇孫可就有機會了。」林清淡淡地說。

郯王頓時一驚，「你是說……」

林清點點頭，「恭王這次之所以能差點逼宮成功，不過是因為出其不意，誰都沒想到恭王那性子真敢孤注一擲，甚至連皇上都沒想到，所以恭王差點能成功，一個是出其不意，另一個是快，快得大家都沒反應過來，等反應過來已經晚了，可也正因為快，恭王根本來不及對付朝中另外兩個殿下的勢力，也只能擒賊先擒王，處理了兩位殿下，剩下的等以後自己登基了再說。」

「如今恭王一死，成王和代王的勢力反而完整地保存了下來，就連恭王如今去了，哪怕他逼宮在前，可他畢竟是皇上的親子，皇上白髮人送黑髮人，只怕也只記得他的好，難道還會下手除去他的兒子？除去自己的親孫子？至於恭王身後的勳貴，那些都是跟著先帝打天下的，後來又跟著皇上南征北討，皇上難道能一竿子都滅了？所以，現在京城雖然沒有三王，可三王的勢力卻不見得損耗多少。」

「三王雖死，其背後的勢力還在，這些勢力和三王糾纏久了，哪怕三王死了，又哪能輕易脫身？就像代王背後的勢力，哪怕代王去了，可必定仍然在文閣老手裡。對於文閣老，殿下覺得他是會支持殿下，還是會支持代王的兒子？」

「當然是三哥的兒子。」郯王說道：「文閣老不但是三哥的外祖父，三哥的正妃，同樣也出自文家。」

林清點點頭，「對於這些勢力來說，不過是由三位王爺換成了三位王爺的兒子，並沒有什麼區別，殿下覺得，他們會樂意殿下去京城摘桃子？」

郯王忍不住一個激靈，瞬間清醒了許多。

林清接著說：「現在京城其實還是三王的勢力，殿下如果去了，那些個皇孫，怎麼可能不聯合起來先對付殿下？殿下在京城又沒有什麼勢力，豈不是非常危險？倒不如待在郯城，郯城離京城遠，又在北方，三王的勢力伸不過來，而且這裡是殿下的地盤，殿下還有兩千護衛，足以自保。」

郯王聽了林清的話，覺得確實如此，又有些不甘心，「咱們要等到什麼時候？」

「等到皇上親自下旨。」林清說：「如此，才能名正言順。」

郯王點點頭。確實，有聖旨宣他進京，他才能名正言順帶著兩千護衛前去。

林清見郯王還是有些心急，也知道在這樣的大事面前，不心急是不可能的，就出言安撫道：「殿下安心，如今皇上膝下就殿下一個兒子，無論如何都越不過殿下，殿下只要能穩得住，這太子之位就絕對不是問題。出了這次的事，哪怕皇上再不想立太子，朝中那些只忠於皇上的重臣，也不會坐視不管，畢竟誰都不想這事再發生一次。只要這些人站出來，皇上為了安撫自己的心腹，這太子也不能不立。」

郯王這才放心下來，「先生放心，我曉得其中利害。」

林清提醒道：「如今局勢混亂，殿下又站在風頭上，可一定要護好自己。」

有了三位哥哥的前車之鑒，郯王也不敢大意，說道：「我等會兒就把城外的兩千護衛都調到王府外，讓他們日夜巡視。」

郯王和林清又說了這會兒話，被從天而降餡餅砸中的心情也慢慢平復了，就感覺到事情有些古怪，「先生，您有沒有覺得這件事不太對勁兒啊？」

林清微微皺眉，「確實奇怪，初時看起來只是恭王殿下因不滿聖上讓代王監國，再加上時機比較敏感，恭王才忍不住憤而逼宮，結果不小心被流箭所傷，因此殞命，可認真一看，就會發現這裡面巧合太多了，怎麼偏偏恭王就突然想到逼宮了，而且剛巧殺了兩位殿下，進宮的時候就被不知道哪來的箭射死。」

郯王點點頭，「對，就是這個理。二哥那性子，雖然看起來囂張，實際上卻雷聲大雨點小，做什麼都優柔寡斷，說他會因為不甘心而逼宮，我絕對不信。」

「是啊！」林清也納悶，他當初在京城做了十年的郯王太傅，和幾位皇子接觸不少，幾位皇子什麼性子，他也不是不知道。三位皇子中，要數能力和決斷，絕對是代王第一，成王第二，恭王墊底，也難怪聖上會偏向代王。

「而且，這次三哥監國，雖然時機敏感，可父皇也沒提立太子的事，哪怕大哥和二哥再戳心戳肺，也得顧忌父皇，畢竟父皇只是一時身體不舒服，又不是不行了。」郯王說到這裡，猛地一頓。

林清也看向郯王，「殿下最後一句說的是什麼？」

「不行了？」郯王看著林清，低聲說：「莫非二哥覺得父皇要不行了，才會孤注一擲？可是不對啊，父皇雖然生病，也不至於如此。」

林清用手揉揉太陽穴，「你說會不會是有人故意誤導恭王？雖然一開始死的是成王和代王，可我總有一種預感，好像這一切都是衝著恭王去的，反而代王和成王是被順帶的。要不最後那枝箭怎麼偏偏就那麼巧，正好射中恭王？」

郯王皺眉說：「如果真是這樣，那這背後的人一定恨死二哥了，恨不得二哥斷子絕孫，畢竟對於皇子來說，謀反是唯一的大罪。」

◆　◆　◆

老太監端著一壺熱水，輕手輕腳推開門走進小佛堂。走到內室，看到旁邊未動的飯菜，嘆了一口氣，把壺放下，來到一直跪在佛前的楊妃身旁，低聲勸道：「娘娘，您已經三天沒進水米了，吃點東西吧，要不您的身子受不了。」

楊妃看著眼前的佛像，露出一絲慘笑，「吃什麼？他都死了，我還活著做什麼？」

「大小姐？」老太監聽了一驚，忙說：「您可千萬不能做傻事啊，您不能辜負水少爺的一番心意！」

「辜負？」楊妃念著這兩個字，眼淚瞬間落下來了，「二十年前，我就辜負了他，讓他傷情離開。二十年後，我又辜負了他，讓他為了我而喪命。」

楊妃趴在佛像的台座上痛哭道：「哪一次不是我在辜負他？哪一次不是我對不起他？」

「大小姐……」老太監勸道：「當初不是您的錯，將軍在邊關領兵，手掌兵權，皇上暗示將軍送人進宮，您是家中唯一的女兒，您是不得不進啊！水少爺知道您的難處，他從不曾怪過您！」

「不曾怪我？」楊妃抬起頭，看著上面的佛像，癡癡地說：「他為什麼不怪我？他要是怪我多好。怪我就不會一直偷偷幫我，怪我就不會為了替楊家報仇投靠恭王，怪我就不會最後射那一箭，漏了破綻，最後為了不連累我而自盡。」

楊妃突然起身，一頭朝佛像撞了上去。

老太監手疾眼快地抓住楊妃，「大小姐，您別做傻事！郯王殿下，殿下馬上來了！」

楊妃聽到郯王兩個字，身上的力氣突然沒了，腿一軟，癱在地上。

老太監擔心楊妃再想不開，連忙扶起楊妃到榻上，又拿一床被子給她蓋上。

楊妃慢慢回過神，拉著老太監的手問道：「楊叔，水表哥出事前有遞話給我嗎？」

楊叔不忍騙她，搖了搖頭。

楊妃的眼神暗淡下來，「他還是和從前一樣，什麼都不說，卻什麼都在默默地做。我一直以為他投靠恭王，只是想在背後挑起三王爭鬥，誰曾想他居然把自己搭進去了。」

楊叔嘆了一口氣，「當時的機會稍縱即逝，況且我們除了水少爺，楊家早已沒人了。」

「所以他才拿自己填上去。」楊妃說著閉上了眼，流下兩行清淚。

◆　◆　◆

林清和郯王兩人商量後，越發覺得如今安全才是第一位，於是郯王不僅把兩千護衛調過來，還讓楊雲帶著宮裡的太監時時警戒，自己則閉門不出，等待京城的消息。

等了將近一個月，都快過年了，京城才傳來聖旨，宣郯王進京覲見。

郯王終於收到等候已久的聖旨，立刻和林清楊雲一起進了內室商量對策。

楊雲先將周圍檢查一遍，這才關上門，喜悅地說：「恭喜殿下，終於守得雲開。」

郯王看著手中的聖旨，也按捺不住心中的激動，拿著聖旨的手甚至微微顫抖，「想不到本王也有今日。」

林清倒是沒先說話，而是站在郯王旁邊，認真地把聖旨看了兩遍。

郯王問道：「先生在想什麼？」

林清摸著下巴說：「我在想怎麼進京和進京後要做什麼？聖旨只是讓殿下進京覲見，卻沒說讓殿下進京幹什麼，更沒提立殿下為太子的事。」

郯王和楊雲聽得一驚，剛才接到聖旨的喜悅之情降了三分。

郯王問道：「先生的意思是？」

林清說道：「能來這道聖旨，就說明現在皇上應該已經控制了京城的局面，並且彈壓完了各方勢力，要不，各方勢力應該會拚命阻止這道聖旨。不過皇上只是來旨意讓殿下覲見，卻不曾提立太子的事，只怕對立殿下為太子，皇上心裡還有幾分猶豫。」

「那殿下該怎麼辦？」楊雲急得問道。

「這個我也不清楚，不過……」林清看著郯王說：「皇上是個比較獨斷的人，別人越讓他怎麼做，他只怕越反感，而且凡是父親，都喜歡看到自己的兒子多麼孝順，卻不喜歡看到自己還沒死，兒子就跑來想搶家產。現在離進京還有一段時間，殿下不妨多思量一下，等到了京城應該怎麼做。」

郯王若有所思地點點頭。

林清又對楊雲說：「楊總管，殿下馬上就要進京了，還要勞煩你打理妥當，多帶些信得過的人手，省得出了岔子。」

楊雲也知道這件事才是當前的重中之重，忙說：「先生放心，咱家哪怕拚了性命，也一定周全地護殿下進京。」

林清看著郯王還在那想剛才的事，對楊雲擺擺手，兩人就先退下了。

林清回到自己住的地方，看到王嫣已經回來，就招招手說：「回房裡，我有話說。」

回到房裡，把門關上，林清就說道：「殿下馬上要進京了，過幾日我必然也要跟著去。到時妳帶孩子回家，不要輕易外出。」

王嫣聽了，急道：「妾身這次不跟著二郎一起去？」

林清搖搖頭，「等我到京城安頓好，再讓人來接妳。」

「可是有什麼危險？」王嫣不太懂朝堂上的事，可嫁給林清多年，對他還是了解的。

林清安撫道：「不會有太大的危險，殿下現在是皇上唯一的兒子，皇上不會輕易讓這個唯一的兒子折了。我之所以不帶妳去，一方面是這次走得比較匆忙，另一方面是桓兒過了年秋天就要參加鄉試，參加鄉試必須回原籍，如果去了京城，回來反而麻煩。」

王嫣知道林清是安慰她，去幹的事八成也沒有他說的這麼輕鬆，不過她願意自己去陪著林清涉險，卻不能讓自己的孩子也去涉險，就說：「二郎放心去吧，妾身在家會帶好孩子。等二郎走了，妾身就帶著孩子閉門不出。」

林清點點頭說：「辛苦妳了。」

王嫣突然想到郯王妃，「那王妃怎麼辦？」

「殿下既然奉詔回京，王妃也得跟著去。」

王嫣皺了皺眉，「王妃如今都七個月了，這一路上豈不是辛苦？」

「這也是沒辦法，好在一路上人手足夠，殿下的車輦也還算舒坦，想必應該沒什麼大礙。」林清嘆了一口氣，「只希望王妃這次能一舉得男，這樣不但對王妃好，對殿下也好。」

第二日，林清一早吃完飯，就往正殿走。這些日子由於郯王要走，每天都有不少事要處理，連一向懶散的他，看著每天鋪天蓋地的活兒，也不得不勤快起來。

林清一邊走一邊想昨天還有哪件事沒處理完，剛過迴廊，就聽到從花園傳來一個人罵罵咧咧的聲音，不由皺了皺眉，朝那看去。

那人站的地方就他一個人，倒是一眼就看見了，等看清楚是誰，林清就搖了搖頭。

讓他搖頭的原因是，這個人不是別人，正是郯王府的長史張旋，一個將滿手好牌打得稀巴爛的人。

其實林清一開始還是理解他的，畢竟從吏部這樣頂好的地方，被排擠到藩地做長史，這擱在誰身上都受不了，頹廢了正常，可讓林清不齒的是這個人的人品。自從前些日子這傢伙知道前面三位王爺去了，郯王有望繼承大統，就開始扒著郯王。當然要是這樣大家也理解，這也是人之常情，甚至連郯王也不好意思做得太絕，還是分給他一些原來他的活計，沒想到這傢伙剛幹了沒兩天，就開始排擠別人。從一開始排擠原來的幾個下屬，到後來甚至開始排擠楊雲。

誰叫長史和大總管本來就是共同打理王府事務的，一個主外一個主內，他當初歇菜，楊雲不得不把外面的一些事幫忙打理起來，如今他回來了，就覺得楊雲搶了權力，在背後偷偷罵楊雲死太監、閹人，逢人就影射楊雲一個太監獻媚貪權。

楊雲知道後，被氣得簡直吐了一口老血。你自己不幹事，弄得活大家替你幹著，如今你想回來，大家也沒說什麼，就還你了，你還在那爭權奪利。

不過，楊雲陪著郯王這麼多年，也不是好惹的，直接跑郯王那告了一狀。當然也不算告狀，楊雲只是把張旋說的原原本本地給郯王複述了一遍。

郯王一聽，瞬間對張旋厭惡到了極點，就藉著他前些日子處理公務時出了岔子，讓他又回去歇著了。

張旋回去後，非但不反思自己的錯誤，還固執地認為是楊雲說他壞話，排擠他，本來原來只是在背後罵楊雲，現在直接擺到明面上了，甚至見人就說楊雲怎麼排擠他，氣得楊雲不行。不過他是朝廷派來的五品長史，楊雲雖然敢私底下治治他，卻也不敢弄死他，於是郯王府就經常看到張長史在那罵人。

林清看著正在花園的張旋，想了想，還是換了一條路走，這張旋也是個腦子不清楚的，現在這麼得罪楊雲，楊雲是拿他沒辦法，可等以後，楊雲不弄死他才怪。

要知道，太監可是最記仇的！

林清從另一條路去了正殿，見到郯王正拿著一張地圖在看。

「殿下在看什麼？」林清問道。

郯王說道：「先生來得正好，楊大伴剛才過來說東西明天就能收拾好，未免夜長夢多，我打算後天就啟程，現在正在看要走的路線。」

林清在旁邊坐下，說道：「早點啟程也好，殿下這次打算怎麼走？」

「原先咱們都是先走陸路到徐州，然後從徐州上船去京城，如今這條路只怕是不大好走。」郯王皺眉說。

林清知道郯王的顧慮，「走水路確實不妥，如今正是臘月，以現在的天氣，徐州這邊的河道八成是會結冰，哪怕徐州這段不結冰，也不能保證後面的路不結冰，而且這乘船危險本來就大，一旦船沉了，上不著天下不著地，想求救都沒辦法。」

郯王點點頭，「確實如此，就是顧慮著這個，我才打算看看陸路的走法，只是看了兩條路線，發現也不是很輕鬆。」

「哪兩條？」林清問道。

「這第一條是直接走官道，不過只怕要多走不少路。第二條是先走官道，遇到官道比較偏的地方，改換小路，這樣可以省大約兩天的時間。」鄭王把路線指給林清看。

林清摸了摸下巴，「還是走官道吧，官道寬闊，殿下帶的人不少，雖然小路能近些，可到時不方便得很，再說官道比小道平坦，王妃有孕在身，只怕經不起顛簸。」

鄭王想到王妃，點點頭說：「那就都走官道吧！」

鄭王在地圖上用筆把路線記下來，然後把地圖收起來。

林清小聲地說：「剛才我來的時候，在花園看到張長史了。按照慣例，藩王入京，長史肯定是要相隨的，不知殿下有什麼打算？」

聽到林清提起長史，鄭王皺了一下眉。他雖然懶得自降身分同一個長史計較，可如今這種敏感的關頭，一個和自己不是一條心的長史，確實很容易壞事。萬一這個傢伙心懷不滿，到京城說了什麼不當的話，很容易落人話柄。

想到這，鄭王對林清說：「這件事先生就不要管了，我叫楊大伴去處理。」

林清聽了，頓時閉口不言。

兩天後，鄭王一行人打點好行裝，就帶著兩千護衛浩浩蕩蕩地奔赴京城。

◆　◆　◆

楊妃一如既往地跪在佛前敲著木魚，老太監匆匆從外面趕來，在楊妃旁邊小聲說：「娘娘，外面有不少嬪妃來了，要給娘娘請安。」

楊妃連眼都沒睜，接著敲著木魚，有些諷刺地說：「請安？不去跟皇后娘娘請安，向我一個罪妃請安？」

老太監知道楊妃是在諷刺後宮那些人見風使舵，卻還是說道：「這些人已經來三日了，再不見，有些說不過去。」

楊妃睜開眼，「她們裝樣子裝到本宮這裡了？既然這樣，讓她們進來吧！」

老太監看著沒有起身的楊妃，有些疑惑地說：「那娘娘不換身衣服？」

「換什麼衣服？本宮又不出佛堂。」楊妃淡淡地說。

「娘娘，您是打算把她們叫到小佛堂來？」老太監很是驚訝。

「難不成還讓本宮特地去正殿見她們不成？」楊妃說道：「讓她們都來這吧！」

老太監無奈，只能出去領門口的一眾嬪妃進來。

楊妃的小佛堂只是一個偏殿，不算大，一眾嬪妃進來後，倒是顯得有些擁擠。

楊妃對此視而不見，對眾嬪妃說：「本宮在佛堂靜心久了，想不到會有姊妹上門。」

領頭的淑妃陪著笑說：「早就想來看看妹妹，可妹妹天天誠心禮佛，做姊姊的不好來打擾，如今馬上就要過年，雖然妹妹喜靜，可姊妹們也不得不來叨擾。」

楊妃抬眼看了她一下，原先宮裡的嬪妃大多不是依附著皇后，就是依附文貴妃，如今皇后因為恭王的事被廢，禁足在坤寧宮，文貴妃因為代王的死，一病不起。這一向在宮裡不出聲的淑妃，居然不聲不響地起來了。

楊妃笑了下，「有什麼好叨擾的，我靜慣了，太熱鬧了反而不習慣。」

淑妃也不是真想來向楊妃請安，雖然她們兩人都是妃位，可貴淑賢德，她的排位其實還要在楊妃前面。可誰叫楊妃生了個好兒子，如今皇上僅存的兒子就是眼前這位肚子裡出的，再想到皇上年事已高，以後少不得要仰仗她，故而淑妃笑著說：「雖然妹妹靜慣了，可妹妹宮裡還是太冷清了，沒個人說話也悶，不如姊姊常來陪妹妹禮佛，妹妹意下如何？」

楊妃本想一口拒絕，突然想到當初自己剛失寵的時候，這位不聲不響的淑妃沒少落井下石，雖然時間久了，這位可能早就忘了，但身為受害者，她可是記得清清楚楚。

楊妃突然笑了，「淑妃姊姊說的不錯，一個人禮佛難免有些寂寞，難得各位姊妹今天特地來看本宮，來陪本宮禮佛，要是本宮不肯，豈不是浪費各位姊妹的心意？」

楊妃轉頭對老太監說：「既然各位娘娘這麼有心，你去裡面把佛豆端出來，分給各位娘娘，然後再拿些蒲團來，讓各位娘娘陪著本宮撿佛豆吧！」

老太監應了一聲，忙去裡面端來一匣子佛豆，給了楊妃一些，剩下的分給其他人。

在場的嬪妃，尤其是淑妃一看，傻眼了，她們只是拿這個當藉口，卻沒想到楊妃真讓她們陪著禮佛撿佛豆。

禮佛還好，只是跪著念經，可這撿佛豆得跪著撿一個念上一句經再磕一個頭，撿上一個時辰，就能累個半死。

可她們話已經說出口，楊妃自己又開始撿了，她們現在不願意也不行，於是一個個只好在蒲團上跪著，跟著撿佛豆。

然而，眾人心中還是存著一絲僥倖，想著楊妃平日身體也不是很好，應當撿一會兒就停了，到時她們順勢跟著起來，楊妃也不好說什麼。

讓她們沒想到的是，楊妃雖然身體不怎麼樣，可長年禮佛慣了，這一跪就是兩個時辰。頭一個時辰，眾嬪妃還咬牙堅持，等過了一個時辰，一個個嬪妃就開始搖搖欲墜。等到楊妃兩個時辰跪完，許多嬪妃已跪得腿都完全沒有知覺了。

楊妃起來的時候，笑著說還要接著念經，眾嬪妃包括淑妃再也撐不下去，一個個在宮女的幫助下，艱難起身，然後忙不迭找理由告辭了。

從這以後，後宮的嬪妃再沒有敢進楊妃的宮門了。

◆ ◆ ◆

郯王一行人出了郯城後，順著官道南下。由於擔心路上不安穩，眾人走得十分謹慎。也就是這時，郯王才發現，他對一直陪著自己的兩個人，林清和楊雲，尤其是林清，認識好像有些偏差。

對郯王來說，他素來習慣外事不決問林清，內事不決問楊雲。

在郯王眼裡，他家太傅雖然算不上謀略過人，但看事情明白，再加上林清生性淡薄，不慕權勢，做事不偏不倚，所以一旦遇到什麼大事，找林清商量無疑是非常好的選擇。

不過，郯王也知道，林清生性懶散，不善於打理內務，所以凡是王府有什麼瑣事，郯王一般會交給楊雲處理，而不會去叫林清。

郯王一直覺得，他家先生就是那種大事明白，小事糊塗的典範。

等到出發後，郯王就發現他錯了，他家太傅不是小事糊塗，他家太傅是太懶，懶得去做那些瑣事，一旦他想做，楊雲這個素來精細的人都得靠邊站。

還沒出發，林清就先找了府裡的能工巧匠，用了兩天的時間，連夜趕出四件金絲軟甲，在出發前直接給他、自己、楊雲和他王妃套上。等到出發後，林清又特地和護衛統領商量怎麼把護衛最大限度安排在他和他王妃的四周，並保證十二個時辰沒有破綻。在路上，林清更是時時刻刻跟著他，眼都不離，弄得楊雲都跟著緊張兮兮，每次他用膳的時候，都要先嘗了一遍又一遍。

第三天時，郯王都有些受不了了，對林清說：「先生不必如此緊張，外面有兩千護衛，出不了亂子。」

誰知林清看著郯王說：「殿下，我沒緊張啊，我只是有些不放心，所以看著你罷了。」

郯王：……

你都快跟著我更衣了，還說不緊張？

郯王不知道，這世上有一種人叫高三班導師，可以在學生快考大學的一段時間內，陪吃陪喝陪睡，二十四小時眼睛不眨地盯著，直到把考生送到考場才算完成任務。如今，郯王在林清眼裡，就是將要奔赴考場的學子，自然得好好陪著，什麼都替他準備好。

就在林清這種事事精細的安排下，郯王一行人順利地走到了揚州，沒出一點岔子。

眾人終於鬆了一口氣，揚州離京城極近，快馬加鞭一天就能趕到，就算他們的車輦慢一些，兩天也能到。

郯王和林清、楊雲的臉色卻越來越凝重，因為他們知道，離京城越近的地方，就是三王勢力越大的地方，所以郯王和林清、楊雲這幾日更是謹慎，郯王甚至連車輦時坐時不坐，省得被別人摸著規律放冷箭。

可就算這樣仔細，郯王的車隊還是差點著了道。

由於郯王的這一隊人馬很多，所以郯王等人很少進城，隊伍需要補給時，一般都是派軍士去城裡購買，而他們休息，也都是在官道上的驛站。

結果，這次危險就出現在驛站裡。

林清一直覺得驛站被換人都是話本上編的，沒想到在從揚州到京城的官道上，他們真進了一個被換了人的驛站。

只是這驛站的人沒像話本裡一樣下藥，其實下藥也沒用，因為護衛有兩千，吃飯肯定驛站那點東西肯不夠，吃的都是隨身帶的乾糧。

這些驛站中的死士，選的是最直接的方式，就是在郯王剛踏進驛站門的瞬間，不計生死去刺殺郯王。

有些事情越簡單反而越有效，郯王的護衛雖然在郯王下車之前已經先檢查了驛站，可是既然人家有心藏，自然不可能被搜到。

等跪在地上接駕的驛長和小廝從暗格裡拿出刀，砍向郯王的時候，郯王都沒反應過來，好在郯王身邊一直跟著的護衛統領給力，護衛統領一把拽著郯王往後丟，然後提著刀撲上前去，擋住了最前面的幾個，而旁邊其他的護衛也忙舉刀迎了上去。

跟在郯王後面的林清和楊雲趕緊接住郯王，架著郯王往後撤，等後面的軍士圍過來，把甚至連旁邊的軍士，因郯王剛踏進門，驛站的門又不大，一時被堵在外面。

他們裡三層外三層圍住，驚魂未定的郯王三人才鬆了一口氣，然後就是一陣害怕。

一炷香後，護衛統領帶著人把幾個刺客拿下，又重新搜索客棧和客棧外，才在客棧外不遠的野地裡發現被掩埋的幾個死了不久的人，這些人身上穿的，正是驛站裡人的衣服。

被捉住的那幾個人，沒多久就暴斃了，護衛統領查看了一下，說預先被下了毒，當然其實不下毒也沒用，因為這些人也不知道自己是誰的死士。

路上經了這一齣，郯王等人不敢再停留，連夜趕路，終於在第二天晚上，一眾人風塵僕僕地趕到京城，並順利進了京城的郯王府。

郯王帶著人進了王府，眾人心中徹底安穩下來，本想著這下沒事了，畢竟在皇城裡，除非逼宮，可沒誰有膽子亂動，誰知剛歇了一口氣，就看到郯王妃身邊的宮女匆匆跑來，見了郯王就直接跪下說道：「殿下，不好了，王妃動了胎氣，恐怕要生了！」

郯王驚得一激靈，對著楊雲喊了一聲「叫穩婆」，就匆匆往後宅跑。

楊雲立刻叫幾個小太監去外面請穩婆。

林清見狀，對旁邊幾個宮女招招手，讓她們去前院叫王府的太醫來，然後跟著郯王往後院跑去。跑到後院，沒敢進院，在後院門口候著，隔得老遠就聽到裡面傳出郯王妃的痛呼，突然想到，郯王妃這胎才剛八個月，心裡咯噔一下。

七活八不活啊！

捌之章
落魄皇子妙翻身

太醫本來就是郯王府的隨行太醫，又住在前院，所以來得很快，沒一盞茶的功夫，就在宮女的帶領下，背著藥箱匆匆趕來。

林清在門口看到太醫，連忙說明情況，然後讓太醫進入。

太醫進入後，先向郯王行禮，郯王立刻揮手讓他進去看王妃，抬頭的時候看到站在門口的林清，忙說道：「先生，快進來啊！」

林清頓時滿頭黑線，那是王府後院，他就算是太傅，也是外男，得避嫌，於是他對著郯王擺擺手，表示自己不適合進入。

郯王正因為頭一次見到生孩子，尤其是生自己的孩子，緊張不已，這時候哪還管什麼避諱不避諱，看到林清不進來，三步併兩步跑出來，拉住林清就往裡拽，邊拽邊說：「先生，這時候還計較什麼？這裡就您有孩子，您快點看看怎麼辦啊！」

林清雖然也急，可還是忍不住吐槽，他是有兒子，可那不是他生的，再說他不是太醫，也不是穩婆，就是他進來也沒辦法呀！

林清見郯王著急上火，還是安慰道：「殿下別擔心，王妃身體素來不錯，懷孕後也一向安穩，如今雖然動了胎氣可能早產，可現在胎兒長成了，只要生出來，應該就無大礙。」

「現在才八個月，書上不是說要十月懷胎一朝分娩？」郯王說道。

林清解釋說：「孩子七個月就能長全，只是小些，身子弱些。以前我老家就有不少七個月就生出來的，也都養得好好的。」

郯王聽了，這才稍微鬆一口氣，可沒等這口氣吐完，聽到內室郯王妃的一聲慘叫，頓時又一激靈，忙說：「王妃怎麼叫得這麼慘？」

「這個……生孩子都是很痛的。」林清乾巴巴地說。

其實郯王也知道生孩子肯定會很痛，可知道不代表聽到，尤其聽著王妃叫得如此痛苦，郯王被駭得面色發白。

林清知道凡是第一次見生孩子的，沒幾個不被嚇到的，郯王下面雖然有不少公主，可人家生的時候肯定不會讓他看著，就拍拍郯王的肩，努力和他聊天，分散他的注意力，「殿下不必太過緊張，你師娘第一次生也這樣，你看，榕兒不是比你還大？」

郯王胡亂地點頭，眼睛還是緊緊盯著產房。

正看著，門打開，太醫從裡面出來，郯王連忙過去問道：「太醫，王妃怎麼樣？」

太醫說道：「殿下，王妃娘娘一路勞累再加上顛簸，確實動了胎氣，如今羊水已破，還望快點請穩婆進入接生。」

郯王一聽真的要生了，頓時更慌了，忙喊道：「楊大伴呢？穩婆還沒請來嗎？」

「來了來了！殿下，穩婆來了！」楊雲正好帶著三個穩婆到門口，連忙應道。

郯王看到穩婆，心裡這才安穩些，「快讓她們進入給王妃接生。」

林清突然說道：「等一下。」

郯王和楊雲轉頭看林清，林清對楊雲說：「先帶這三位穩婆進屋換身衣服，省得不小心衝撞了王妃。」然後對楊雲使了個眼色。

楊雲和林清搭檔多年，林清一個眼色，楊雲立刻明白，「是老奴疏忽，老奴立刻帶這三位穩婆去換衣服。」說著，讓人拿了乾淨的衣服，親自去廂房監督三個人換。

郯王看著三個穩婆進了廂房，就低聲對林清說：「先生是擔心……」

郯王雖然沒見過生孩子，可畢竟在宮中長大，一些事還是聽過的。

「有備無患。」林清淡淡地說：「王妃雖然是臨時生產，別人應該來不及動手腳，不過仔細一點還是好，再說，換身衣服，乾淨些，也省得不必要的感染。」

郯王點點頭，等看到楊雲帶著三個穩婆出來，郯王直接對楊雲說：「你也進去，務必好好照顧王妃。」

楊雲一愣，等聽到郯王著重說「好好照顧」四個字，當下心領神會，「老奴知道。」

郯王看著穩婆都進了產房，便像洩了氣一樣有些站不穩，嚇得林清趕忙扶著他。

看著夜色漸漸深了，郯王又緊張得直冒冷汗，再加上現在是臘月，林清便把殿下扶到旁邊的廂房，叫來宮女太監給郯王端來熱茶和在廂房裡放了火盆。

林清扶郯王坐下，郯王麻木地接過熱茶，一口灌下，「先生，你說王妃不會難產吧？」

「呸呸呸，殿下胡說什麼呢？」林清打斷他，這個時候最忌諱烏鴉嘴。

郯王也發現自己說的不妥，對著地呸了三下，又拉著林清說道：「先生，我心裡慌得難受，以前父皇在我下邊還有不少妃子懷有龍裔，可很多都早產了，沒活下來，你說，王妃如今早產，會不會……」

「不會，殿下別胡思亂想，王妃一定會平平安安的！」林清這才知道郯王對這個早有心裡陰影，難怪從聽到說王妃早產就這麼緊張，忙給郯王吃定心丸，「宮裡那些活不下來的，除了有些真不行，剩下的是怎麼回事殿下也知道，王妃如今是意外早產，肯定沒事。」

「真的嗎？」郯王看著林清。

林清用力點頭，「殿下放心，王妃一定會沒事！」

郯王雖然知道林清只是安撫他，不過還是自欺欺人地相信，不斷念叨道：「沒事就好，肯定會沒事的，一定會沒事的！」

林清看著催眠自己的郯王，嘆了一口氣。一個十七八歲的少年，不但遇到妻子生孩子，還遇到早產，甚至不知道難產不難產。父母又搆不著，也是難為他了。

林清這邊安慰著郯王，那邊楊雲圍著郯王妃也急得不行。

剛才他已經從穩婆那裡知道，孩子要想生得順，最好在羊水沒流完之前就生出，如今兩個時辰過去了，王妃還是沒有生的跡象，哪怕是沉穩的楊雲，心裡也七上八下的。

不過，楊雲仍是眼睛一錯不錯地盯著三個穩婆，生怕三個穩婆中有人心思不正，傷了王妃和王妃肚中的孩子。

聽著郯王妃不斷痛叫，楊雲慌得很，又等了半個時辰，他終於忍不住問穩婆：「王妃娘娘怎麼樣了？怎麼還沒生出來？」

三個穩婆雖然因為接生的是王妃，有些戰戰兢兢，不過長年接生，只要看一眼，大體上就能對孕婦的狀況估摸個七八分，一個穩婆小心翼翼地說：「這位娘娘還在開宮口，還沒正經開始生呢！」

穩婆的話讓楊雲眼前一黑，楊雲又問道：「那什麼時候才能生？」

另一個穩婆小心地說：「大約要開到十指，如今才開了五指。開到大約十指，孩子才能生出來，公公請莫要心急。」

楊雲聽不懂什麼五指十指的，卻也知道反正意思就是現在不到時候，只好接著等。

又等了一個時辰，楊雲突然聽到郯王妃慘叫，忙上前幾步，就聽穩婆說：「快了快了，宮口開了九指……十指了，娘娘快用力，看到小殿下的頭了！娘娘，您快用力啊！」

楊雲的心頓時提起來了，跟著郯王妃說：「娘娘，您快用力，王爺在外面看著呢！」

郯王妃本來疼得有些脫力，聽到楊雲的話，深吸兩口氣，緩了緩，攥著床頭的手又緊了緊，咬牙一使勁，痛得大叫，連嘴裡的布都掉了。

楊雲嚇得一哆嗦，正要問怎麼樣了，就聽到穩婆驚喜地說：「頭出來了，頭出來了，娘娘快加把勁，娘娘快接著使勁啊！」

楊雲又驚又喜，忙眼疾手快地將旁邊一塊乾淨的布卷放到郯王妃嘴上。郯王妃咬著布，喘了兩下，又一使勁，突然感覺身下一痛，有東西從身體裡滑出去，頓時洩了力氣。

穩婆看著孩子出來，忙剪臍帶的剪臍帶，摳嘴的摳嘴，推孕婦肚子的推孕婦肚子。

楊雲看著孩子生出來，頓時大喜，忙問道：「是世子還是郡主？」

郯王妃雖然脫力，可還清醒，也看向穩婆。

穩婆們一邊忙活一邊笑著說：「是位小世子。」

郯王妃一聽，心滿意足地閉上眼睛睡過去。

楊雲就要跑到外面報喜，還沒邁步，突然頓住說：「孩子怎麼沒哭？」

剛給小世子清理好口鼻的穩婆急著說：「馬上就好！」然後一急，習慣性地對著孩子的屁股來了一巴掌。

「啪！」

小世子「哇」一聲哭了出來。

屋裡的眾人……

拍完巴掌的穩婆看著屋裡都看向她的目光，才後知後覺這不是她平時接生的一般孩子，這是位世子，不由得僵住，結巴地說：「孩子不哭，都得這樣啊！」

郯王和林清所待的廂房本來就在產房邊上，兩人又一直注意著裡面的狀況，所以聽到第一聲嬰兒的哭聲時，兩人刷一下站了起來，向產房外跑去。

郯王和林清剛跑到產房門口，就見門嘎吱一聲打開，楊雲從裡面一臉喜色地走出來，一看到郯王就說：「恭喜殿下，賀喜殿下，王妃順利誕下小世子！」

郯王一聽，高興得不知幹什麼好，看著旁邊的林清，瞬間找到了傾訴的對象，「先生，您聽到了嗎？我有兒子了，我有兒子了，我當爹了！」

林清看著語無倫次的郯王，拱手道：「恭喜殿下！」

郯王哈哈大笑，笑完，又急切的看著裡面問道：「小世子怎麼樣？王妃怎麼樣？」

楊雲回答道：「太醫正在給小世子把脈，穩婆正在給王妃處理身子。」

郯王聽了，就想往裡進。

楊雲連忙攔住郯王，「殿下，裡面是產房。」

郯王這才想起產房不能隨便進，不由急得搓手。

林清知道郯王初為人父，心裡肯定很是急切，就說道：「殿下稍安，太醫想必很快就能檢查完，穩婆等一下就會抱孩子出來。」

郯王胡亂點頭，仍是焦急地瞅著門裡。

大約過了一盞茶的時間，太醫背著藥箱出來，一看到門口的郯王，趕忙要行禮。

郯王一把扶住太醫，問道：「怎麼樣？」

太醫忙說：「小世子雖然不足月，不過胎裡養得不錯，所以並無大礙。臣剛才也給王妃診過脈了，王妃產後無大出血的狀況，應該也無礙，只是有些脫力，好好養些日子就應該沒有什麼問題了。」

郯王頓時鬆了一口氣，隨即高興起來，對楊雲說：「賞太醫！」

太醫聽了趕忙謝恩，然後楊雲特地派了一個太監送太醫回去，並且封了上等的紅封。

沒一會兒，穩婆抱著一個大紅錦緞抱被出來，「恭喜王爺，賀喜王爺，是位小世下。」

郯王早急得不行，看到孩子出來，就伸手過去，打算掀開看看。

林清連忙伸手阻止，「殿下，小世子才剛出生，不能見風。」

郯王聽了手一頓，看著眼下已經是早晨了，正是最冷的時候，點點頭說道：「先生說的是。」然後不捨地收回手。

「去旁邊的廂房吧！」林清看著郯王十分想看，又擔心凍著孩子，就提議道：「那裡咱們剛剛待過，火盆燒得正旺，不用擔心冷著。」

郯王立刻帶著穩婆和孩子去廂房，林清和楊雲也趕忙跟上。

到了廂房，郯王怕自己身上冷，先脫了外袍，又在火盆上烤了烤，覺得暖和了，這才伸手掀開穩婆懷裡的抱被，林清也好奇地湊上去看。

抱被一掀開，孩子的臉露出來。看著紅彤彤的小臉，林清左瞅瞅右瞅瞅，也沒看出和他家那幾個臭小子剛出生的時候有什麼不同，所以看了兩眼，也就沒什麼興趣了。

林清沒興趣，不代表郯王沒興趣，雖然孩子的臉既紅又皺，可在郯王眼裡，這絕對是天底下最好看的孩子，甚至連孩子癟癟嘴，郯王都驚喜地拉著林清和楊雲看。

林清陪著郯王看孩子看到孩子哇哇大哭，郯王心疼了，又拉林清去看。

林清嘆了一口氣，難不成他在郯王眼裡是全能的不成？

林清熟練地從穩婆懷裡把孩子接過去，抱著哄了哄，讓楊雲去準備白開水，然後對郯王說：「孩子剛出生還不用吃東西，一般先給他喝點水就成，等幾個時辰後再給他喝奶。」

郯王忙點頭，記下林清的話，打算等會兒讓楊雲去找幾個奶娘來。

楊雲很快用銀碗端了一碗熱水來，林清一手抱著孩子，一手拿起銀勺攪拌了一會兒，等水冷得差不多了，用手背貼在銀碗上試試，感覺溫度差不多，才開始餵小世子。

林清餵了些水，小世子喝完就迷迷糊糊睡著了。林清抱著他輕輕拍了拍，把抱被重新包好，然後遞給穩婆。

穩婆本來看著王爺在這裡，有些拘束，可等看到王爺並不像傳言中那麼可怕，又看到林清熟練地擺弄孩子，不由笑著說：「這位大人可真是仔細，老身接生這麼多年，頭一次看到有男子照顧孩子這麼熟練的。」

林清笑著說：「我雖看著年輕，其實已是五個孩子的爹了，哪裡不會帶孩子？」

穩婆搖搖頭說：「老身這麼多年，可沒見過哪家大人會親自帶孩子的。」說完，向郯王行了一禮，然後抱著孩子回產房。

郯王連忙遣楊雲去看看郯王妃怎麼樣，得知郯王妃已經安穩地睡下，這才徹底放下心，讓宮女好好照顧王妃，並每人發了六個月賞錢，這才帶著林清和楊雲出了後宅。

放鬆下來的郯王和林清，發現天已經隱隱快亮了。

郯王看著天色，笑著對林清說：「小世子這算不算踏著晨曦而來？」

林清附和：「東方既亮，是為晨曦。小世子出生，東方就亮了，可不是好兆頭嗎？」

郯王聽了，開懷大笑。

林清又提醒道：「如今殿下喜得世子，也得進宮一趟，告訴聖上才是。」

郯王點點頭，昨天進京時已是晚上，宮門早已落鎖，就沒能進宮，如今是第二天，又恰逢王妃誕下世子，這時候不進宮就說不過去了。

於是，郯王回正殿換了親王的裝束，帶著楊雲進宮去向皇上報喜。

林清打了個哈欠，見左右無事，就先回自己的院子，打算睡個回籠覺。昨天趕了一天的路，晚上又熬了個通宵，他睏得眼睛都快睜不開了。

林清順著路正迷迷糊糊往回走，走到一處轉角，就被迎面而來的人猛然一撞，瞬間後退了四五步才穩住身子。

林清揉了揉被撞得很疼的胸口，不悅地說：「何人在王府亂跑亂撞？」

來人是一個小廝，看到林清，連忙跪下說道：「太傅大人，是小人莽撞，小的該死，不過小的實在有急事去見殿下！」

「什麼急事？」林清皺著眉問道。

小廝忙說：「太傅大人，我家老爺不行了！」

林清聽得一驚，頓時清醒，忙問：「你家老爺是誰？」

「我家老爺是長史張老爺。」小廝說道。

林清本來就猜測眼前的應該是跟著郯王來的一眾屬官的僕役，畢竟要是王府的，不是太監宮女，就是護衛，可他怎麼也沒想到這人居然是張長史的小廝，而且聽小廝說的，張長史好像快要不行了。

林清又問：「張長史現在怎麼樣了？可請大夫了？」

到了現在，小廝也不敢隱瞞，直接說：「我家大人最近心情不好，常常飲酒，而且喝得稍微有些多。前些日子在路上的時候，不小心受了冷風，著了風寒，雖然請了大夫吃了藥，可一直不見好，前陣子又連夜趕路，病情就加重了，從昨天晚上就開始起高熱，今天早晨就不大好了。」

雖然小廝避重就輕地說，可林清卻知道，張長史前些日子豈止是心情不好，這傢伙簡直是怨天怨地，而且他本來就嗜酒，日子一不順暢更是酗酒，他那個喝法，平時在家還沒事，可趕路這麼勞累的時候，居然還這麼喝，不得風寒才怪呢！

不過，現在不是找病因的時候，想著郯王已經進宮了，楊雲那個大總管也跟著去，林清只好說：「殿下已經進宮面聖，這樣吧，我先跟你去看看。」

小廝本來聽郯王進宮了，正不知怎麼辦，聽到林清願意過去看看，立刻在前邊帶路。

張長史和一眾屬官由於是在郯王就藩後直接去封地的，所以在京城的郯王府原來並沒有住處，昨天晚上到了之後，楊雲就把他們都安排在王府前院的一個院子裡，等林清跟著小廝來的時候，一眾屬官都在。

看到林清過來，這些屬官趕忙對林清行禮。

林清問站在門口的一個屬官：「張長史怎麼樣了？」

這個屬官回答：「剛才下屬進去看的時候，張大人身子已經軟了。」

林清腳一頓。身子軟了，那就說明剛剛去了。

林清本來要往裡踏的腳便收了回來。

要是沒死，他去看看，請大夫有用，可如今死了，他去幹什麼？

林清想了想，問道：「張大人的衣服可換了？」

屬官說道：「下人已經給換上了。」

林清點點頭，「那等殿下回來，報給殿下，讓楊總管通知他的家人處理後事吧！」

「是。」屬官應道。

林清說完，抬腳往外走，屬官趕忙去送林清。

林清走了兩步，看到正路上有一灘藥渣，皺了皺眉。

屬官以為林清嫌髒，忙說：「這是長史大人的藥渣，下官們見長史大人一直不好，聽說把藥渣放在正路上讓人踩踩，可以踩掉病人身上的病氣，所以才倒在這裡的，下官馬上就讓人打掃乾淨。」

林清點點頭，沒說什麼，直接從旁邊走了過去。

林清看到那些人還跟著，就轉頭說：「不用送了，你們先照看一下張大人的後事吧！」

屬官們向林清行了禮，這才轉身回去。

林清朝自己的院子走去，一路摸了摸下巴，想到剛才在藥渣裡無意中看到的一種草藥，雖然被煮得變色，還是可以認出來，不由嘀咕一句：「那東西可以治風寒嗎？我怎麼記得醫書上說好像是用來治風熱的？」

林清驀然頓住，突然想起郯王的一句話：叫楊大伴去處理吧！

回到自己的院子，雖然他已經大半年沒有回來，不過留下的幾個僕役還是把院子收拾得乾乾淨淨，見林清回來，忙都過來請安。

林清擺擺手讓他們接著回去做事，然後向書房走去。

進了書房，徑直走到最裡面的一個書架。這個書架上都是他這麼多年收集的醫書，自從當年那場大病後，他就有意無意搜集一些醫書平時看看。雖然看了二十年都沒成為良醫，可一些基本的藥理還是懂的。

林清在書架上找了找，抽出一本《本草》，坐在旁邊的榻上翻看起來。

翻到某一頁時，他的手停住，看著上面和他記憶中一樣的描述，不由嘆了一口氣，把書合上，放在旁邊的桌子上。

看來張長史的死，真的可能不僅僅是意外。

對於張長史落得這樣的結局，林清雖然有些惋惜，卻不覺得意外。

如果郯王現在還只是一個普通的藩王，哪怕張長史再作一點，礙於他是朝廷派的長史，郯王最多也就架空他，將他養起來，或者實在不行直接上報朝廷，讓朝廷換一個就是。又或者郯王現在已經登基，哪怕張長史再不識趣，郯王最多也就讓他罷官回家。偏偏現在郯王正在處在一個非常敏感的時期，一點把柄都會導致許多意想不到的麻煩，對於和自己離心離德，有可能給自己添麻煩的長史，郯王自然不會手軟。

林清對門外的僕役說：「去把小林叫來。」

僕役聽了，連忙跑出去找小林管家。

小林來到書房，看到林清正坐在榻上揉著太陽穴，上前行禮說：「老爺，您叫小的？」

林清點點頭說：「等會兒你從帳上取一百兩銀子給西邊的院子送去，張長史去了，總要打理後事。」

小林一聽，知道這是白事，應道：「小的這就去。」

「如果張長史家裡來人了，記得問一下何時出殯，回來提醒我去弔孝。」林清說道。雖然他和張長史關係不算好，不過畢竟同僚一場，人死為大，還是得去送送。

「是，老爺。」小林剛要退下，看林清滿臉倦色，就問道：「老爺昨日趕了一天的路，晚上又沒能睡，可是要歇歇？」

林清點點頭說：「直接歇在書房吧！」

反正王嫣也沒跟來，回後面也是自己睡。

小林便讓僕役弄了火盆放在書房，又在榻上鋪好被子，服侍林清睡下，這才帶人退下。

林清本來就睏得有些迷糊，剛才一想事，更是有些頭疼，沾了床，沒一會兒就睡著了。

……

林清站在一個巨大的廣場上，迷茫地左右看看，不知道自己身在何處。又看了看自己，一身白襯衫加西褲，好像哪裡不對，又好像他確實經常這麼穿。

正當林清迷迷糊糊的時候，旁邊走過來一隊人，領頭的那個，腰上掛著一個擴音器，耳朵上帶著麥克風，一邊領著隊伍一邊說：「這裡是沂州最大的人民廣場，建於一九九二年。這個廣場可以算是沂州市的中心位置，在廣場的東面就是人民公園……」

林清愣了一下，才反應過來這隊人原來是旅遊團，而最前面那人應該是導遊。

可能這個廣場雖大，卻是現代建築，所以導遊只是提了兩句，就畫風一轉，說道：「接下來，我們下一站要去的是人民廣場南邊的瑯琊大學。瑯琊大學是我國歷史最久遠的大學，沒有之一。瑯琊大學始於某朝初年，是由……」

林清看著跟著導遊遠去隊伍，心裡有些疑惑。

瑯琊大學？他怎麼從來不知道華夏有這個大學？每年夏天，無論他帶不帶高三，都免不了幫一些孩子報志願，凡是國內的大學，他不說如數家珍，可也差不多，卻從沒聽說過有瑯琊大學這個大學。聽導遊介紹，這分明是個國內的一流學府。

想到這，林清心中生出一絲好奇，當下跟了上去。

前面的旅遊團之中有不少老人和孩子，走得也不快，林清跑了兩步就追上了，然後就跟在隊伍後面，想去看看那個知名的大學到底是什麼樣子。林清甚至猜想，這個瑯琊大學是不是某個明星大學的別名。

走了大概十分鐘，來到一座大學前，看著眼前的大學，林清倒抽了一口冷氣，這大學建得好奢華，光看大門，就是用漢白玉砌的。

這時聽最前面的導遊打開擴音器說：「這是瑯琊大學的正門，是建國初期，林氏在海外的華僑特地回國捐贈的，請了當時國內著名的建築學家親自設計了一年，又多次改稿，才最後成為我們現在看的這個樣子。大門全部是由漢白玉砌成，在加上設計師的巧手，本身就是一件珍貴的藝術品。」

旅遊團的人紛紛拿出相機、手機拍照。

林清就站在一旁，看起來比較好說話，一個旅遊團的小女生跑過來對林清說：「這位老師，你能幫我拍個照嗎？」

林清有些驚訝地說：「妳怎麼知道我是老師？」

「你真是老師啊？」小女生看起來還應該是學生，聽到林清是老師頓時緊張了一下，不過想到林清不是她的老師，又放鬆下來，笑嘻嘻地說：「不好意思，我不知道您是老師，我們那邊習慣尊稱別人叫老師。」

林清想到有些地方確實對不認識的人叫老師，當然也有叫大哥的，「妳打算照哪？」

「照『瑯琊大學』四個大字。」小女生聽到林清同意，立刻把手中的相機塞到他手裡，然後跑到大門前，擺了個姿勢。

林清拿著相機動了動位置，找了個合適的角度，啪啪幫小女生拍了兩張。

小女生跑過來拿著相機看了看，發現照得很清楚，抬頭對林清笑著說：「謝謝老師！」

「不用謝。」

「老師，你也是來瑯琊大學參觀的嗎？」小女生把相機掛在脖子上，隨口問道。

林清搖搖頭，「我只是路過。」

他現在還是有些迷迷糊糊的，想不起自己到底要幹什麼。

「你是家就在這裡吧？真好，我們為了來看，特地坐了大巴士來的。」小女生倒是有些自來熟，笑嘻嘻地說：「老師，你知不知道瑯琊大學有哪些比較好看的地方？」

林清剛要說他也不知道，就聽到導遊在那邊說：「下面我們就進入看看這座歷史最悠久的大學。」

小女生揮揮手說：「老師，我回去了。」

林清點點頭，看著小女生跑回隊伍裡，想了想，也跟在隊伍後面進了大門。

大門裡有一個廣場，不算大，但正中間立著一個雕塑。

導遊帶著隊伍直接上了廣場，走到雕塑下，對旅遊團的人們開始介紹說：「這是瑯琊大學的前身，林氏學堂的創辦者林清。林清是元朝人，生於西元一二一〇年，原為郯王太傅，後郯王登基……」

林清本來看著導遊帶著隊伍到雕像下，就順路跟著去，抬頭看著上面的雕像，正感嘆這個是哪位思想家或者哲學家，雕得這麼有氣質，就聽到導遊後面的解釋，不由愣住。

林清？郯王太傅？

這不是他嗎？

這個雕像和他哪裡像了？

林清剛要開口，猛然覺得身子一沉，往下極速墜落。

……

林清睜開眼睛，看著周圍熟悉的書架，愣了一會兒，又看到身上蓋的被子，這才反應過來自己是在書房睡覺。

他打了個哈欠，揉揉眼睛，這才清醒了些。想到剛剛做的夢，頓時笑了，想不到他做夢居然會夢到林氏學堂變為大學，真是有趣！

又想到最後看到的雕像，跟他一點都不像。

他忽然有個想法，他是不是應該找人給自己畫個肖像畫，萬一他以後真的名垂青史呢？要是雕像上的人和他不像，他豈不是很虧？

林清在榻上坐了一會兒，醒醒神，就對外面的僕役叫道：「來人！」

僕役聽到動靜，忙打開門進來說：「老爺。」

「什麼時辰了？」林清問道。

「已經午時了。」僕役說道。

「準備洗漱的東西和飯菜吧！」

僕役應下，退出去叫人。

林清從榻上起來，穿好衣裳，等僕人送來水，洗漱完，吃了飯，就往正院走去，打算看看郯王是否從宮裡回來了。

來到正院，就聽到郯王已經從宮裡回來，剛用過午膳，正在正殿休息。

林清聽到郯王在休息，正打算回去，不想郯王還沒睡，聽到他來，讓楊雲叫他進去。

林清看到榻上的郯王，笑說：「還以為殿下歇下了，本想下午再過來的。」

郯王說道：「本想睡的，可白天怎麼都睡不著，正好把先生叫來說說話。」

林清看著屋裡的宮人都退了出去，就知道郯王應該是有事要說，便直接走到郯王榻邊，找了個凳子坐下。

郯王說道：「早晨進宮去見父皇，我和父皇說了小世子的事，父皇很是高興。」

林清點點頭，「喜獲金孫，本就是人生一大樂事。」

「父皇說了一會兒，提到要冊封母妃為貴妃的事。」

「楊妃娘娘？」林清忙問道。

鄴王點點頭，「正是。因為前些日子二哥逼宮，事後父皇下旨廢了皇后娘娘，禁足坤寧宮。文貴妃又因為代王的死，一病不起，如今後宮六宮無主，所以父皇想冊封母妃為貴妃，統攝六宮。」

林清覺得這是好事，又有些疑問，「宮裡不是已經有貴妃了嗎？文貴妃雖然生病，可沒有被廢，娘娘還能冊封貴妃？」

「本朝後宮雖是效仿唐朝的一皇后四夫人，也就是皇后、貴妃、淑妃、賢妃、德妃，可先帝的時候，四夫人就超了，貴妃有陳貴妃和華貴妃兩個，所以貴妃有兩個早有先例。」

林清聽了咋舌，後宮嬪妃那麼多位分，居然還會超員，也是厲害！

不過，如今皇后被廢，後宮無主，皇上不想著立楊妃為皇后，卻非要立楊妃為貴妃，還是和文貴妃並列，這就不得不讓人深思了，畢竟要是楊妃為皇后，鄴王就順理成章可以接著被立為太子。

林清看著鄴王，難怪鄴王說起來不見什麼喜色。

皇上想施恩，可在鄴王眼裡，只怕還不如不冊封。

這樣的事，鄴王能說，他一個臣子卻不能說，所以林清就在一旁聽著，好在鄴王也只是想找個人抱怨一下，和林清說了幾句就過去了。

鄴王說完這事，就開始說小世子。和所有剛當爹的人一樣，恨不得把孩子平日的一點小事都和別人分享一下。

「回來後我去看小世子了，他還在睡，楊大伴給找了七八個奶娘，我親自挑了四個，想必他不會餓著。」鄴王說起小世子，一臉疼惜。

林清知道鄴王妃突然早產，鄴王府還沒來得及準備奶娘，畢竟奶娘的奶是生了孩子頭幾個月最好，太早準備，說不定等孩子出生後，奶就不好了，故而一般都是產前半個月才開始挑選，選的都是剛出月子的婦人。

想不到楊雲效率這麼高，這麼快就找好了，不過林清還是說：「可仔細查了底細？」

「楊雲把三代都查了，特意挑了本分的。」

「如此最好。」

鄭王又說起要給小世子起小名的事，小世子的大名肯定是不用想了，如今在京城，肯定要皇上親自賜名，所以鄭王正在絞盡腦汁為小世子想一個小名。現在林清過來，鄭王正好拉著林清一起想。

林清想了想，說道：「小名一般有幾種，第一種賤名，也就是大家說的越賤越好養活，不過小世子出身皇家，這個可能不妥。第二種是根據排行，這個最簡單，不過沒什麼新意。第三種是暱稱，這個選的範圍比較多，寓意也比較好。」

「第三種確實比較好。」

「殿下可以想想有什麼比較琅琅上口，或者寓意好又簡單的字做小名。」林清建議。

鄭王在榻上托著腮想了想，突然欣喜地說：「不如就叫晨兒。小世子是早晨生的，正好踏著晨曦而來。」

「晨兒……」林清念了一下，「這個小名不錯，字簡單，寓意也好，讀起來也順口。」

鄭王聽了很高興，立刻讓旁邊的小太監拿筆墨在紙上寫了一個大大的晨字，然後吹吹，等乾了折起來，遞給小太監，「送到後院王妃手裡，說這是給小世子起的乳名。」

小太監忙接過，捧著跑了出去。

林清無語地看著鄭王，取個小名而已，能不能別弄得這麼正式？

郯王起完小名，剛要接著跟林清說他寶貝兒子的兩三事，就聽外面有人稟報，說張長史的家人來了，正在外殿候著。

郯王皺了皺眉，咕噥一聲「晦氣」，然後說：「讓他們進來。」

郯王整了整衣裳，從榻上起身，走到外間，坐在主位上。

林清也跟著郯王出來，坐在郯王下首。

宮女領著一個穿著白衣的婦人和一個披麻戴孝的少年進來。

婦人見了主位上的郯王，忙跪下說：「臣婦張田氏見過王爺。」

後面的少年也跟著跪下。

林清看了，知道這個應該就是張長史的妻子，後面的應該是他兒子。

張長史本就是京城人士，當初去郯城任職的時候並未帶家眷，所以家眷應該是一直留在京城的，如今聽到張長史病故，家人自然很快來了。

郯王看著張田氏，說：「夫人不必多禮，起來吧。張大人故去，本王也甚是傷感。」

後面的少年扶著張田氏起來，張田氏聽到郯王這麼說，用帕子擦擦眼淚，「臣婦夫君在殿下門下，如今不幸病故，臣婦想將夫君帶回去，以便讓夫君入土為安。」

郯王說道：「自是如此。」然後讓人去叫楊雲，要楊雲派人送回去，又對張田氏道：「張大人雖然故去，可畢竟跟了本王幾年，夫人要是有什麼難處，儘管來王府找本王。」又讓楊雲拿了五百兩銀子送給張田氏。

張田氏連忙帶著兒子謝恩，然後跟著小太監出去了。

林清看著旁邊的楊雲，有些奇怪地道：「這個張田氏真是張大人的妻子？」

郯王和楊雲看著林清，楊雲說道：「確實是張大人的妻子田氏，怎麼了？」

林清搖搖頭說：「沒什麼，只是覺得奇怪，這張夫人看起來好像不是很傷心。」

當然，林清也不是覺得人家丈夫死後妻子就必須哭得死去活來，可剛才看著這位田氏，林清真沒覺得她有一點難受，甚至不管是回答郯王的問題，還是說話，都條理清楚，一絲不亂，沒有悲傷無措的樣子。

楊雲聽了林清的話，笑著說：「這位張夫人不難過還真不奇怪，要是張大人沒去，可能張夫人就要難過了。」

「這話怎麼說？」林清問道。

「這位田氏本來是吏部一個從五品官員的女兒，和張大人的父親是故交。當初張大人三甲進士卻能進入吏部，靠的就是他岳父的人脈，可惜田氏自從跟著張大人後，一直沒有生出兒子。張大人還在田氏父親的手底下時，不敢納妾，就從他哥哥家過繼了一個，就是剛才的那個少年，後來田大人年老致仕，張大人頂了田大人的位置就翻臉了，不僅從外面娶了二房，等二房生了兒子，還要休了這位田氏，把二房扶正。當時張家因為這事鬧得很大，不過還沒等張大人休成，張大人在吏部做事就出了岔子，然後被調到郯城做長史了。很多人說當初張大人之所以出岔子，就是他岳父弄的，畢竟田大人雖然致仕，可在吏部待了這麼多年，哪能一點香火情都沒有。」

林清聽了咋舌，原來這位張大人不僅做官不怎麼樣，還是個渣啊。雖然朝中確實有不少男子喜新厭舊，可最多也就納妾室、通房，可這位張大人不僅娶了二房，還打算休妻，難怪他岳父要找人搞他。

想到剛才那兩個人的表情，難怪都不怎麼悲傷，有這樣的丈夫，有這樣的父親，又怎麼可能悲傷得起來？

張長史的事，在田氏「超通情達理」下，很快處理完了。

過了幾日，聖上果然向內閣下了口諭，讓內閣擬旨，冊封楊妃為貴妃，賜下「慧」字，並讓禮部準備冊封禮。

禮部本來正忙著準備過年的祭典，突然加上了楊妃，也就是新「慧貴妃」的冊封禮，一時忙得人仰馬翻。

不過禮部可不敢抱怨，京城誰都知道現在郯王在風頭上，今日的郯王難保不是明天的聖上，所以禮部不但盡心盡力籌備，甚至還特地派人跑到郯王府來問問是否有什麼特殊要求，當然規格肯定不能變。

在得知郯王沒有什麼附加要求，甚至還希望一切從簡，禮部的人對郯王的好感頓時蹭蹭往上升，甚至禮部的不少大學士都對郯王讚賞有加，覺得郯王為人謙遜有禮。

郯王……

他和他娘只是不稀罕這個貴妃而已！

郯王和慧貴妃雖然不稀罕，可對於一直觀望的朝臣來說，這無疑是一個信號，甚至可以說是一個可以送禮拉關係的藉口。

因此，等內閣正式把聖旨擬出，送給禮部後，京城的大小官員就開始以恭賀慧貴妃的名義，開始來郯王府送禮。

一向冷清的郯王府，瞬間門庭若市。

剛開始時郯王府的眾人還是高興的，覺得有種揚眉吐氣的感覺，沒過兩日，看著送賀禮的人越來越多，郯王和林清就感覺不妥了，畢竟風頭太盛，在什麼時候都不是好事。

郯王立刻把林清和楊雲叫到正院商量對策。

郯王就開門見山地說：「這幾日送賀禮的人越來越多，王府外的路都被車堵滿了，這樣下去，郯王府的風頭就太過了。」

林清說道：「不錯，再這樣下去，很容易會讓人有一種郯王府在京城獨大的感覺。」

「這麼嚴重？」楊雲忙問，他這兩天正收禮收得開心。

林清解釋說：「什麼事都過風頭太盛，太盛就容易招人妒忌，容易出事端。」

郯王也說：「就是這個理，而且不僅外面會妒忌，就怕宮裡的父皇也會多想。」

楊雲一聽關乎著皇上，立刻緊張了，「那老奴從明日起就不讓人收了。」

「不行。」林清搖搖頭。

楊雲頓時急了，「怎麼不行？可不能讓聖上心裡膈應！」

郯王接話道：「直接不收確實不妥，咱們先前收了，現在不收收，很容易得罪人。」

「收也不行，不收也不行，這可怎麼辦？」楊雲急道。

郯王說道：「叫你們兩個來，就是商量一個可以不收禮還不得罪人的理由。」

楊雲想了想，對郯王說：「讓先生想吧，老奴只適合聽殿下吩咐。」

林清捏著下巴思索，突然問郯王：「殿下，聖上信佛還是通道？」

「父皇好像都不信。父皇雖然近幾年寵信道士，可不過是為了自己的身子。」

「這樣啊……」林清說道：「我本來還想，要是聖上信佛，就讓殿下去寺廟幾日，去給聖上祈福。要是聖上通道，就讓殿下去道觀給聖上祈福。既然聖上什麼都不信，不如這樣，殿下閉門謝客，在正院沐浴齋戒三日，為聖上抄寫孝經吧！」

郯王嘴角抽了抽，明明是很虔誠的行為，為什麼在他家先生嘴裡一說，就好像是作秀似的？雖然確實是在作秀，可是，先生，咱們能嚴肅點嗎？

雖然郯王在心裡吐槽，不過面上還是認真地說：「先生說的不錯，馬上就要過年了，身為兒子，確實應該盡盡孝道。」

郯王又對楊雲說：「傳令下去，從明日起，閉門謝客，本王要沐浴齋戒，為父皇抄經到過年，以祈求上天保佑父皇身體安康，萬壽無疆。」

於是，第二日起，郯王以為皇上祈福為理由，開始閉門謝客。本來想送禮的，看著緊閉的大門，只好帶著禮物回去，同時嘆息自己沒能攀上郯王府。不過京中許多重臣暗暗點頭，對郯王府的印象又好了一分。

自從郯王開始沐浴齋戒，郯王府又恢復了原來寧靜的狀態，連原來忙得腳不沾地的楊雲也有時間偷偷打瞌睡。

唯獨有一個例外，就是林清。

林清覺得自從郯王閉門謝客後，他反而忙了不少。

郯王雖說要沐浴齋戒抄孝經，可在自己的王府又沒人約束，還不是想什麼時候抄就什麼時候抄，再加上郯王初為人父，正是熱衷自己寶貝兒子的時候，所以每次抄不到一個時辰，就跑到後院看兒子，順便偷懶。

可這孝經是要抄了等過年獻給聖上的，如果等過年的時候，郯王拿著薄薄的一疊紙去獻上，那可就不是鬧笑話那麼簡單了，那絕對是心意不誠。

因此，等林清發現郯王在抄經的時候老是有偷溜的行為，就不得不親自到正院監督，督促每天郯王按時抄經。

「先生，」郯王一邊抄孝經，一邊拿眼偷瞄林清，「晨兒今天早上讓人遞話說想我了，我抄完這頁去看看他，怎麼樣？」

林清在一旁看書，眼皮都沒抬地說：「殿下，小世子出生不足一個月，還不會說話。」

「可他的眼睛會說話啊，他每次看到我，都用大眼睛瞅著我，我不去看他，他多難受啊！」郯王振振有詞地說。

林清翻翻白眼，心道，那肯定是你的錯覺，「殿下，他還小，還不會難受。您快點抄，昨天您只抄了兩個時辰，再不快點抄，可就連後宮那些娘娘的速度都趕不上了。」

後宮中也經常有抄經書的，不過大多數都是被罰的。

郯王看著林清無動於衷，撇撇嘴說：「先生，您實在太不了解看著自己的兒子是一種多開心的事了！」

「殿下，我已經有五個孩子了，這種開心我早就知道了，不過我現在更知道，殿下您現在的任務就是：抄、孝、經。」林清放下書，看著郯王，一字一頓地說。

郯王看著林清「冷酷無情」，只好按捺下小心思，又老老實實抄了一個時辰。

等到中午吃午膳的時候，趁著林清一時不注意，郯王又溜了。

林清：……

殿下，您能老老實實地寫一會兒作業嗎？

郯王在林清的監督，終於把《孝經》抄了二十遍。看著厚厚的一疊紙，然後就死活不肯再抄了。林清無語，《孝經》總共才一千九百零三字，抄二十遍也不到四萬字，能有多累？

不過看著厚厚的一疊紙，挺能糊弄人的，林清也就沒再強求，而是找了一個非常精緻的匣子裝起來，打算讓郯王在除夕宴前，放到他的賀禮中一起呈給聖上。

郯王看著林清終於不再盯著他抄書，瞬間輕鬆下來，每天不是去後院看看小世子，就是給聖上準備過年的賀禮。

很快，除夕就到了。

相比於往年的輕鬆，今年郯王和林清、楊雲等人簡直是如臨大敵，畢竟原來每次他們只是陪襯，而今年不出意外，他們可能會是主角。

除夕這天一早，郯王府上下都忙了起來，林清幫著郯王收拾東西，商討可能在宴會上出現的各種意外，而楊雲則一遍遍檢查給皇上的賀禮，保證不出一點岔子。

等到收拾完，郯王就帶著林清、楊雲和一眾禮物，進宮參加除夕宮宴。

林清隨著郯王一進宮，就感覺到了今年的不同。往年郯王參加宮宴，眾位大臣雖然也過來問安打招呼，可不過因為郯王是親王，身分擺在這裡，不得不過來客套，可是今年從他們一進入大殿，甚至在來的路上，隔老遠就有大臣過來問安，並且努力在郯王面前多露露臉。

林清不由感嘆，果然世態炎涼。

郯王帶著林清和楊雲，一邊和過來問安的官員隨口說兩句，一邊往裡走，用了整整大半個時辰才走到座位上。坐下後，林清聽到郯王輕輕嘆了一口氣。

林清靠近郯王，小聲說：「殿下，看到今日的情形，可是覺得揚眉吐氣？」

郯王點點頭說：「有一點。」

林清接著說：「殿下，當年的三王也是這班前呼後擁，可如今三王何在？」

郯王聽了頓時一凜，「先生，我知道了。」

林清這才坐了回去。

這時，三聲鞭響，聖駕來了，眾人趕忙起身，跪在地上恭迎聖駕。

林清悄悄抬起頭瞅了一眼，發現今年皇上的身邊換人了，不是往年的皇后和文貴妃，而是郯王的生母慧貴妃，忍不住心中一緊。

等皇上帶著慧貴妃坐到主位上，大太監就高聲喊道：「起！」

此時眾人也看到了坐在皇上旁邊的慧貴妃，不禁有意無意地看向郯王。

郯王剛剛在看到自己母妃的時候就料到這種狀況，不過這麼多年，他早就學會了如何應對，所以對周遭人視而不見，該怎麼做就怎麼做。

皇上看到旁邊僅剩的一個兒子，嘆了一口氣，還是例行地先問了問郯王怎麼樣了。

郯王起身逐一認真回答，回答完了，郯王跪下說：「兒臣前些日子看著快過年了，想給父皇準備一份賀禮，可兒臣所有都是父皇所賜，再送給父皇，如何能表達兒臣的心意，故而兒臣思來想去，特地沐浴齋戒三日，替父皇抄孝經半個月，為父皇祈福，祝父皇福壽安康，萬壽無疆。」

郯王說完，手一抬，楊雲捧著匣子上前。

皇上對旁邊的大太監點了下頭，大太監忙上前從楊雲手中接過匣子，捧到皇上面前。

皇上從匣子中拿出來看了一下，發現都是用小楷工整抄寫的，又看了看厚度，想必費了不少時間，當下覺得兒子心意還是很誠的，不由有些滿意，對郯王笑說：「我兒孝順。」

郯王忙說：「唯願父皇身體康健！」

皇上聽了，哈哈大笑。

郯王看著父皇心情不錯，就行了一禮，退回自己座位坐下。

等坐下後，悄悄鬆了一口氣。

結果，這口氣剛吐出來，就看到下邊一個官員從席位上站起來，走到中央跪下，大聲說道：「郯王殿下仁孝德佳，如今東宮空缺，國無儲君，臣懇請陛下早定國本，冊立郯王為太子，以安民心！」

本來熱鬧的大殿，瞬間鴉雀無聲。

郯王和林清心中一驚，不由暗暗對這個挑事的大臣破口大罵。

郯王進獻孝經的事，哪怕這個主意並不出彩，皇上也會覺得這個兒子不錯，有孝心，如今這個大臣來這麼一出齣，就好像郯王做孝道是為了太子之位，哪怕事後皇上明白這個大臣不是郯王指使的，印象也會大打折扣。

這個大臣不是腦子不好使，就是故意的！

誰知這位大臣好像覺得自己做得還不夠，又說道：「如今東宮空缺，臣請陛下立太子以正國本。」說完，在大殿上砰砰砰地磕頭。

脅迫聖上！

大殿上凡是心裡明白的大臣頓時心中一凜，郯王更是黑了臉，這個時候，他要還看不出來有人故意害他，他這些年就白活了。

許多大臣都緊張地看著皇上，等著皇上發話或發火。

比起眾人的緊張和惴惴不安，皇上倒看不出什麼喜怒，更是連看都沒看下面正在叩頭的臣子一眼，甚至還笑著問慧貴妃：「愛妃覺得，朕該不該立郯王為太子？」

慧貴妃面無表情地答道：「陛下，後宮不得干政。」然後就閉口，接著在邊上裝壁畫。

皇上在慧貴妃這裡碰了個釘子，又轉頭看著下首的郯王問道：「郯王，你覺得朕該立你為太子嗎？」

郯王不得不站起來，走到前邊跪下說：「此事兒臣不敢妄議。」

皇上說道：「朕讓你說，你就說說。」

郯王無奈，只好說：「太子乃國之儲君，如今前面三位皇兄都去了，兒臣身為僅存的皇子，又豈會不想？」

郯王此話一出，眾人大驚。雖然眾人都知道郯王會這麼想，甚至眾人也這麼想，可誰都沒想到郯王居然會實話實說，連皇上眼中都閃過一絲驚訝。

皇上隱藏得很好，接著問：「那你也覺得朕應該立你太子？」

郯王站起來，對皇上行了個大禮，然後才說：「兒臣是想要太子之位，可兒臣更希望是父皇覺得兒臣能勝任太子之位，親自給兒臣太子之位。」

我想要，但我更希望是您給的！

皇上哈哈大笑，站起身來走下御階，走到郯王面前，親手拉起兒子，說道：「朕今日立皇六子郯王為太子，由內閣擬旨，曉喻天下，禮部選吉時，舉行大殿。」

文閣老和禮部尚書沈茹趕忙出列說：「臣遵旨！」

此時被皇上突然立太子驚呆的眾人，紛紛回過神來，趕忙起身拜倒，大聲說：「恭賀陛下喜立太子！」然後又起身再向郯王拜倒，「恭賀太子殿下！」

……

郯王帶著林清和楊雲回到王府，剛進正院，就一個踉蹌。

林清和楊雲連忙把郯王扶到內室的榻上，楊雲上前幫郯王將外面的親王裝束脫下來。脫到裡衣時，楊雲才發現郯王裡衣的後背已經濕透了。

「殿下，這……」楊雲一看，立刻說：「老奴去給殿下拿件裡衣換上。」

郯王無力地點點頭。

林清倒了一杯熱茶給郯王，郯王端著一飲而盡，緩了緩，才對林清說：「今天多謝先生了，要不是先生在宴會前曾和我說過這個問題，宴上說不定會出亂子。」

林清也喝了一口熱茶，淡淡地說：「在立太子的關頭，故意上書推舉某位皇子，引起皇帝的不滿，這個無論哪朝哪代都有過，甚至在漢景帝時，大長公主為了不讓太子劉榮繼位，故意讓大臣上書，請求立太子生母栗姬為后，栗姬因此被景帝厭惡，最終導致了太子劉榮被廢，後來自殺。」

郯王心中戚戚然，「如今我也經了一齣，還好先生提點得早，今日這局才能順利過了。不過，先生，您是怎麼神機妙算算到今天會出事的？」

林清搖搖頭說：「我不知道今天會出事，我只是把史書上所有皇子爭太子之位失敗的案例都整理了一下，然後給殿下背了一遍，讓殿下預防。」

郯王：……

這樣也行？

楊雲拿了一件裡衣給郯王換上，服侍郯王躺下後說：「不管怎麼說，還是多虧先生有先見之明，要不這次事情真的麻煩了。老奴當初在後面聽著，嚇得腿都軟了。」

林清說道：「其實這次的事雖然看著凶險，卻真沒大家想得這麼嚴重。」

郯王用一隻胳膊支起頭，問道：「怎麼說？」

林清笑說：「皇上三十歲就從先帝手中接過皇位，到如今在位已經超過三十年，皇上為人又一向強硬，所以大家都覺得皇上厭惡被人逼迫，而此次事件背後的人，應該就是抓住皇上這個點布的局。」

「可皇上雖然強勢，喜歡說一不二，卻不代表他好糊弄。皇上掌國三十年，天天看著大臣勾心鬥角，就像看小孩子過家家是一樣的。今天這局，許多明眼的大臣都看得出來，更何況是皇上？這世上就是有一些人喜歡自作聰明，覺得可以將別人玩弄於股掌之間，卻不想想他要玩的人，吃過的鹽比他走過的橋都多。」

鄒王說：「所以先生當初才提醒我，要實話實說。」

林清點點頭，「皇上年紀雖然大了，卻不是糊塗人，與其想辦法糊弄他，倒不如實話實說顯得誠懇，再說，皇上只怕也早有打算立殿下為太子之意。」

「什麼？」鄒王刷一下從榻上坐起來，「父皇真的想過立我為太子？」

林清看著鄒王，心裡嘆了一口氣。皇上把立太子的事拖得太久了，拖到自己這些兒子都絕望了。如今哪怕皇上自己真想立太子了，這些兒子也不相信了。

林清說道：「太子乃國之儲君，是一國之根本，殿下覺得，皇上會為了一時意氣，就下旨立殿下為太子？」

鄒王搖搖頭，他父皇絕對不是這種輕率的人，不過還是有些猶豫地說：「可父皇他怎麼可能會想立太子？」

林清有些想笑，為什麼所有人都覺得皇上不會心甘情願立太子呢？

「殿下，皇上當初不願意立太子，一方面是因為他舉棋不定，皇上本就不喜歡大殿下，可只要立太子，他就越不過身為嫡長子的大殿下，另一方面，就是當初皇上正值壯年，正是強勢的時候，又怎麼會願意立儲君分自己的權呢？」林清說道：「可如今皇上年紀大了，這兩年身體又越發不好起來，身為一國之君，皇上怎麼可能不考慮立太子的事？之前一直不顯露，只怕是擔心露了引發亂子，可現在亂子已經出來，還以三位皇子為代價，只怕皇上心中也後悔不已，畢竟白髮人送黑髮人，那現在皇上怎麼可能不認真考慮立太子的事？」

鄒王聽了，覺得林清說的確實有道理。

林清又說：「所以，今天雖然看著是險局，實際上並不算。大家還把想法停留在以前，卻不曾想，以前皇上是四個兒子，如今皇上只有一個兒子。有四個的時候，難免想要挑挑揀揀，選個最好的，可當只剩下一個的時候，只要不是太差，大多也就湊乎了。」

郯王覺得好笑，「以先生的說法，這算不算是物以稀為貴？」

「難道不是這個理？皇上雖然是皇帝，可殿下不要忘了，皇上也是一個父親。」林清笑說：「不說別的，殿下想想自己對小殿下什麼心思，就不難猜出皇上的心思。」

郯王皺著眉想了想，確實好像是這樣。

郯王說道：「明天是大年初一，按照慣例，要去太廟祭祖，我如今雖然還沒正式冊封，可既然父皇金口已開，那明天勢必要跟隨前去，先生可有什麼要囑託的？」

郯王現在發現，他家先生平時雖然極度不靠譜，可凡是遇到大事，卻出乎意料地靠譜，所以先和林清商量。

林清突然正色道：「殿下，臣正好有話跟殿下說。」

郯王一看林清這麼嚴肅，連「臣」都用上了，連忙坐正身子，「先生請講！」

林清說道：「臣教殿下十年有餘，雖自認為盡心盡力，可臣知道，臣才疏學淺。」

郯王忙說：「先生不要妄自菲薄。」

林清搖搖頭，「殿下不必捧臣，這點臣還有自知之明。臣若只是教一個普通藩王，今天的話臣肯定不會說，可殿下馬上是太子了，臣有些話就不能不說。」

「先生請講。」

「臣當年以為殿下以後只是普通的藩王，所以教殿下的不過是一些如何打理政務，如何管理封地的技能，如今殿下被立為太子，以後就是一國之君，臣教的那些就不夠用了。」

「還望先生教我。」

林清說道：「這個，臣教不了。臣從小考的是科舉，學的是為臣之道，而治理國家要的是為君之道，所以臣今天要提醒殿下的是，這世上只有一個人可以教殿下，那就是皇上。」

鄭王若有所思。

林清接著說：「殿下被立為太子，必定要入主東宮，如今皇上年紀大了，想必會把殿下叫到身邊讓殿下幫忙處理瑣事。殿下遇到不懂的地方，切記一定不要不懂裝懂，多問皇上，這樣不僅能少走點岔路，還能讓皇上有感於親自教導殿下的成就。」

鄭王恍然大悟，「先生，我懂了。」

林清見鄭王聽進去了，暗暗點頭。

會哭的孩子有糖吃，愛問問題的孩子老師喜歡，不外乎就是這個道理。

◆ ◆ ◆

成王世子一腳踹向眼前的門客，說道：「你出的好主意！」

被一腳踹在地上的門客顧不得身上的疼痛，爬起來跪在地上，「世子息怒！」

「息怒？如今鄭王都被立為太子了，你還讓我息怒？要不是你出的這個騷主意，皇祖父會立一個小妾生的兒子？我堂堂一個嫡皇長孫，以後要看一個小妾兒子的臉色，你……」說著，又氣得上去踹了一腳。

「世子慎言！」旁邊坐著的一個人，皺了皺眉說。

成王世子聽了，才憤憤丟下這個門客，回到座位上坐下，對旁邊坐著的人說：「外公，如今鄭王被立為太子了，這可怎麼辦？」

旁邊坐著的人抬了抬眼皮，「當初不讓你弄這一齣，你非要做，怎麼，如今後悔了？」

「我沒想到皇祖父真的會答應立太子，皇祖父不是不肯立太子的嗎？當初皇祖父想立代王為太子的時候，朝中有不少人回應，皇祖父不因此對代王的印象大減？再加上咱們在朝中的人反對，最後不是不了了之，怎麼反倒到了郯王這裡就成了？」成王世子氣憤說道。

成王的岳父嘆了一口氣，「人心思安，殿下也老了，豈能和當初一樣？要不是你鬧了這一場，我也看不出來，大意了啊！」

成王世子問道：「外公，什麼意思？」

成王的岳父看著自己的外孫，暗暗嘆氣。

他外孫雖然占了嫡長孫的位置，可要一直這樣看不透事情，只怕也是無用，不過身為外公，還是一點一點掰碎了跟成王世子講：「如今朝廷剛剛經過大亂，正是人心惶惶的時候，大家都希望快點立太子，安定下來，省得再來一次恭王之亂，所以朝堂上下都是期望皇上快點定下太子的。」

「可只要皇祖父不願意，就沒用啊！」

「你怎麼知道皇上不願意？」世子的外公淡淡地說。

「整個朝堂都知道皇祖父最討厭別人提立太子的事。」成王世子直接說道。

「那是以前，不是現在。」世子的外公說道：「以前皇上正值壯年，當然不願立太子，唯一一次剛想立太子，還被咱們和恭王的人聯手攪和了，可如今皇上年紀大了，今年又病了幾場，怎麼會不考慮立太子的事？當初的恭王，不就是因為聽信別人的誤導，以為皇上不行，要立代王為太子，才趁機逼宮的嗎？」

世子的外公說起這件事就心裡發苦，當初恭王被誤導時，其實成王是提前知道的，甚至還用在恭王府安插的人推了一把。本來打算鷸蚌相爭，漁翁得利，誰曾想恭王這麼猛，在幹掉代王時，居然順便把他自己也搭上了。可惜這件事牽扯太大，如今連世子他都不敢告之。

成王的岳父嘆了一口氣，難道他女婿就沒這個命？

「那外公，現在要怎麼辦？」成王世子不耐煩地問。

「等！現在皇上就郯王一個兒子，正是怎麼看怎麼好的時候，可等郯王被立為太子，郯王和皇上政見不同的時候，皇上看郯王，就未必有現在這樣順眼了。」

「那要等到什麼時候？再等，說不定郯王就要登基了。」成王世子心浮氣躁地說。

「那也沒辦法。」成王的岳父說完，背著手走出去。

看著外公直接走了，成王世子氣得對旁邊的牆踢一腳，「沒辦法還讓我等？」

（未完待續）

漾小說 191

天生不是做官的命（中）

國家圖書館出版品預行編目資料

天生不是做官的命/ 文理風著. -- 初版. -- 臺北市 : 晴空, 城邦文化出版 : 家庭傳媒城邦分公司發行, 2018.05
冊 ; 公分. --（漾小說 ; 191）
ISBN 978-986-95528-9-9（中冊 : 平裝）

857.7　　107003664

Printed in Taiwan.

原著書名：《天生不是做官的命》，由北京晉江原創網絡科技有限公司授權出版。

城邦讀書花園
www.cite.com.tw

作者	文理風
封面繪圖	畫措
責任編輯	施雅棠
國際版權	吳玲瑋　蔡傳宜
行銷	艾青荷　蘇莞婷　黃家瑜
業務	李再星　陳玫潾　枏幸君　陳美燕
編輯總監	劉麗真
總經理	陳逸瑛
發行人	涂玉雲
出版	晴空 城邦文化事業股份有限公司 104台北市中山區民生東路二段141號5樓 電話：（886）2-2500-7696　傳真：（886）2-2500-1967
發行	英屬蓋曼群島商家庭傳媒股份有限公司城邦分公司 104台北市中山區民生東路二段141號2樓 客服服務專線：（886）2-25007718；25007719 24小時傳真專線：（886）2-25001990；25001991 服務時間：週一至週五上午09:00~12:00；下午13:00~17:00 劃撥帳號：19863813；戶名：書虫股份有限公司 讀者服務信箱：service@readingclub.com.tw
晴空部落格	http://blog.yam.com/readsky
香港發行所	城邦（香港）出版集團有限公司 香港灣仔駱克道193號東超商業中心1樓 電話：852-25086231　傳真：852-25789337 E-mail：hkcite@biznetvigator.com
馬新發行所	城邦（馬新）出版集團【Cite (M) Sdn Bhd】 41, Jalan Radin Anum, Bandar Baru Sri Petaling, 57000 Kuala Lumpur, Malaysia. 電話：(603) 9057-8822 傳真：(603) 9057-6622 Email：cite@cite.com.my
美術設計	洸譜創意設計股份有限公司
印刷	沐春行銷創意有限公司
初版一刷	2018年05月10日
定價	260元
ISBN	978-986-95528-9-9